잠룡전설

황규영 新무협 판타지 소설

잠룡전설 5

황규영 新무협 판타지 소설

초판 1쇄 찍은 날 § 2006년 8월 11일
초판 2쇄 펴낸 날 § 2007년 7월 31일

지은이 § 황규영
펴낸이 § 서경석

편집장 § 문혜영
편집책임 § 유경화
편집 § 심재영

펴낸곳 § 도서출판 청어람
등록번호 § 제1081-1-89호
등록일자 § 1999. 5. 31
어람번호 § 제2-0979호

주소 § 경기도 부천시 원미구 심곡1동 350-1 남성B/D 3F (우) 420-011
전화 § 032-656-4452 팩스 § 032-656-4453
http://www.chungeoram.com
E-mail § eoram99@chollian.net

ⓒ 황규영, 2006

ISBN 89-251-0261-7 04810
ISBN 89-251-0125-4 (세트)

※ 파본은 본사나 구입하신 서점에서 교환하여 드립니다.
※ 저자와 협의하여 인지를 붙이지 않습니다.

잠룡전설 5

Fantastic Oriental Heroes

황규영 新무협 판타지 소설

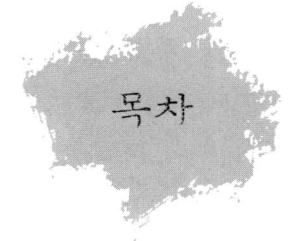

第一章 ················ 7
第二章 ················ 40
第三章 ················ 74
第四章 ················ 109
第五章 ················ 147
第六章 ················ 180
第七章 ················ 216
第八章 ················ 247
第九章 ················ 282
第十章 ················ 308

第一章

 거대한 냉기의 폭풍 속에서 주유성이 타고 있는 것은 조그마한 쪽배다.

 암초와 함정, 소용돌이 등등이 산재한 이런 죽음의 바다에서는 크기에 상관없이 배를 몬다는 자체가 자살 행위다. 더구나 혼자서 조종할 수 있는 배의 크기는 어차피 한계가 있다.

 배는 작지만 사용된 나무의 재질은 단단하고 탄력 좋은 최고급품이다. 끝없이 압축하고 가공한 나무 위에 북해 특산의 튼튼한 쇠를 얇게 덮었다. 이것은 북해의 비밀을 통과하는 과정에서 수많은 시행착오를 겪은 빙궁이 그간의 경험을 토대로 만든 배였다.

주유성은 자신이 통제할 수 있는 배의 크기에 만족했고 북해빙궁주로부터 조종술을 직접 배웠다.

그는 언제나와 같이 자신만만했다. 하지만 배가 절진으로 들어가자마자 만만해 보이던 북해의 비밀은 죽음의 손이 되어 그의 목을 옥죄었다.

작은 배를 향해 차갑고 강력한 기운들이 몰아쳤다. 보통 사람들이라면 그 기운만으로도 얼어 죽을 만큼 강한 위력의 기운이었다.

주유성은 냉기와 같은 자연의 기운을 받아들이는 능력이 대단하다. 그러나 그에게도 용량의 한계라는 것이 있다. 이 기운은 단숨에 해소할 수 없는 강력한 것이다.

"으으, 장난 아니게 춥다. 이크!"

주유성이 다급한 소리를 내며 몸을 휙 기울였다. 작은 얼음 조각들이 그를 스쳐 지나갔다.

파도가 치는 과정에서 만들어지는 작은 물방울들은 곧바로 얼어붙었다. 당장 차가운 기운보다 더 위협이 되는 것이 공중을 빠르게 날아다니는 얼음 조각들이다.

과거에 하남에 설치되었던 아수라환상대진은 왜곡된 살기를 이용해 사람들이 서로 검을 겨누도록 만드는 것이었다. 그것만으로도 아수라환상대진은 마교의 절진이 되었다. 그러나 아수라환상대진도 기운에 예민하고 계산이 빠른 주유성에게는 별 위협이 되지 못했다. 주유성은 아수라환상대진의 상극인 존재였다.

북해에 설치된 진은 정상적인 기운을 왜곡시키는 능력은 없었다. 대신에 그 기운에는 물리적인 힘을 가진 날카로운 얼음 조각들이 포함되어 있었다. 주유성은 옛날처럼 여유 부리면서 계산할 여유가 없었다.

"으악! 만천화우가 따로 없잖아!"

빠르게 날아다니는 날카로운 얼음 조각의 위력은 여느 암기 못지않았다. 어설픈 무인이라면 한 조각만 맞아도 몸이 뚫릴 수 있다. 설사 관통되지 않아도 상처가 얼어붙을 만큼 강력한 공격이 끝없이 이어졌다. 배는 재질이 단단해서 작은 얼음 조각의 공격을 겨우 버티고 있었지만 주유성은 금강불괴가 아니다.

주유성이 비명을 질렀다.

"내가 미쳤지! 내가 미쳤어! 내가 왜 허락했을까? 내가 왜 한다고 했을까? 사람 살려!"

비명을 지르는 그의 코끝으로도 작은 얼음 조각이 스쳐 지나갔다. 주유성의 등에서 흐르는 식은땀이 차가워졌다.

주유성의 일천한 지식으로 이 진의 이름을 알 리가 없다. 그리고 파훼법이 알려진 진이라면 북해빙궁이 지금까지 뚫지 못했을 리도 없다. 어차피 이건 생문이 망가진 진이다. 그걸 알고 들어왔으니 몸으로 때울 수밖에 없었다.

주유성은 몸을 버들가지처럼 열심히 흔들다가 소리쳤다.

"강행 돌파다!"

시간을 끌면 될 것도 안 된다. 그는 내공이 강하다. 내공이 강하면 몸 바깥으로 뻗어나가는 힘도 강해진다.

주유성은 반쯤 일어선 자세를 유지한 채 두 자루의 노를 힘껏 저었다. 몸은 여전히 이리저리 움직이는 상태였다. 거센 노질에 배가 앞으로 튀어나갔다.

그 행동을 비웃기라도 하듯 삼각형으로 뽀족하게 솟은 파도가 주유성의 배를 노리고 달려들었다.

"으아악!"

주유성이 기겁을 하며 노 두 자루에 공력을 강하게 보냈다. 그리고 그 노를 움직여 바다를 힘껏 때렸다.

배가 뒤틀리는 소리를 요란하게 내면서 한쪽으로 빠르게 방향 전환을 했다.

"휴우. 살았… 으악! 저건 또 뭐야!"

안도의 한숨을 돌리던 그의 눈에 몇 개의 삼각파도가 연달아 달려드는 것이 보였다. 그는 살아남기 위해서 노를 미친 듯이 휘저었다. 마치 미친놈이 양팔을 정신없이 흔드는 듯했다. 쪽배가 이리저리 방향을 틀며 삼각파도 사이를 미꾸라지처럼 빠져나갔다.

진 안쪽으로 들어가면 갈수록 바다의 흐름은 더 강하고 거칠어졌다. 얼음 조각은 더 많이 날아다녔고 삼각파도는 사방에서 솟아났다.

하지만 주유성은 진법의 특성에 대해서 서서히 감을 잡기 시작했다. 그는 자신에게 덤벼드는 진법의 흐름의 변화를 재빨리 계산했다. 계산한다고 해서 자세한 것을 알아낼 시간은 없다. 더구나 격렬한 대자연의 흐름에 섞여서 움직이는 진법의 변화는 계산한다고 해도 확실한 답이 나오지 않았다.

 하지만 계산을 하면 어떤 방향으로 가면 위험이 그나마 적은지 정도는 짐작할 수 있었다. 그의 계산이 항상 맞는 것은 아니지만 대충이나마 맞아 들어갔다. 그 조금의 이익을 기대하며 주유성은 배의 방향을 틀었다.

 '쉬운 길은 없지만 조금이라도 덜 위험한 곳을 찾자.'

 그나마 나은 길로 간다고 해서 해결되는 것은 하나도 없었다. 얼음 조각의 폭풍과 삼각파도의 습격은 그 수만 조금 줄었다 뿐이지 계속됐다.

 그리고 새로운 덫이 나타났다.

 진법이 펼쳐진 바다의 곳곳에는 함정들이 존재했다.

 진으로 깊이 들어갈수록 수면 위에는 안개가 낮게 깔렸다. 안개인지 물보라인지 정확히 구분하기는 힘들지만 하얀 것이 시야를 좁혔다. 그래서 먼 곳의 장애물을 미리 보고 피하기는 어려웠다. 결국 주변을 끝없이 살피다가 함정이 보이면 피하는 방법뿐이었다.

 작은 암초들은 원래부터 존재하던 것들이다. 그러나 그것들은 파도에 가려져서 제대로 보이지 않는다. 주유성은 그 빠른 눈썰미로 주변을 재빨리 훑으며 파도가 바위에 부서지는 흔적들을 찾았다.

주유성이 정찰을 하느라 잠시 눈을 돌린 사이 그의 배 앞에 하얀 포말이 살짝 생겼다. 암초가 있다는 증거였다. 주유성이 기겁을 했다.

"으아악! 늦었다!"

그는 급히 오른손에 집은 노를 들었다. 내공을 끌어올려 노를 단단히 만들고는 창을 뻗듯이 바로 앞을 콱 찍었다.

둔탁한 소리와 함께 노 끝이 바닷물에 살짝 잠겨 있던 암초를 찍었다. 거센 바다에서도 버티던 단단한 암초의 끄트머리가 나무 노에 맞아 부서져 나갔다. 그 반동이 주유성에게 밀려왔다. 주유성은 두 다리에 힘을 잔뜩 주고 버텼다.

쪽배가 비명을 질렀다. 잔뜩 뒤틀린 배가 주유성의 힘에 의해서 암초 옆으로 방향을 틀더니 그 반동으로 빠르게 튀어나갔다.

"크아! 죽을 뻔했네. 제기랄! 이제 그만 돌아가고 싶다고!"

하지만 그는 그럴 수 없었다. 일단 진에 들어오면 나갈 방법이 쉽지 않다. 이 진은 들어온 자를 죽이는 살진이지 들어오지 못하게 막는 봉쇄진이 아니다.

"좋아! 끝까지 간다고! 가서 다 박살을 내버리겠어!"

그가 소리치는 사이에 배가 갑자기 빙글 회전하기 시작했다.

"켁! 소용돌이닷!"

이미 몇 개의 소용돌이는 피했다. 그러나 거대한 진 내부에서 소용돌이는 생성되고 사라지는 것을 반복했다. 천하의 주유성이라고 해도 갑자기 나타나는 것까지 피하기는 어려웠다. 쪽배가 빠른 물결의 소용돌이에 잡혀 끼긱거리는 소리를 내며 중심으로 끌려갔다.

주유성이 소리를 지르며 노를 죽어라고 저었다.

"으아아아! 가자! 가자! 가자!"

그의 배가 소용돌이를 거스르며 움직이기 시작했다. 내공이 몸을 돌고 팔이 빠르게 움직였다. 노가 검을 대신해서 바다를 때렸다. 정말 죽도록 용을 썼다.

강한 내공과 검술을 응용한 노질이 이겼다. 그의 배는 마침내 작은 소용돌이를 빠져나왔다. 거기서 빠져나오자마자 배는 빠르게 튀어나갔다.

"살았다! 살았어!"

그가 소리치기 무섭게 배보다 더 커다란 얼음 덩어리 하나가 그를 향해 달려들었다.

"헛!"

주유성이 경악하며 커다란 노 두 개를 들어 앞으로 찔렀다. 본래는 검으로 펼치는 화룡점정의 찌르기 수법이었다.

노가 거대한 얼음 덩어리를 파고들었다. 그리고 곧바로 그 반탄력이 밀려왔다. 주유성이 고함을 질렀다.

"이야아압!"

단전의 내공이 회오리치듯 온몸을 타고 올라와 노에 전해졌다. 그는 그 힘으로 노 두 개를 강하게 떨쳤다. 검으로 적의 방패를 부수는 파(破)의 수법이었다.

강한 내공이 목표를 때렸다. 곧바로 폭음과 함께 얼음 덩어리의 일부가 터졌다. 그리고 주유성은 그 반탄력을 받아 두 다리로 배의 방향을 비틀었다. 배가 급격히 선회했다.

얼음덩이의 물속에 잠긴 부분에 배 밑바닥이 거칠게 긁히는 소리가 들렸다. 주유성은 화들짝 놀랐다.

"설마 바닥이 뚫리는 건 아니겠지?"

떠드는 와중에도 주유성의 머리는 빠르게 계산을 반복하고 있었다. 그의 눈에 보이는 여러 지형지물이나 함정들을 가지고 진법의 원리에 의해서 흐름을 계산했다. 그리고 조금이라도 쉬운 쪽을 찾아 열심히 노를 저었다.

조금도 방심할 수 없었다. 암초나 얼음 덩어리 같은 것에 제대로 부딪치면 이런 작은 배는 단숨에 박살이 난다. 진법의 흐름에 대한 계산이 잘못되면 그런 함정이 잔뜩 있는 곳으로 뛰어들 위험이 있었다.

주유성은 슬슬 진 깊은 곳으로 들어가고 있었다. 그는 진법의 천재다. 그러나 이건 북해의 잠든 비밀이라고 불리던 절진이다. 열심히 계산을 해서 틀림없다고 생각되는 방향으로 전진해도 돌발적인 장애물이 끝없이 튀어나왔다.

갑자기 주유성의 앞에 큼지막한 얼음 덩어리 하나가 불쑥 솟아 있었다.

거친 바다를 따라 흘러가던 그 얼음은 운무가 짙게 감싸고 있었다. 진법의 수작이었다. 그리고 주유성은 그것을 알아보지 못했다.

"제기랄! 또냐!"

주유성이 급히 내공을 써서 한쪽 노로 바다를 때렸다. 배가 빙글 돌았다. 그 즉시 양쪽 노를 힘차게 저었다. 배가 누가 집어 던지기라도 한 것처럼 바다 위를 튀어나갔다. 배의 바로 곁으로 얼음 덩어리가 스치듯 지나갔다. 쇠가 덧대어진 배의 측면이 얼음 덩어리를 긁었다. 거친 소리와 함께 얼음이 부서져 나가는 것이 보였다.

"헉헉. 버텨라. 으악!"

주유성이 비명과 함께 고개를 틀었다. 그의 뺨 바로 곁으로 작은 얼음 조각 하나가 화살처럼 지나갔다. 공중을 날아다니는 얼음 조각들은 그가 위기에 빠졌다고 해서 봐주지 않았.

주유성이 악을 썼다.

"이게 사람 지나가라고 만든 거냐! 도대체 어떤 놈이 이렇게 지독한 짓을 한 거야!"

그의 눈에 작은 배의 몸통을 노리고 날아오던 사람 주먹만 한 얼음 조각이 보였다. 정통으로 맞으면 배에 구멍이 뚫릴 수도 있는 놈이었다.

"제기랄!"

주유성이 욕설을 뱉으며 한 발을 들어 앞으로 쭉 내밀었다. 얼음 조각이 그 발에 걸렸다. 그는 발을 재빨리 회전시켰다. 발의 움직임에 따라 얼음 조각이 흐름을 틀었다. 얼음 조각의 궤도가 조금 비틀어지더니 배의 위쪽을 살짝 깎아먹으며 지나갔다.

"젠장!"

벌써 죽을 위험을 몇 번이나 거쳤는지 셀 수도 없었다. 목표 지점에 다가갈수록 진의 영향은 커졌고, 그만큼 더 위험했다.

주유성의 가까운 거리에 진법의 구성축이 되는 바위섬 중 하나가 보였다. 주유성이 이를 갈았다.

"으드득! 저것만 부수면 쉬워질 텐데."

진을 구성하는 기점 하나를 부수면 진은 그만큼 약해진다. 아수라환상대진에서는 그 수법으로 꽤 재미를 봤다.

하지만 여기서는 감히 실행에 옮길 수 없다. 이런 상황에서 바위섬 위에 기어올라 가는 정도는 할 수 있다. 하지만 그동안 배를 잡아둘 방법이 없다. 기점 하나 부쉈다고 해서 진이 무력화되는 것은 아니다. 하지만 배를 잃으면 꼼짝없이 죽어야 한다.

"가자, 가! 설마 죽기야 하겠냐?"

진의 바깥에서 관망하고 있던 북해빙궁주는 침을 꿀꺽 삼켰다. 안개가 얕게 깔려 있어 수면의 상황은 정확히 보이지 않았다. 그러나 그 위를 뚫고 지나가는 주유성의 상체는 확실히 보였다.

"정말 대단한 속도구나. 속도는 둘째 치고 지금까지 시도했던 자들 중에 저만큼 들어간 자가 없었는데. 그전에 다 배가 깨져서 죽었지."

진을 해석해서 피해가는 능력만이 그를 놀라게 하는 것은 아니다.

"더구나 저 강력한 힘이라니. 근육의 힘일 리는 없으니 내공이 저만큼 대단하다는 소리. 이거 정말 인물이구나. 소천이가 인물을 데려왔어."

북해빙궁주는 진에 들어가 본 적이 없다. 주유성이 있는 곳까지 가서 살아 돌아온 사람도 없다. 그래서 그는 주유성이 지금 상대하는 함정들의 위력이 어느 정도인지 제대로 알아보지 못했다. 그래도 주유성의 실력이 장난이 아니라는 정도는 알 수 있었다.

자신의 눈에 보이는 것만으로 주유성의 무공 실력을 추측하던 북해빙궁주는 문득 자기 혼자 이곳에 온 것이 실수가 아닐까 하는 생각이 들었다. 그러나 이내 머리를 흔들었다.

"그래도 나를 이길 정도는 아니야. 그래도 저 나이에 정말 대단해. 이거 탐나는데?"

주유성은 정말 생고생을 하며 진을 뚫어나갔다. 아수라환상대진 이후로 이런 고생은 해본 적이 없다.

그나마 아수라환상대진은 진을 하나씩 부숴 나가는 것이 가능했다. 시간이 모자라 정기가 고갈될 정도로 죽도록 뛰어다녔지만 그래도 직접적인 생명의 위협은 거의 없었다.

이건 다르다. 이제 중심부 쪽으로 다가가니 조금만 엇나가도 사방에서 압박하는 기운들이 온몸을 짓눌렀다.

인간에게 작용할 만한 살기나 그 외의 기운에 의해 무생물인 배가 영향을 받아 끝없이 삐걱거렸다. 진을 꽤 해석해서 편한 길로 가고 있음에도 몸에 들어오는 부담은 엄청났다.

"켁! 미치겠네. 이러다가 납작코가 되겠네."

그는 거인이 자신의 온몸을 큰 손으로 잡고 강하게 움켜쥐는 꼴을 당하는 기분이었다.

사방에서 밀려오는 압력이 점점 강해졌다. 무생물인 배보다는 인간인 주유성에게 더 크게 작용하는 압력이었다. 대자연의 힘 앞에 그의 다리가 조금씩 꺾였다. 배가 버티고 있는 것이 대단하다는 생각이 들었다.

그는 지금까지 내공의 힘으로 저항했다. 하지만 이제 그것도 슬슬 한계에 도달하고 있었다. 그의 몸에 쌓인 내공이 아무리 많다고 해도 상대는 거대한 바다를 이용한 진법이다. 내공의 힘만으로 버티다가는 몸은 둘째 치고 배가 견디지 못할 것만 같았다.

주유성이 소리를 버럭 질렀다.

"이 싸구려 배 가지고는 안 되잖아!"

작은 쪽배를 만드느라 쓴 황금이 한 관, 즉 백이십 냥이다. 그만큼 귀한 재료가 들어가고 오랜 가공을 거쳤으며 최고의 장인이 만든 것이지만 북해의 비밀 앞에서는 역부족이었다. 이러다가 그의 균형이 무너지거나 배가 부서지면 꼼짝없이 죽은 목숨이다.

주유성은 그냥 죽을 놈이 아니다. 그는 재빨리 머리를 굴렸다.

'버티는 건 한계다. 그래도 이렇게 죽을 수는 없지. 나는 주유성이라고.'

어차피 내공으로 저항하는 것은 한계가 있음을 깨닫고 있었다. 주유성은 오기가 생겼다.

'이까짓 거. 막지 못하면 흘려보내지 뭐.'

주유성은 마음을 바꿨다. 저항을 중지했다. 밀려오는 기운들을 거스르는 것을 포기했다. 대신에 그가 평소에 더위나 추위를 상대하는 마음가짐으로 돌아갔다.

한겨울의 추위와 지금의 압력은 그 위력에서 썩어가는 수수깡과 정련된 검만큼이나 차이가 났다. 더구나 지금은 수시로 날아드는 얼음 조각도 막아야 하고 머릿속으로는 진의 해석을 끝없이 진행해야 한다. 눈은 수많은 함정을 놓치지 말아야 하고 팔을 계속 저어 배를 전진시켜야 한다.

주유성은 평소처럼 기를 다루면서도 밀려드는 기운을 받아들여 내공으로 만드는 일은 하지 않았다. 그럴 틈이 없었다. 어차피 내공을 의식적으로 쌓은 적은 없다. 내공에 별로 욕심도 없다. 그 강력한 내공은 게으름의 부산물일 뿐이다.

그가 저항을 포기하자 강력한 기운들이 신이 나서 몸속으로 파고들어 왔다. 살을 에는 냉기와 사람의 숨을 멎게 하는 살기 등이 제 세상을 만나서 날뛰었다.

이제 살고 싶으면 그런 기운을 제어해야 한다. 조금만 시간이 지나면 피가 얼어붙을 상황이다. 본래 이런 기운을 처리하려면 내공을 쌓을 때처럼 몸속의 혈도를 따라 돌려야 한다.

애초에 이런 강력한 기운을 돌리는 것은 고사하고 조종하는 것 자체가 가능한 인간도 별로 없다. 하지만 주유성은 어차피 보통 인간이 아니다. 그리고 내공을 쌓으려고 고생하고 싶은 생각도 없다.

그는 들어온 기를 이끌었다. 기가 잠시 반항하는 듯하자 살살 꼬드겼다. 기가 반응을 보이자 적당히 움직이다가 반대쪽으로 나가는 길을 열었다. 신이 나서 몸속에 들어온 기운들은 멋모르고 활개치다가 곧바로 몸 밖으로 쫓겨났다.

주유성은 자신의 몸을 기가 거쳐 가는 통로로 만들었다. 오는 기를 막지 않고 가는 기를 잡지 않았다. 간혹 몸속으로 깊게 파고드는 것만 골라서 튕겨냈다.

그렇게 하니 몸에 대한 직접적인 압박이 사라졌다. 그의 몸이 기를 흘리자 그가 디디고 있는 배에 가해지는 압박도 줄어들었다. 적어도 강력한 냉기는 더 이상 주유성에게 위협이 되지 않았다.

냉기는 끝없이 그의 몸에 밀려들어 왔다. 그러나 이제 능숙해진 주유성은 조금의 어려움도 없이 그 냉기를 바깥으로 흘려보냈다. 그는 냉기를 이용한 공격을 상대하는 방법을 본의 아니게 익히고 있었다.

큰 제약 하나가 사라지자 주유성의 안색이 조금 좋아졌다.

하지만 여전히 돌발적으로 날아오는 얼음 조각들, 보이지 않다가 갑자기 나타나는 암초, 얼음덩이, 소용돌이들은 그대로였다.

어느 하나 위험하지 않은 것이 없었다. 하지만 몸이 자유로워지자 진을 헤쳐 나가기 훨씬 쉬워졌다. 기의 압박만 없으면 중심에 가까운 쪽이 바깥쪽보다 위험이 적었다.

주유성이 냉기를 흘려보내며 투덜댔다.

"섬에만 도착하면 비밀이고 자시고 넌 죽었어."

빙궁주가 두 주먹을 꽉 쥐었다.

"도착한다! 드디어 저곳에 도착하는 데 성공한 자가 나왔다!"

눈물이 다 날 지경이었다. 그의 할아버지 때부터 저곳을 뚫고자 수없이 노력했고 많은 사람들이 바다에 빠져 죽었다. 그리고 이제 그 종착점이 보였다.

그가 보기에도 주유성은 꽤나 위태함을 헤치고 중심부까지 전진했다. 하지만 실제로 받은 엄청난 위험과 압력은 먼 바깥에서 구경하는 빙궁주가 구분하기 어려웠다.

"그나저나 거의 다 가서는 오히려 움직임이 자유로워 보이는구나. 그럼 중심 쪽으로 갈수록 진이 약해져서 일이 쉬워진다는 소리겠지. 이제 다 통과한 것이나 다름없군."

그는 자신의 기준으로 주유성을 판단했다.

"무공도 역시 대단해. 비록 내 상대는 아니지만 그래도 대단해. 저 나이에. 꿀꺽."

빙궁주는 욕심이 나서 저도 모르게 침을 삼켰다.

빙궁주가 생각한 이유와는 많이 다르지만, 어쨌든 진의 한가운데 중심을 차지하고 있는 섬에는 아무런 외부 압력이 없었다. 압력은 고사하고 그렇게 심하게 몰아치던 강풍도 없었다. 이곳은 진의 핵이 존재하는 곳이다. 그 바깥까지가 진의 공격 영역이었다.

대신에 추위는 그대로였다. 오히려 강풍이 몰아치던 쪽이 덜 추웠다는 생각이 들 정도였다.

섬에는 한때는 선착장이라고도 불렸을 만한 돌무더기가 쌓여 있었다. 하지만 주유성은 그것의 내구도에 목숨을 걸고 싶지 않았다. 지금은 배가 그의 생명줄이다.

그는 땅에 도착하자마자 재빨리 배에서 내렸다. 그리고 용을 써서 배를 안쪽으로 끌고 들어갔다. 내공을 쓰니 작은 배를 끌기는 어렵지 않았다.

여기까지 오는 데 생명의 위기를 수없이 넘기며 너무 심한 고생을 한 그는 안전해질 때까지 게으름 피울 엄두도 내지 못했다. 배를 물이 절대로 닿지 않을 만한 곳까지 옮겨놓은 주유성은 그때서야 겨우 안심했다.

주유성이 손을 탁탁 털며 말했다.

"으하. 이제 겨우 끝났네. 여긴 안전한 것 같으니 일단 좀 쉬어야겠다. 아이고. 삭신이 다 쑤시네."

일단 안전해지자 게으름병이 슬슬 도졌다. 그는 어슬렁거리며 섬 안쪽으로 들어갔다.

섬은 추웠다. 이곳이 북해다. 춥지 않으면 그게 더 이상하다. 날이 추우면 추운 대로 냉기를 받아들여 운기를 해버리는 주유성이지만 이 추위는 편히 쉬기에는 적당하지 않았다.

그래도 그는 의지의 주유성이다. 얼음보다 차가운 돌이 평평하게 놓인 자리를 찾아내자 더 생각할 것도 없이 몸을 눕혔다. 냉기가 밀려왔지만 그에 대한 내성은 한껏 키운 상태다. 오히려 냉기를 받아들여 열심히 운기했다.

'단전이 텅 비었잖아. 내공을 회복해야지.'

좋은 핑곗거리까지 생각나자 그는 그렇게 세 시진을 꼼짝도 하지 않고 누워서 보냈다.

오늘 게으름뱅이치고는 너무 많이 움직였다.

바깥에서 기다리던 북해빙궁주의 얼굴이 점점 초조해졌다.

"안쪽으로 들어간 지 벌써 세 시진이 지났는데 아직도 보이지 않다니. 설마 실패한 건가? 하지만 저 험난한 진법도 뚫은 사람이 왜 마지막에 실패를 하지?"

하지만 자기는 섬 안에 대해서 아는 것이 없다.

"내가 잘못 판단한 걸까? 아버지한테 들은 이야기로는 들어가서 상자를 찾아 가지고 나오면 된다고 했는데. 그럼 당연히 섬에서는 별 위험이 없으리라 생각했는데 아니었던가?"

갑자기 그는 새로운 생각이 났다.

"그래. 그 내공심법은 저 섬에서 익혀야 진전이 빠르다고 했지. 그럼 섬 안에는 수련자의 안전을 위해서 외부의 침입을 방비할 수 있는 함정 같은 것이 있을 수도 있겠다. 그걸 경고하지 않았으니 큰일났네. 허, 난 왜 그게 이제 생각났단 말인가."

스스로가 바보 같았다. 빙궁주는 자기 머리를 툭툭 쳤다.

"어떻게 구한 인재인데. 어디 가서 저런 자를 다시 구할 수 있을까? 하늘이 우리 북해빙궁을 미워하는 것인가?"

만에 하나 하늘이 누군가를 정말로 미워한다면 주유성이

그 첫 번째 대상이 될 것이 틀림없다. 누구나 자기의 큰 실수는 없애고 싶은 법이다.

주유성은 세 시진을 꼼짝도 안 하면서 쉬었다. 냉기가 너무 강해서 잠을 잘 수가 없었다. 할 수 없이 몸을 침범하는 냉기를 운기해 내공을 회복하는 데 집중했다.

냉기 공격을 상대하는 방법은 진을 통과하면서 확실히 익혔다. 하지만 그것도 깨어 있을 때의 이야기다. 잠을 자면서 이런 강한 냉기를 감당할 수는 없다.

눈은 말똥말똥 뜨고 일어나기 싫어서 버티고 있던 주유성이 마침내 포기했다.

"배고프다."

원래는 잠깐의 작업이라 생각했다. 그래서 여기 들어올 때 먹을 것을 따로 챙겨오지 않았다. 바깥의 빙궁주는 북해의 좋은 음식들을 잔뜩 가지고 있지만 섬에 있는 주유성은 맨몸이다.

주유성은 일하는 것을 싫어하지만 밥 먹는 것은 좋아한다. 지금 밥을 얻어먹으려면 어서 목표물을 찾아서 바깥으로 나가야 한다. 그래서 그는 어슬렁어슬렁 움직이기 시작했다.

처음에는 이야기 들은 특징을 가진 동굴을 찾았다. 쉬웠다. 동굴의 앞에는 냉기나 눈보라의 접근을 막는 진이 쳐져 있었다. 그는 그 진이 내뿜는 기운을 감지했다. 기운을 먼저 감지하고 입구를 찾아 비교했다.

진은 육체를 가진 존재의 침입까지 막는 것은 아니다. 다만 약한 물리적 저항력을 가지고 있어 눈보라의 이동을 차단하고 냉기의 움직임도 막는 용도의 것이었다.

어차피 이곳은 육상 생물이 살 수 있는 섬이 아니다. 이 정도 진이라면 내부를 보호하기에는 차고도 넘친다. 하지만 주유성은 그 진을 보며 다른 의미에서 감탄했다.

"이야아! 되게 오랫동안 설치되어 있었을 텐데 아직도 작동을 하네? 이거 동력이 어디서 나와서 가능한 걸까?"

주유성은 진의 경계를 스윽 만져 보고는 그대로 통과했다. 약간의 저항감이 느껴졌다.

"으아, 추워라! 이거 왜 안쪽이 더 추워?"

차가운 냉기가 그의 몸을 압박했다. 천하의 주유성도 강한 추위를 느낄 만한 냉기였다.

동굴 안은 간소했다. 아주 오랫동안 쓰지 않았음이 분명한 몇 개의 침구류, 아주 기본적인 식기류. 얼어붙어 있는 곡식 단지. 그리고 얼음덩이로 변한 고기 조각 등이 한쪽에 잘 정리되어 있었다.

주유성이 아무리 먹는 것을 좋아하는 놈이라고 해도 보관 기간이 수십 년은 족히 넘었을 고기를 주워 먹지는 않는다. 그는 음식에 관심을 끊고 안쪽을 살폈다.

동굴 제일 안쪽에 사람이 앉을 만한 좌대, 돌침대 등이 있었다. 그리고 한쪽의 제단 비슷한 것에 한 손으로 들 수 있을 정도로 작은 상자가 하나 보였다. 상자는 자물쇠로 단단히 잠겨 있었다.

주유성은 기관의 전문가다. 이런 열쇠 따는 것 정도는 일도 아니다. 다른 사람이라면 호기심에라도 몰래 따서 내용을 살필 법도 하다.

하지만 주유성은 게으르다. 호기심에 휘둘리는 녀석이었다면 지금처럼 한심한 인생을 살지도 않았다. 당연히 열쇠를 딸 필요를 느끼지 못했다. 그는 상자를 냉큼 집었다.

"엇! 차가워!"

수십 년 동안 식어 있던 상자의 엄청난 냉기가 주유성의 손을 타고 퍼졌다. 보통 사람이라면 손이 상자에 달라붙을 차가움이다.

주유성은 미리 대비하지 못한 덕분에 강력한 냉기의 침범을 받았다. 하지만 그는 주유성이다. 진을 통과하면서 강제로 한 수련이 위력을 발휘했다. 그는 즉시 냉기를 흘려버렸다.

오히려 주유성은 상자를 옆구리에 떡하니 끼웠다. 막상 상자를 챙기고 나니 들어오면서 고생한 것이 억울했다. 그는 뭐 챙겨갈 것이 없나 더 살폈다.

상자보다 더 뒤쪽에 움푹 파인 공간이 있었다. 공간의 바닥은 유리처럼 매끄러웠다. 그리고 그 바닥 위에 손가락 한 마디만 한 작고 투명한 조각이 하나 얹어져 있었다.

"어라? 얼음인가? 그런데 왜 이런 모양으로 얹어져 있어? 이상하네?"

주유성이 그 조각을 잡으려고 손을 뻗었다. 손가락으로 조각을 잡기 직전에 그의 움직임이 정지했다.

"으, 차다!"

손이 닿기도 전이다. 하지만 강한 냉기가 느껴졌다. 그대로 잡았다간 아무리 주유성이라고 하더라도 손가락이 얼어붙어 버릴지도 모를 가공한 냉기였다.

"에구! 직접 잡으면 도저히 감당이 안 되겠네. 도대체 이게 뭐려나?"

아무리 견문이 부족한 주유성이지만, 무림의 기괴한 보물들에 대해서까지 못 들어본 건 아니다.

"어? 이거 설마?"

주유성의 눈이 반짝였다. 그는 주변을 둘러보더니 취사도구를 찾았다. 손잡이가 달린 작은 그릇이 보였다.

그는 그것을 잡고 투명한 조각을 툭 쳤다. 조각이 살짝 떠오르자 그릇을 뻗어 재빨리 받았다. 조각이 그릇 속으로 쏙 들어왔다.

그릇을 타고 강력한 냉기가 타고 올라왔다. 냉기가 그의 팔을 얼릴 듯이 요동쳤다.

"아이 차!"

아무리 냉기가 지독해도 직접 만진 것은 아니다. 그릇의 손잡이를 타고 오는 냉기를 처리 못할 주유성이 아니다. 그는 내공을 운기하며 그것을 들고 바깥으로 걸어나갔다. 한 손에는 상자, 다른 손에는 손잡이가 달린 그릇이었다.

필요한 상자를 챙겼으니 이제 돌아가야 한다. 하지만 그는 여기 올 때처럼 생고생을 다시 하기 싫었다. 그는 양손에 물건을 든 채 섬을 어슬렁거렸다.

"여기 오면서 계산한 결과에 의하면 이쯤에 있어야 정상인데. 야호! 바로 여기 있었구나! 이 건방진 놈아!"

주유성이 원하던 것을 찾았다. 반반하게 깎인 바위 위에 오행의 진법도가 그려져 있었다.

"네가 날 개고생시킨 진의 핵이란 말이지. 요 발칙한 놈!"

주유성이 발을 들었다. 발끝에 기가 서렸다. 그는 공력을 한껏 끌어올려 바닥을 꽉 밟았다. 천근추의 수법에 절정의 각법이 얹어져서 바위를 찍었다.

진법도에서 강력한 반발력이 일어났다. 거대한 진의 중심이 되는 진법이다. 아수라환상대진의 가벼운 돌멩이 하나 옮기는 것과는 차원이 다르다.

하지만 이것은 이 진 전체의 기준이 되는 것이지 진의 힘 자체가 아니다. 진법도는 발악을 했지만 주유성의 발이 더 강했다.

"죽엇!"

주유성이 힘을 한 번 더 쓰자 반발력이 깨져 나가며 발이 바위를 찍었다. 발에 맺혀 있던 내공의 힘이 단단히 얼어 있던 바위를 요란하게 부수며 파고들었다.

쩌적!

그의 발을 중심으로 거미줄 같은 방사형 금이 사방으로 빠르게 퍼졌다. 그리고 정적이 감돌았다.

섬 주위를 감싸던 강력한 기의 흐름이 크게 요동치기 시작했다. 마치 거대한 해일이 일어나듯이 섬 주변이 거대한 규모로 흔들렸다. 파도가 섬을 뒤엎기라도 할 것처럼 높이 솟아올랐다.

주유성은 오만방자한 자세로 그 광경을 쳐다보며 말했다.

"꺼져."

그의 말을 알아듣기라도 한 것처럼 파도가 물러섰다. 요동치던 기운들이 서서히 가라앉았다. 중심이 사라진 진은 마지막 발악을 하고 나서 그 힘을 서서히 잃었다.

시야를 가르던 운무도 사라졌고 거센 바다의 흐름도 약해졌다. 얼음덩이들은 해류를 따라 천천히 움직였고 곳곳에 숨어 있던 암초들도 그 모습을 드러냈다.

주유성이 바다를 보더니 일갈했다.

"조용하니까 좋잖아!"

북해의 비밀이 발길질 한 번에 날아갔다.

진 바깥에서 기다리던 북해빙궁주는 이제 심장이 미칠 듯이 뛰었다. 주유성이 쪽배를 타고 바다를 건너 그의 눈앞에 도착했다. 그는 배가 도착하는 곳까지 뛰어가서 자진해서 뱃머리를 잡아당겼다.

"주 공자, 어서 오게나."

흥분으로 얼굴이 빨개진 그는 두 손을 내밀고 있었다. 어서 상자를 달라는 뜻이다.

주유성이 상자를 내밀자 빙궁주는 그것을 탁 잡아챘다.

예의없는 행동이지만 그로서는 평생의 숙원이 달린 일이다. 머리는 주유성을 믿고 예의를 지켜야 한다고 하지만, 보물을 보자 몸이 먼저 반응했다.

상자를 잡자 차가운 냉기가 짜르르 흘렀다. 하지만 그는 북해빙궁의 최고수인 궁주. 냉기를 무공으로 사용하는 그에게 그 정도가 위협이 될 순 없었다. 그는 재빨리 자물쇠를 살폈다. 자물쇠는 최고의 쇠로 만들었지만 세월의 흐름을 비껴갈 수 없어 녹이 살짝 슬어 있었다.

'열어봤다면 흔적이 남지 않을 수가 없지. 녹이 그대로인 것을 보니 주 공자는 역시 믿을 만한 사람이군.'

그는 크게 기꺼운 얼굴로 말했다.

"고맙네, 주 공자. 자네는 우리 빙궁의 은인이야."

주유성이 인상을 썼다.

"배고파요."

"응? 배? 이 사람아, 지금 배가 문젠가? 드디어 숙원을 해결했단 말일세!'"

 빙궁주는 지금 먹지 않아도 배가 부르다. 대를 이어 소원하던 물건을 손에 쥐었으니 안 그럴 리가 없다.

 하지만 공을 세운 주유성이 다시 배고픔을 말했다.

 "뱃가죽이 등가죽보고 사돈하자고 인사하네요."

 빙궁주는 상자를 단단히 움켜쥐자 이성이 조금 돌아왔다.

 '아차! 이자는 먹을 것을 좋아하지. 원, 이런 때에도 먹을 것을 찾다니.'

 그는 재빨리 자신의 짐을 뒤적였다.

 "자, 이건 내가 즐기는 얼음과자라네. 일단 이거라도 먹게나. 나머지는 좀 정리를 하고 먹자고."

 주유성은 새로운 먹을거리에 관심을 보이며 받아 들었다. 얼음과자를 혀로 살짝 핥아보았다.

 "와, 얼음이 새콤달콤하다. 히이."

 웃는 주유성을 보며 빙궁주는 심호흡을 했다. 가벼운 토납법을 하며 흥분을 조금 가라앉혔다. 슬슬 진정이 되자 그는 주변이 꽤나 추워진 것을 깨달았다.

 "그런데 주 공자, 어찌 갑자기 많이 추워지는군. 이것도 진법의 영향인가?"

 "진법요? 그럴 리가요. 그건 부숴 버렸는데요?"

 빙궁주의 안색이 확 변했다.

 "부숴? 뭘?"

"여기 설치돼 있던 진법 말예요. 박살을 내버렸어요."

빙궁주는 크게 놀랐다.

"뭣, 우리 북해의 비밀을 부숴? 잠시 진정시킨 것이 아니란 말인가?"

이 진은 그동안 북해의 비밀이라고 불려왔다. 아주 오래전부터 그렇게 알려져 온 이름이다. 왜 그렇게 불리는지는 지금의 빙궁주에게 전해지지 않았다. 다만 진 가운데의 섬으로 갈 수 있게 되면 자연히 알 수 있다고만 알려졌다.

빙궁주는 그래서 그동안 이 진법 자체가 북해의 비밀이라고 오해를 했다. 그리고 그 비밀을 망가뜨렸다는 것에 크게 실망했다.

'이 자식이. 일을 너무 과격하게 처리했잖아.'

빙궁주가 분노로 덜덜 떨었다. 그 기색을 주유성이 눈치 챘다.

주유성이 투덜댔다.

"어차피 들어갈 방법도 없는 진이잖아요. 아예 부숴 버리는 것이 나아요."

빙궁주가 듣고 보니 그것도 그렇다. 자기가 화낼 일이 아니다.

'확실히 이자가 없을 땐 아무런 도움이 되지 않는 진이었지.'

"그, 그래도 이건 우리 북해의 비밀인데."

빙궁주는 못내 아쉬워했다. 하지만 주유성의 말이 틀린 것은 아니다. 이곳에 설치되어 있던 것은 주유성이 없으면 아무도 들어갈 수 없는 진이다.

주유성이 빙궁주를 보고 생각난 듯이 말했다.

"아, 안에서 하나 더 챙겨온 게 있어요. 그것 때문에 여기가 추울 거예요."

"챙겨와? 가져올 가치가 있는 것은 이것밖에 없었을 텐데?"

이상하게 생각하는 빙궁주를 놔두고 주유성은 배로 돌아갔다. 거기에 얹어둔 그릇 손잡이를 잡았다. 그릇은 어느새 배 바닥에 꽁꽁 얼어서 달라붙어 있었다. 그는 그릇에 공력을 주입하고 힘으로 잡아뗐다.

주유성이 그릇을 가져와서 빙궁주에게 내밀었다.

"단단히도 붙었네. 자요, 이거 받아요."

빙궁주의 얼굴이 창백하게 변했다. 그는 주유성이 그릇을 들고 움직이자 주변의 냉기가 따라서 요동치는 것을 느꼈다. 그리고 그 중심은 분명히 그릇이었다.

"받아요. 안에 이게 한 조각 있더라고요."

빙궁주의 눈에 그릇 안에 굴러다니는 작은 얼음 조각이 보였다.

그는 감히 그냥 받을 수가 없었다. 가까이 다가가기만 해도 강력한 냉기가 그를 위협했다.

추운 북해에서 평생을 살아온 빙궁주도 처음 보는 물건이다. 그러나 그는 이렇게 생기고 이런 냉기를 뿜는 물건에 대해서 잘 알고 있었다. 본 적이 없어도 너무 잘 알고 있었다.

"설마 빙정?"

"이거 빙정 맞아요? 이게 저기에 굴러다니길래 혹시나 해서 챙겨왔거든요."

빙궁주가 침을 꿀꺽 삼켰다. 목이 탔다. 그는 자기 평생에 빙정을 볼 날이 올 줄은 몰랐다. 삼백 년 전을 마지막으로 북해에서 빙정이 발견된 적은 없었다.

"빙정을 가져왔다고? 이걸 그냥 가져왔다고? 이걸 나보고 받으라고? 나를 준다고?"

"팔 떨어져요. 손 시려워요."

빙궁주가 서서히 흥분하기 시작했다.

"빙정이다, 빙정! 내게 빙정이 오다니!"

그는 상자를 들지 않은 손을 내밀어 그릇을 받으려고 했다.

그의 눈에 빙정이 든 그릇을 아무렇지도 않게 잡고 있는 주유성이 보였다. 그것이 의미하는 바는 크다.

'일반적인 무공을 익힌 자는 빙정이 담긴 그릇을 들고 있을 수 없다. 그 말은 주 공자가 냉기를 이용한 내공을 익혔다는 뜻. 그렇구나. 그래서 북해의 추위에서 그렇게 여유있게 지낼 수 있었구나.'

빙궁주는 눈물이 다 날 것 같았다.

'그런 내공을 익힌 사람에게 이 빙정은 무가지보. 말 그대로 이건 전설의 영약이다. 그걸 자기가 챙기지 않고 내놓다니. 내가 그릇이 작았구나. 이 큰 사람을 보지 못한 내가 그릇이 작았어. 이 사람이 대접이라면 난 간장종지였어.'

주유성은 그릇이 큰 게 아니라 내공에 욕심이 없는 거다. 어차피 가만히 있어도 쑥쑥 쌓이는 것이 주유성의 내공이다. 더구나 빙정을 활용하기 위한 종류의 무공은 익힌 적도 없다. 팔아먹는다면 모를까 가져봐야 쓸모가 없다. 그리고 어차피 이걸 들고 북해를 빠져나갈 방법도 없다.

더구나 빙정은 빙궁의 심처에서 나온 물건이다. 대충 눈치를 보니 자기 것이 아니다. 주유성은 원래 남의 물건에 관심 없다.

빙궁주는 그 사실을 눈곱만큼도 모른다.

"고맙네, 주 공자! 우리 빙궁은 주 공자의 은혜를 절대로 잊지 않겠네!"

진심이다. 그는 정말로 잊지 않을 생각이다.

"은혜는 무슨. 얼른 받아요. 손 시려워요."

빙궁주는 조심스럽게 빙정이 든 그릇을 받았다. 그냥 보관할 리 없다. 그는 타고 온 썰매에서 보온이 가능한 것을 닥치는 대로 꺼내 빙정이 든 그릇을 감쌌다.

그 짐을 썰매에 단단히 묶은 후 빙궁주의 흥분했던 머리가 식으며 빠르게 돌아갔다.

'빙정은 하늘에서 떨어지는 물건이 아니다. 그것이 생성되는 곳은 한기가 집중되는 곳.'

"그런데 주 공자, 이걸 어디서 찾았나?"

"그 상자 뒤에 있더라고요. 돌바닥이 맨들맨들해서 꼭 얼음 같은 곳이 있는데, 그 위에 있었어요."

빙궁주가 놀라서 소리쳤다.

"만년한옥, 극한지처!"

"에이. 극한이라고 할 만큼 춥지는 않았는데요?"

"극한지처가 틀림없네. 북해 깊은 곳에서 올라오는 순도 높은 냉기가 만년한옥이 섞인 광물지대를 통과하면서 정제되고, 다시 한 지점에 모이는 곳. 빙정이 생길 수 있는 최고의 장소. 그것이 극한지처지. 아, 북해의 극한지처가 저곳에 있었다니."

빙궁주는 갑자기 머리를 망치로 맞는 듯한 충격을 받았다.

"그렇군. 북해의 비밀이라고 전해지는 것은 저 진법이 아니었어. 저 진법은 극한지처를 지키기 위해서 존재하는 것이었어. 진정한 북해의 비밀은 극한지처였어. 그래서 선조 분들이 저곳에 들어가서 수련하신 거고."

그는 빙정이 나온 섬을 쳐다보았다.

"삼백 년 동안 아무도 냉기를 흡수하지 않으니 마침내 빙정이 만들어졌겠지. 그래, 그런 거야."

주유성은 빙정의 이름은 알아도 생성 원리까지는 모른다.

"그럼 몇천 년 만에 찾아가는 극한지처에는 주먹만 한 빙정이 있겠네요?"

"아니지. 하긴, 주 공자는 잘 모를 수도 있지. 빙정은 극한지처의 용량 이상의 크기로는 만들어지지 않아. 용량을 넘어서는 냉기는 빙정으로 모이지 못하고 흩어지니까. 하지만 이 빙정의 크기를 보면 저 극한지처는 북해의 비밀이라고 해도 오히려 모자랄 만큼 대단하군. 이건 최소한 백년이 넘는 시간 동안 생성돼야 만들어질 수 있는 크기의 물건이니까. 으하하하!"

기쁨에 겨워 웃던 빙궁주가 급히 얼굴을 굳혔다.

'내가 이걸 얻었음은 기밀이어야 한다. 하지만 주 공자가 안다. 어쩌지?'

주유성을 보았다. 하지만 조금 전까지 은혜갚음을 생각하다가 갑자기 살인멸구를 할 수는 없다. 그런 건 마두나 하는 짓이다. 빙궁주는 마두가 아니다.

"주 공자, 부탁이 있네. 저 빙정과 극한지처에 대한 것은 비밀로 해주겠나?"

"뭐 떠들 일이라고요. 알았어요. 하지만 극한지처는 결국 알려질 텐데요?"

"괜찮네. 내가 이 빙정을 흡수할 시간만 있으면 돼. 내가 모든 것을 익히면 이제 북해의 영광이 시작되는 거야. 과거의 영광보다 더 찬란하게 빛나는 거지. 그때는 누구나 알아도 돼."

주유성이 눈썹을 찌푸렸다.

'이 할아버지 무슨 생각인 거야? 혹시 딴마음 먹는 거 아냐?'

"무림맹에 대한 지지 선언은요?"

"으하하! 당연히 하지. 어디 그뿐인가? 자네가 원하기만 한다면 우리 빙궁의 강력한 전사들까지 보내주겠네."

第二章

빙궁주는 궁으로 돌아온 후 폐관 수련에 대한 준비를 서둘렀다.

보물은 힘이 없는 자의 손에 들어가면 피를 부른다. 설사 힘이 있는 자의 손에 있다 하더라도 마찬가지다. 헛된 욕심을 부리는 자가 나타나면 피를 피할 수 없다.

북해빙궁에서 빙정을 원하지 않는 자는 아무도 없다. 빙정은 전설에서나 나오는 보물이라는 생각에 평소라면 아무도 헛된 꿈을 꾸지 않는다. 하지만 빙정을 흡수해 내공을 크게 높일 욕심은 누구나 가지고 있다.

그래서 빙궁주는 자기가 가져온 것이 무엇인지 철저히 비밀로 했다. 사람들이 자고 있을 시간에 빙궁으로 몰래 복귀했으며, 비밀호위들을 시켜 남들의 접근을 차단했다. 그 비밀호위들마저 빙정의 정체를 알 수 없도록 멀리 떨어뜨려 놓았다.

어떻게 보면 좀 지나치게 조심한다는 기색이 역력하다.

옆에서 따라다니며 그 모습을 보던 주유성이 투덜댔다.

"궁주 할아버지, 이거 좀 과하게 하시는 거 아녜요?"

그의 상식으로 볼 때 이건 지나치다.

빙궁주는 이걸 말해줘야 하는지 마는지 잠시 고민했다.

'이 녀석은 이미 보물을 보고도 욕심을 부리지 않았지. 행여 나중에 마음이 바뀌어도 그때는 이미 내가 모든 것을 이룬 후. 한번 흡수한 빙정은 돌아오지 않아.'

그는 좋은 것을 가지고 있다고 자랑하고 싶어서 입이 근질거렸다. 그리고 그걸 말해도 될 만한 사람은 이미 진실을 어느 정도 아는 주유성뿐이다.

"만에 하나의 가능성을 차단하고 싶으니까 그러는 거다. 공연히 피바람에 휘말릴 필요는 없잖느냐."

"의외로 속이 좁으시네."

"커험! 그게 아니라니까. 준비를 철저히 하는 것일 뿐이다. 이러는 게 여러 사람에게 좋은 거라네."

주유성이 의심 가득한 눈초리로 말했다.

"그러시겠죠. 그러실 거예요. 그러니까 제 황금부터 먼저 주세요."

주유성은 이제 빙궁주에게 돈 떼먹히는 것 아니냐는 걱정이 들었다.

빙궁주는 당장이라도 폐관 수련실에 자리를 잡고 빙정을 흡수하고 싶었다. 하지만 상황은 그렇게 만만하지 않다. 자리 잡는 건 자기 마음이지만 빙정을 흡수하는 방법이 문제다.

그는 최고의 내공심법으로 빙정을 흡수하고 싶다. 어정쩡한 것으로 이 정도 크기의 빙정에 도전했다가는 혈맥이 얼어붙어 죽을 위험이 있다. 설사 성공해도 심법이 나쁘면 날려먹는 양이 많아진다. 당연히 빙정의 기운을 날려먹는 만큼 손해다. 따라서 먼저 최고의 심법을 익히고 있어야 한다.

빙궁주가 궁주 전용 수련실에 앉아 상자를 조심스럽게 만졌다. 대대로 전해져 오는 열쇠로 자물쇠에 넣고 돌리자 오랜 세월이 흘렀음에도 불구하고 딸깍 소리를 내며 열렸다.

그리고 상자 속에는 얇은 책이 한 권 들어 있었다.

"있다! 북극심법. 크흑. 드디어 이걸 회수했구나. 할아버지, 아버지, 제가 드디어 북극심법을 찾아왔습니다."

또르르 흘린 눈물이 뺨을 타고 내려가다가 얼어붙었다. 원래 추운 북해빙궁이고 폐관 수련실은 그중에 특히 더 추운 곳에 만들어져 있다. 거기에 더해서 빙정의 영향을 받아 지금은 눈물마저 얼어붙을 정도였다.

북극심법은 북해빙궁 최고의 심법이다. 대대로 궁주에게

만 전해지는 것이다. 내공을 쌓는 속도야 특별히 탁월할 것이 없지만 그 정순함에 있어서 다른 것과 비교가 되지 않는 심오한 심법이다. 그리고 빙궁주만이 익힐 수 있도록 허락된 심법이다.

북해빙궁 최고의 무공은 북극심법을 이용해서 펼쳐야 제대로 된 위력이 나온다. 따라서 빙궁주만이 제대로 된 위력을 낼 수 있다. 그것이 빙궁주가 북해빙궁 내에서 절대강자의 위치를 차지할 수 있도록 사용되어 온 방법이다.

그런데 이것을 잃은 후로 중원무림에서도 손꼽던 고수이던 북해빙궁주의 무공은 크게 하락했다.

예전에는 빙궁주에게 사고가 생겨도 심법을 전수받는 것은 문제가 없었다. 다음 대의 궁주가 진법을 통과해 들어가서 잘 쓰여진 비급을 보고 익히면 그만이다.

하지만 삼백 년 전부터 그것이 불가능해졌다. 그때 진법의 생문이 사라졌고 당시 궁주는 사망했다. 그 이후로 북극심법의 전달은 완전히 끊겼다. 그리고 이제 드디어 그것을 찾았다.

"아이들에게 극한빙장 같은 편협한 무공을 익히게 하던 것도 이제 끝이다. 익힌 무공을 숨기게 할 필요도 없어. 이제 마음 놓고 실력 발휘를 하라고 해도 되겠군. 누가 뭐라 해도 뒤에는 사상 최강의 내가 있으니까. 으하하하!"

빙궁주는 웃음을 멈추고 책장을 조심스럽게 넘겼다. 그는 어느새 심법의 연구에 깊이 빠져 들어갔다.

주유성은 북해빙궁 최고의 음식을 닥치는 대로 먹어치웠다. 이미 빙궁주가 단단히 내려놓은 명령이 있었다.
"우리 빙궁의 기둥뿌리가 빠지는 한이 있어도 주 공자에게 음식을 아끼지 마라."
그 명령에 의해서 빙궁의 최고 주방장은 비장의 재료를 닥치는 대로 소모했다. 인근에서 신선한 재료를 수없이 사들였고 그것으로 끝없이 음식을 만들어 바쳤다.
주유성은 그 요리의 바다에서 뒹굴었다. 항상 배가 뽈록해서 돌아다녔다. 먹다 지치면 좋은 자리를 찾아 뒹굴었다. 그 옆은 냉소미가 졸졸 따라다니며 시중을 들었다.
"주 오빠, 혼자 그렇게 먹어대다가 배 터져 죽으면 어떻게 하려고 그래?"
주유성이 배를 흔들었다.
"이히히. 귀엽지 않냐?"
냉소미가 피식 웃으며 그 배를 통통 두드렸다.
"이게 다 어디로 없어지고 금방 홀쭉해지는지 몰라."
둘이 배를 두드리며 노는 모습을 보는 사람들은 눈꼴이 시어서 몸을 떨었다.

그렇게 며칠이 지나고 나서 빙궁주가 잔치를 열었다.

"이 잔치는 이제부터 있을 내 폐관 수련을 기념하기 위함이다."

빙궁주의 말에 수많은 아들딸들, 그리고 아내들, 손자, 손녀들이 일제히 외쳤다.

"대성을 기원합니다!"

빙궁주가 고개를 끄덕이며 만족한 얼굴을 했다. 드디어 북극심법의 이해를 끝낸 그는 그것을 수련하며 빙정을 흡수하기로 결정했다. 그리고 그 일을 시작하기 전에 거하게 잔치를 벌였다.

빙궁주의 눈에 벌써부터 음식을 먹느라 정신이 없는 주유성이 보였다.

"주 공자는 나의 수련이 기쁘지 아니한가?"

"쩝쩝. 꼭 살아 나오세요."

주유성은 빙궁주가 어떤 방법을 써서 빙정을 흡수하려고 하는지는 모른다. 하지만 빙정에서 풍기는 어마어마한 냉기를 느끼고 그것이 지나치게 강력한 것임은 깨닫고 있었다. 흡수하다가 한순간의 실수만 해도 동태가 되기 십상이다.

그의 말은 걱정 어린 진심이었다.

빙궁주도 진심임을 안다. 자신도 일말의 두려움이 없는 것은 아니다. 그래서 그 대답에 만족했다.

"고맙네. 내 꼭 살아서 나오지."

그러나 다른 가족들은 다르다. 사람들이 눈살을 찌푸렸다.

그리고 주유성이 눈꼴시어서 못 봐주겠다고 생각하던 사람들은 심하게 인상을 썼다.

그중 하나가 먼저 나섰다.

'건수를 잡았다. 요놈, 당해봐라.'

"이런 무례한 자를 봤나! 감히 할아버님께 그 무슨 무례한 언동이냐!"

질세라 다른 몇 명도 일어섰다.

"이런 똥물에 얼려 죽일 놈!"

"겨울바람에 말려 동태를 만들어 버릴 놈!"

"북해의 바닷물에 백번을 담글 놈!"

냉소미가 자기보다 나이가 많은 조카들을 노려보며 말했다.

"감히 어린것들이 어딜 나서?"

빙궁주의 손자들은 물러서지 않았다.

"소미 고모는 가만있어. 그딴 놈에게 눈이 멀어버린 고모가 낄 자리가 아니야."

이런 분위기에 밥이 맛있을 리가 없다. 주유성이 그들을 힐끗 쳐다보았다.

'하나같이 평소에 나를 노려보던 놈들이네?'

주유성이 뜯어먹고 있던 바다가재를 내려놓으며 말했다.

"그래서?"

기분이 상한 그의 몸에서 싸늘한 기색이 나왔다.

네 명의 손자들이 반색을 했다.

'요놈, 박살을 내버리겠다.'

"나와라! 네 돼지 같은 입만큼 실력이 있는지 보자!"

한 명이 그렇게 말하자 다른 셋도 덩달아 호응했다.

주유성은 입맛이 완전히 떨어졌다. 하도 잘 먹었더니 적어도 당분간은 먹는 것에 욕심이 생기지 않는다. 그는 손을 근처에 놓인 수건에 쓱쓱 닦았다.

빙궁주가 살짝 인상을 썼다. 평소에 성질이 조금 급박하던 손자들이다. 손자들 중에 가장 나이가 많은 녀석들이라 모두 이미 이십대다.

그래도 그는 다른 아들들이 말려줄 줄 알았다. 자기 체면에 직접 나서기는 싫어서 기다렸다. 하지만 아무도 말리지 않았다. 모두 놀고먹는 주유성에게 불만이 많았다.

빙궁주는 어이가 없었다.

'이것들이 미쳤나? 사람 보는 눈이 그렇게 없어?'

주유성은 북해빙궁의 은인이다. 더구나 그는 주유성이 나이에 비해서 무공이 대단한 고수라고 판단하고 있었다. 그는 모르지만 그가 본 것은 빙산의 일각이다. 그럼에도 불구하고 그가 본 것만 가지고도 자기 손자들 정도는 박살이 나고도 남는다. 손자 사랑하는 마음에도 그대로 놔둘 수는 없다.

빙궁주가 소리를 버럭 질렀다.

"뭐 하는 게냐! 감히 내가 차린 잔치에서 싸움을 걸다니!"

빙궁주의 몸에서 냉기가 뿜어져 나왔다.

서슬 시퍼런 빙궁주의 태도에 놀라 사람들이 즉시 몸을 움츠렸다.

"네 이놈들! 감히 주 공자에게 무례한 짓을 해? 당장 사죄하지 못하겠냐?"

네 명의 손자는 그 말을 마음으로 받아들일 수 없었다.

'하는 일 없이 노는 놈에게.'

'평소 행동을 보면 무공도 별 볼일 없는데.'

'얼음 조각 잘하는 것이 전부인 놈을.'

'얼굴이 반반한 남자는 다 죽어야 해.'

하지만 감히 거부하지는 못했다. 북해빙궁에서는 빙궁주의 말이 법이다.

"끄응! 주 공자에게 사과드립니다."

네 명의 말에 주유성이 일어서려던 것을 그만두었다. 빙궁주가 편들고 사과까지 받자 워낙 속 편한 놈이라 다시 입맛이 돌았다. 그는 먹다 남긴 가재를 잡으며 말했다.

"니들 운 좋았다."

정말 운 좋았다. 그들은 자신들이 용의 아가리에서 빠져나온 것을 꿈에도 몰랐다. 그래서 억울했다.

'두고 보자!'

빙궁주가 분위기를 바꿔보고자 주유성에게 말을 걸었다.

"주 공자! 그런데 주 공자의 나이가 몇이지?"

"스무 살인데요?"

"저런. 스무 살이면 장가가야 할 때잖아. 그래, 짝은 있고?"

주유성은 슬슬 불안해졌다. 빙궁주의 태도가 수상했다.

"아뇨."

빙궁주가 무릎을 탁 치며 말했다.

"저런! 세상 여자들이 주 공자를 못 알아보는군. 소미야, 주 공자가 혼자라는구나."

주유성의 옆에서 깔짝대던 냉소미가 얼굴을 살짝 붉혔다.

"어머. 아빠도."

"허허. 너답지 않게 부끄러워하기는."

짝을 지어준다는 데 부끄러워하는 것은 정말로 냉소미답지 않은 일이다. 사실 그녀가 부끄러워한 것은 그만큼 들이댔지만 실패한 자신의 처지다.

'어쩌면 주 공자는 고자일지도 몰라.'

빙궁주가 냉소미의 태도를 오해하고 말했다.

"주 공자, 소미 저 아이가 저래 보여도 남자 한번 사귀어보지 않은 아이라네. 우리 북해에서 저 나이까지 그런 아이는 흔치 않아. 그만큼 조숙한 아이란 말씀이지. 미모도 우리 궁에서 최고이고. 집안이라 하면 바로 내 딸이 아닌가. 하하하! 말해놓고 보니 이거 정말 최고의 신붓감이군. 저 아이를 얻는 남자는 정말 복받은 거지."

주유성이 뜯어먹던 바다가재를 조용히 내려놓았다.

"따님 시집보내시게요?"

빙궁주가 반색을 했다.

'이놈을 얻는 것은 북해빙궁의 복이다. 소미에게도 최고의 신랑감이고.'

"마음이 있나? 자네가 마음만 있다면 내가 적극적으로 밀어줌세."

그의 말에 잔칫상의 분위기가 빠르게 냉각됐다.

냉소미는 빙궁주의 말이 반갑기 그지없다.

'나 혼자 들이대서 실패했지만 아빠가 도와준다면 또 다르지. 주 오빠, 오빠는 이제 내 거야.'

신이 나서 얼굴에 웃음꽃이 확 피었다. 그녀의 친오빠인 냉소천도 내심 반가운 표정이었다.

하지만 다른 사람들은 입장이 다르다. 그들은 빙궁주의 태도를 이해할 수 없었다.

'아버지가 미친 거 아냐?'

'소미 저년은 왜 또 좋아서 난리야?'

'콩깍지다. 틀림없다.'

'약점 잡혔나?'

다들 대놓고 반대하지는 못했다. 하지만 나름대로 꿍꿍이를 꾸몄다.

사람들의 노려보는 시선을 받은 주유성이 몸을 부르르 떨었다.

'안 좋다.'

주유성에게는 튼튼한 마차가 한 대 주어져 있다. 그 마차에는 황금 이십 관이 숨겨져 있었다. 마차를 끄는 것은 네 마리의 말이다.

마차에 황금이 실려 있다는 것은 다른 사람들은 모른다. 그건 빙궁주와 냉소천만 아는 일이다. 보물을 가진 것을 여러 사람이 알아서 좋을 건 없다.

주유성이 돌아갈 때 이 마차를 몰아줄 사람은 북해빙궁에서 내주기로 했다. 하지만 이제 주유성은 멍하니 있다가는 마차에 타고 가는 것이 마부 한 명으로 끝나지 않을 거란 걸 눈치 챘다.

주유성이 마차 외벽을 쓰다듬었다.

"쳇! 귀찮게 왜 여자는 붙여주려고. 이 일을 어쩐다."

그는 가볍게 툴툴대고는 몸을 빙글 돌렸다. 그리고 피식 웃으며 말했다.

"나 찾아왔냐?"

어둠 속에서 네 명의 빙궁주 손자가 걸어나왔다.

"이 버르장머리없는 새끼. 감히 소미 고모를 노려?"

"미약을 쓴 거야. 틀림없어. 제정신이라면 소미 고모가 이런 놈에게 넘어갈 리가 없어."

"게으름뱅이 주제에 노릴 걸 노려야지."

"잘생긴 놈은 죽어라."

주유성이 네 명을 보고 있자니 좋은 생각이 떠올랐다. 해결법이 생각나서 기분이 좋아진 그는 입꼬리를 올리며 미소를 지었다.

"그래서?"

영락없는 비웃음이다.

네 명은 빙궁에서 최고의 신분이다. 언제나 좋은 대접을 받았고 부족함이 없이 살았다. 이제 자기들보다 더 대접이 좋은 게으름뱅이가 삐딱하게 나오자 콩알만큼 있던 자비심이 사라졌다.

"무엄한 게으름뱅이 놈아! 박살을 내주마!"

넷 중의 하나가 주유성에게 몸을 날리며 주먹을 뻗었다. 주유성을 만만하게 보기는 하는데 그렇다고 아주 방심하지는 않았다. 주유성이 이 추운 북해에서 편안히 돌아다니는 모습을 본 때문이다. 내공이 약하면 그럴 수가 없다.

그래서 그의 주먹에 담긴 내공의 힘은 상당히 강했다.

주유성이 그 주먹을 슬쩍 움켜잡았다. 금나수법의 흡자결을 써서 살짝 당겼다.

상대는 무공이 얕지 않다. 하지만 기겁을 했다.

'흐엇. 몸이 빨려 들어간다.'

놀란 것은 놀란 것이고 그동안의 수련은 수련이다. 즉시 힘의 중심을 뒤로 이동시키며 팔을 잡아 뺐다.

주유성은 그 움직임이 바뀌는 찰나에 척(斥)자결을 써서 당기던 손을 반대로 쏙 밀었다.

상대는 중심을 뒤로 이동시키던 상태에서 주유성의 힘이 더해지자 균형을 잡을 수 없었다. 더 고수라면 보법을 이용해서 벗어났겠지만 그는 그 경지에는 도달하지 못했다.

그는 자기 힘에 밀려 그대로 뒤로 풀쩍 날아가서 바닥을 굴렀다. 요란한 소리가 났다.

다른 세 명의 안색이 급변했다.

"고수다!"

주유성이 비웃었다.

"그럼 그냥 무엄한 게으름뱅이인 줄 알았어?"

세 명이 급히 자신의 검 손잡이를 잡았다. 주유성의 몸이 유령처럼 다가왔다.

사람들이 검을 뽑으려고 했다. 검이 막 뽑혀 나왔다. 그 손을 주유성이 연달아 콱콱 눌렀다. 누르는 손이 너무 빨라 제대로 보이지도 않았다.

빠져나오던 검은 그 즉시 검집으로 밀려들어 갔다. 세 명은 어이가 없었다. 셋이서 한 명의 손놀림에 눌려 검을 뽑지 못했다.

그중 한 명이 얼굴을 붉히며 검을 다시 뽑았다. 그러나 그것도 채 반도 뽑히기 전에 주유성에 의해서 다시 밀려들어 갔다.

세 명은 검을 뽑으려고 몇 번을 더 시도했다. 그러나 그때마다 주유성에 의해서 다시 밀려들어 갔다. 이제 세 명의 얼굴은 흙빛이 됐다. 그들은 이 상황이 뭘 의미하는지 잘 알았다.

　자빠졌던 다른 한 명이 벌떡 일어서며 외쳤다.

　"대, 대단한 고수다!"

　"대단한 게으름뱅이 아니고?"

　그들 네 명의 얼굴은 이제 시체처럼 꺼멓게 죽어 있었다.

　'원한다면 우리쯤은 단숨에 쳐 죽일 수 있는 고수다.'

　처음의 소란이 들렸는지 사람들이 다가오는 소리가 들렸다.

　주유성에 네 명에게 조용한 목소리로 말했다.

　"지금 그 자세로 꼼짝 말고 있어라. 조금만 움직여도 죽는다."

　네 사람은 급히 고개를 끄덕였다. 감히 저항하고 싶지 않았다. 그들이 느낀 충격은 그만큼 컸다.

　주유성이 쓰러졌던 사람의 몸에 묻은 지푸라기들을 깨끗하게 털어주었다. 세 명은 여전히 검 손잡이를 잡은 상태고 한 명은 멍하니 서 있었다. 그는 서 있는 사람의 팔을 들어 주먹을 앞으로 뻗도록 했다. 다리 자세도 교정했다.

　"이대로 있어야 해."

　자신이 만든 결과물에 만족한 그는 네 명에게서 몇 걸음 떨어진 곳으로 걸어갔다.

그리고 바닥을 잘 살핀 후 드러누웠다.

네 명은 주유성이 무슨 짓을 하는지 이해할 수 없었다. 하지만 함부로 움직일 수는 없었다.

그때 마구간에 사람들이 들이닥쳤다.

"무슨 일이냐!"

들어온 사람들 중에는 빙궁주의 아들도 있었다. 그는 거의 중년이었다.

주유성이 그를 발견하고 눈이 반짝였다. 즉시 소리를 질렀다.

"아이고! 나 죽네! 궁주 할아버지가 초대한 나를 저놈들이 마구 패네!"

그는 팔다리를 흔들며 마구 버둥댔다.

무공을 익힌 사람들은 자기들이 들은 것이 누군가 요란하게 쓰러지는 소리임을 짐작하고 있었다. 그리고 주유성이 쓰러져서 죽겠다고 하고 있다.

네 명의 손자 중 한 명은 서서 주먹을 내밀고 있고 다른 세 명은 검을 당장이라도 뽑을 것처럼 잡고 있다. 상황이 명확하다.

빙궁주의 아들이 급히 말했다.

"뭣들 하느냐? 주 공자를 모시지 않고?"

그의 말에 사람들이 급히 달려가 주유성을 부축했다.

빙궁주의 아들은 네 명에게 다가가더니 따귀를 연달아 때리며 소리쳤다.

"네 이놈들! 평소에도 말썽만 피워대더니 이제 아버지의 손님에게 손찌검을 해? 이 일을 그냥 넘어갈 줄 알았더냐?"

네 명은 진짜로 억울했다.

"사, 삼촌, 그게 아니라."

"시끄럽다. 모두 근신하고 있어라. 아버지가 이 일을 그냥 넘어갈 리가 없다는 것을 네놈들도 잘 알 터. 아버지가 폐관수련을 마치고 나오시면 그 진노를 감당할 각오나 해라!"

네 명은 사색이 됐다. 변명을 하고 싶다. 하지만 증거가 없다. 자기들은 서 있고 셋은 마치 칼질이라도 할 자세였다. 쓰러졌던 한 명은 주유성의 꼼꼼한 손짓에 넘어진 흔적이 전혀 없다. 오히려 그가 주유성을 때린 것처럼 되었다.

그리고 주유성이 확실히 쓰러져 있다.

'당했다!'

물론 그들은 당했다. 제대로 당했다.

깊은 밤에 주유성은 마구간으로 조용히 숨어들어 왔다. 그는 음식을 잔뜩 챙겨온 커다란 주머니를 자신의 마차에 집어넣었다. 그리고 소리가 나지 않도록 조심해서 말 네 마리를 마차에 연결했다.

일을 마친 주유성이 조용히 마차를 몰고 마구간을 **빠져나**

갔다.

 다음날 아침 난리가 났다. 주유성의 방에 찾아갔던 냉소미가 사람 대신 남겨져 있는 편지 한 장을 찾았다.
 요새 들어 단꿈에 부풀어 있던 냉소미는 울고불고 난리를 쳤다. 그리고 사람들은 무슨 일인지 알아내기 위해서 정신없이 움직였다.
 빙궁주의 큰아들은 이미 사십대 중반이다. 빙궁주가 폐관 수련 중이니 그가 대신해서 사태를 지휘했다.
 그가 주유성이 남긴 편지를 읽어보며 말했다.
 "그러니까 빙궁에서 박대를 받아 떠나는 거라고?"
 "예, 큰형님. 그리고 주 공자를 박대한 네 명 중 하나는 중환이죠. 큰형님 아들인."
 "크흠! 이거 아버님이 수련을 끝내시면 아주 난리가 나겠군. 큰 인물이니 귀하게 대접하라고 신신당부를 하셨는데. 그런데 정문은 어떻게 통과했대? 마차까지 몰고 갔으면 정문 무사들의 눈을 피할 수 없었을 텐데?"
 "무사들이야 들어오는 사람은 막아도 나가는 사람까지 그러지는 않잖습니까? 더구나 모르는 사람도 아니고 아버님이 직접 잘해주라고 한 주 공자입니다. 잠깐 나간다기에 그러나 보다 했다더군요."
 "바보 같은 놈들. 잠깐 나가는데 마차를 몰고 가? 그걸 보고도 바보같이 보내주다니. 그럼 식량은? 이 추운 북해에서 식량 없이 움직이면 틀림없이 굶어 죽을 텐데?"

"말들에게 먹일 눌린 건초는 마차에 가득 싣고 갔습니다. 그런데 다른 문제가 있습니다."

"다른 문제?"

"주방에서 음식도 잔뜩 챙겨간 모양입니다. 야식을 잔뜩 만들어달라고 했다더군요. 주방에서는 아주 상다리가 부러지게 챙겨줬답니다. 그걸 다 싸 들고 갔습니다."

"그럼 오래 버티겠군."

"그게 그렇지가 않습니다. 대부분이 신선한 해산물을 이용한 음식이라……."

"응? 신선한 해산물? 그거 잘 상하잖아?"

"예. 아무리 우리 북해의 날씨가 춥다고는 하지만 얼려두지 않는 한 며칠이면 모조리 상할 음식을 들고 간 모양입니다. 더구나 그걸 따뜻하게 보관하면 몇 시진도 못 버팁니다."

주유성은 처음에는 말을 신나게 몰아서 북해빙궁에서 멀어지는 것에만 신경을 썼다.

"소미 그 들이대를 나한테 맡기려고 하다니. 궁주 할아버지, 너무했네. 그래도 내가 여러 가지로 도움깨나 줬는데 말이야. 대가는 받았지만."

그는 마차에 실린 황금을 생각하니 절로 웃음이 났다.

"이히히. 이제 평생을 놀고먹어도 된다. 맛있는 거란 맛있는 건 모조리 사 먹고 펑펑 놀아도 남을 거야. 이히히히."

그는 정말로 기뻤다. 북해의 비밀을 뚫고 들어가느라 고생을 좀 했지만 대신에 정말 잘 먹었다. 무림맹에 대한 지원도 약속받았다. 그리고 황금 이십 관을 챙겼다. 이십 관이면 자기 몸무게랑 맞먹는 무게였다.

게으름뱅이가 게으름도 피우지 않고 해가 뜰 때까지 열심히 도망갔다. 최고급의 말들은 아침까지 달리고도 잘 버텼다.

해가 뜨기 시작하자 눈이 내렸다. 폭설이었다. 눈보라가 치는 와중에 도망가는 것은 사람이나 말 모두에게 못할 짓이다.

그는 적당히 쉴 곳을 찾았다. 나무들이 몇 그루 서 있고 바위도 하나 있는 장소를 잡았다. 그 공간에 마차와 말들을 숨겼다.

"어디 보자. 눈이 내리니 내가 달린 흔적은 없어지겠지. 그럼 추격은 불가능. 잠깐 쉬어도 되겠다."

게으름병은 쉽게 낫지 않는다.

일단 자리를 잡았지만 그냥 지내기는 춥다. 그가 더위와 추위에 영향을 받지는 않지만 그건 깨어 있을 때 이야기다. 잠을 잘 때는 운기를 하지 못한다. 그럼 아무리 내공이 강해도 추위가 느껴진다. 북해의 날씨는 주유성의 내공으로도 충분히 떨릴 만큼 춥다.

주유성은 그 문제를 간단하게 해결했다. 그는 마차 주변에 큼직하게 진을 설치하기 시작했다.

"동굴에 설치되어 있던 그 진을 이용하면 되겠지. 제대로 하기는 힘들어도 이 정도 눈보라쯤이야 뭐 대충 설치해도 될 테니까."

오래전에 북해빙궁에서는 극한지처의 냉기가 빠져나가는 것을 최대한 막기 위해서 동굴 입구에 진법을 설치했다. 북해의 비밀을 통째로 감싸는 거대한 진에 비하면 구조도 간단하고 위력도 보잘것없지만 그 효과는 매우 좋았다.

그리고 그건 물리적인 저항력도 가지고 있어서 눈보라도 막았다. 그 진법이 유지되는 모든 힘은 극한지처의 냉기에서 나왔다. 그래서 극한지처가 존재하는 동안 그 진도 정상적으로 동작했다.

그런데 여기는 극한지처의 냉기가 없다. 동력원이 없으면 설사 똑같은 진을 설치한다고 해도 그 힘이 유지되는 시간은 아주 짧다.

"눈 그칠 때까지만 버티면 되니까."

그는 주변에서 나뭇가지들과 돌을 구해서 진을 설치하기 시작했다. 원본처럼 치밀한 것은 아니고 대충 중요한 부분만 얼기설기 얽었다.

그래도 극한지처의 냉기를 막던 절진이다. 이 정도만 해도 당장 사방에서 밀려드는 추위를 상당히 막아냈다.

그는 그 바로 안쪽에 다시 만화소염진을 설치했다. 예전에 산적들의 산채를 불태울 때 썼던 바로 그 진이다. 이것은 안쪽의 열기가 바깥으로 나가는 것을 막는 역할을 해준다.

진을 두 개나 설치하는 것은 게으름뱅이가 좋아서 할 일이 아니다. 하지만 당장의 추위를 피하려면 할 수 없다. 그는 투덜대면서도 만화소염진을 꼼꼼하게 설치했다.

이제 마차와 말들을 다 포함하는 영역이 진법에 의해서 보호되었다. 주유성은 그 가운데에 작은 모닥불까지 지폈다. 모닥불의 온기는 만화소염진을 빠져나가지 못했다. 보온이 최대한 보장된 상태에서 모닥불의 열기는 진 내부를 춥지 않게 만들었다.

데려온 말들이 아무리 북해 특산으로 추위에 강한 놈들이라지만 그 한계는 있다. 말들은 눈보라를 피하고 조금씩 따뜻한 기운이 퍼지자 기분이 좋아져서 히힝거렸다.

"나도 밥 먹고 니들도 밥 먹자."

주유성이 마차에 싣고 온 북해 특유의 말 사료를 말들 앞에 쏟아 부어주었다. 건초를 압축해서 많은 양을 옮길 수 있게 만들어진 것이다. 그리고 자기도 챙겨온 음식들을 먹었다.

주유성은 내륙 지방에서만 살았다. 신선한 해산물은 먹어 본 적이 없다. 그가 고향에서 먹은 모든 음식은 조리한 것이다. 더구나 직접 음식 재료를 사다가 보관한 적은 아예 없다.

"쩝쩝. 정말 맛있다. 이제 이 맛이 그리워서 어떻게 하지?"

어느새 배부르게 먹은 주유성이 근처 바닥에 음식 찌꺼기를 대충 던져 놓고는 마차에 들어갔다.

"눈도 오고 배도 부르고. 그럼 이제 한숨 자자."

잠을 편히 자겠다고 절진을 두 개나 설치했다. 더구나 밤새도록 달려왔다. 주유성 인생에 일하면서 지샌 밤은 이번이 처음이다. 그는 두툼한 털가죽들을 이불 삼아 덮고 금방 잠에 빠져들었다.

말들도 배를 채우고 나자 꾸벅꾸벅 졸았다. 눈보라는 진법의 안으로 침입하지 못했고 추위도 마찬가지였다. 진법 안에 피워놓은 모닥불은 오래가지 못하고 꺼졌지만 거기서 나온 열기는 보온 효과에 의해서 한동안 추위를 가시게 만들었다.

거기다 말 네 마리의 신진대사 과정에서 나오는 열기가 작지 않다. 평소라면 상관없는데 여기처럼 열이 차단되는 곳에서는 그것마저도 어느 정도 온도 상승에 도움이 된다. 더구나 주유성은 털가죽을 덮고 따뜻하게 해서 자고 있다. 마차 내의 온도도 조금씩 올라갔다.

마차 안에는 신선한 해산물을 제대로 익히지 않고 만든 요리들이 잔뜩 있었다.

주유성이 잠을 깬 것은 주변이 꽤 추워져서다. 추위를 참으며 버티던 그도 틈새를 파고드는 냉기에는 더 이상 참지 못하고 항복했다.

"으, 추워. 얼마나 잔 거야?"

하늘을 내다보니 해가 뜬 지 얼마 되지 않았다.

"얼마 지나지도 않았네… 가 아니네."

그의 눈에 다 타버린 모닥불이 보였다. 그가 설치한 진법은 이미 그 힘을 잃고 평범한 나뭇가지로 변해 있었다.

"에고. 하루를 잤나 보다."

낮과 밤 하루를 꼬박 자고 지금은 이미 다음날 아침이다. 눈은 벌써 그쳐 있었다.

"눈이 그쳤으면 가야지. 일단 배 좀 채우고. 배고파라."

주유성은 자신이 챙겨온 음식 주머니를 열었다.

"윽!"

코를 찌르는 냄새가 났다.

"어라? 이게 왜 상했지? 날씨도 추웠는데."

음식들 사이에서 안 좋은 냄새가 풍겼다.

진법이 작동하는 동안은 마차 내의 온도가 그렇게 낮지 않았다. 더구나 주유성과 한 이불을 덮고 있은 음식 주머니는 그 온도가 조금 더 높았다. 그 결과 날생선 자른 것이나 가재, 게 등이 모조리 상했다. 상한 음식과 어울려 있던 다른 익힌 음식들도 다 상했다.

주유성이 아무리 척박한 음식을 잘 먹는 재주를 익혔다고 해도 그건 멀쩡한 것일 때 이야기다. 상한 음식에는 관심없다.

그는 미련없이 그 음식들을 모조리 버렸다. 말들에게 사료를 먹이는 것은 잊지 않았다.

"마을이 금방 나오겠지."

그는 그 사실을 믿어 의심치 않았다. 북해빙궁이 마차로 하룻밤 거리에 있다. 그런데 가까운 곳에 인가가 없을 거라고는 생각하지 않았다.

그것이 그가 거의 아무런 준비 없이 당당하게 빙궁을 도망쳐 나온 배짱의 배경이기도 했다. 그는 마차에 황금을 이십 관이나 싣고 있다. 아무 마을이나 찾아가기만 하면 그 부스러기만 내밀어도 배부르게 먹을 수 있다.

또 집으로 돌아가는 길도 마찬가지다. 지금은 길을 모르지만 마을만 찾으면 얼마든지 물어서 갈 수 있다.

그는 북해를 너무 몰랐다.

마차를 몰고 하루를 헤매고 나서야 그의 안색이 굳었다. 밤의 추위는 어떻게 해결했지만 배고픔은 극복되지 않았다.

둘째 날, 그는 주린 배를 움켜쥐고 말고삐를 잡았다.

"배고파."

하지만 황량한 북해 땅에는 먹을 수 있는 것이 아무것도 없었다. 토끼나 꿩 한 마리 보이지 않았다.

마차를 끌고 있는 것은 말 네 마리다. 그의 눈에 말 궁둥이가 보였다.

'말은 먹을 수 있지.'

하지만 곧바로 고개를 저었다.

'어떻게 이놈들을 잡아먹어.'

차마 자기 마차를 끌고 있는 말들을 먹을 수는 없다.

둘째 날도 그렇게 끝났다. 그리고 셋째 날이 왔다.

하루 만에 마음이 변했다. 주유성은 말들이 사료를 배불리 먹는 것을 보며 고민에 빠졌다.

'한 놈만 먹을까? 아니지, 뱃살만 조금 잘라낼까?'

그러다 다시 급히 머리를 흔들었다.

'정신 차려야지. 애들이 없으면 여길 어떻게 빠져나가? 이 녀석들은 내 생명줄인데.'

하지만 그 생각도 점심때가 지나자 조금씩 약해졌다. 식욕이 이성을 서서히 잠식해 나갔다.

말들은 등 뒤에 뭔가 위험한 것이 노려본다고 생각했다. 그것이 말들의 걸음을 더 빠르게 했다. 그리고 주유성은 입가에 침을 흘리며 달리는 말들을 쳐다보았다.

갑자기 주유성의 눈이 말똥말똥해졌다. 흘리던 침도 쓰윽 닦았다.

"마을이다."

그의 눈에 아주 먼 곳에 있는 집의 윤곽이 보였다.

"으하하! 달려라, 말들아! 잡아먹히고 싶지 않으면 달려! 서두르지 않으면 잡아먹어 버릴 테다!"

말들이 본능적인 위험을 느끼고 전력으로 질주했다.

주유성이 도착한 곳은 작은 어촌이었다. 앞에는 거친 북해의 바다가 펼쳐져 있지만 주유성에게 그런 것은 관심없다. 그는 마차를 달려 마을로 들어갔다.

어촌에서는 난리가 났다. 그런 곳에 이런 고급 마차가 올 일이 없다. 다들 무슨 귀한 손님인가 싶어 긴장했다. 좋은 사람이라고 해도 이런 어촌에 도움을 줄 일은 없다. 만약 나쁜 사람이면 칼부림을 하는 경우도 많다.

주유성이 마차에서 뛰어내리더니 긴장한 사람들 중 하나에게 달라붙었다. 그 엄청나게 빠른 움직임에 사람들이 화들짝 놀랐다.

"무, 무림인이다!"

사람들은 놀라서 소리쳤다. 북해의 무림 단체가 빙궁 하나밖에 없는 건 아니다. 어떤 곳에서 왔는지에 따라서 최악의 경우는 마을 전체가 몰살당할 수도 있다. 더구나 주유성은 지금 뭔가를 잔뜩 갈구하는 표정이다. 사람들이 두려움으로 몸을 떨었다.

주유성이 자기가 달라붙은 사람에게 침을 질질 흘리며 말했다.

"밥, 밥 좀 주세요!"

주유성은 어촌의 촌장 집에 앉아서 정신없이 먹어댔다. 쌀로 만든 밥은 아니다. 곡식은 나오지도 않았다. 그러나 배고픈 주유성에게는 해초를 끓인 국과 익힌 생선들의 맛이 기가 막혔다. 어느새 밥상은 깨끗하게 비워졌다.

한입에 쏙 들어가는 작은 크기의 생선을 통째로 씹으며 주유성이 말했다.

"아직 부족해요. 더 주세요. 더요."

'밥값은 황금으로 드릴게요. 우히히히.'

촌장이 겁먹은 얼굴로 말했다.

"무사님, 가진 것이 더 없구만요. 곧 배가 들어오니 그걸 받아다가 좀 더 드리겠으니 용서하소서."

신나게 생선을 씹던 주유성의 턱이 멈췄다.

"더 없다뇨?"

그의 상식에 집에 하루 먹을 음식 재료밖에 가지지 못한 경우는 하나뿐이다.

'찢어지게 가난해? 마을 촌장의 집이? 빈궁은 그렇게 부잔데?'

그는 어촌에 대해서 모른다. 서현에서 가까운 호수에는 민물고기를 잡던 사람이 몇 살았지만 그들은 바다의 어부와는 입장이 다르다. 그나마 거기까지 가보지 않아서 그들의 삶조차도 모른다.

촌장은 주유성의 말을 오해했다.

"아이고! 무사님, 정말로 가진 식량이 없습니다! 마을 다 뒤져도 그게 전부입니다! 용서해 주십시오!"

그도 마을 사람들 앞에서는 권위있는 촌장이다. 하지만 무림인 앞에서는 다르다. 사파의 무림인에게 잘못 걸리면 이런 시골 촌장은 목이 달아나도 어디 하소연할 곳이 없다.

그 반응에 오히려 주유성이 당황했다.

"아니, 그게 아니고요. 바다에 고기가 없어요?"

촌장이 겁먹은 얼굴로 고개를 저었다.

"무사님, 그럴 리가요. 바다는 언제나 고기가 많지요. 다만 요새는 고기가 잘 잡히지 않는 철이라서요."

주유성은 아는 것이 없으니 그런가 보다 할 뿐이다.

"북해가 생각보다 척박하네요. 안 그런 줄 알았는데."

그는 남의 마을 식량을 모조리 먹어치운 것이 미안했다. 그래서 품에서 은자 하나를 내밀었다. 이전에 무림맹에서 받았던 황금 이십 냥 중 일부를 은자로 바꿔두었다. 이건 그중 하나다.

"이거요. 제 밥값이에요."

이곳이 가난하다고 해도 은이 뭔지 모르지는 않는다. 고기를 많이 팔면 겨우 조그마한 것 한 조각 받는 것이 은이다.

"어이쿠! 이런 귀한 것을!"

촌장이 냉큼 은을 받으며 말했다.

'공짜 손님인 줄 알았더니 이렇게 손이 클 줄이야.'

"배가 들어오기만 하면 크게 한 상 차려 드리겠습니다."

이만큼의 은을 주면 이 마을 같은 곳에서는 한 상이 아니라 한 배를 채운 고기 전부를 넘긴다. 소매 시장에서의 값이 그럴 리는 없지만 이곳은 평소에 값을 제대로 받고 고기를 팔지 못했다. 어촌 전체를 뒤져 봐도 제값 받는 곳까지 고기를 가져갈 운송 수단이 아예 없다.

주유성이 여전히 고픈 배를 쓰다듬었다.

'뭔가 먹을거리를 챙겨가려면 배가 들어올 때까지 기다려야겠지? 그냥 갔다가는 굶어 죽을라.'

오래 기다릴 필요는 없었다. 얼마 기다리지 않아서 그가 기다려 마지않던 배가 들어왔다.

"배 들어온다!"

그 소리가 들리자마자 주유성이 몸을 날렸다. 아직 배고픈 그는 어서 고기를 받아 구워 먹고 싶은 생각이 가득했다.

선착장이라고 하기도 미안한 모래턱에 작은 배가 올라왔다.

주유성의 얼굴에 실망이 가득했다.

"에? 이 배예요?"

배의 크기는 주유성이 북해의 비밀을 해결할 때 몰았던 쪽배와 크게 차이가 나지 않았다. 그저 조금 더 클 뿐이었다.

"이런 배로 고기를 잡아봐야 얼마나 잡아요?"

촌장이 송구스럽다는 표정으로 말했다.
"무사님, 그래도 우리 어촌의 유일한 배입니다."
"에? 아니, 제가 어촌은 처음 보지만요. 그래도 이 배 한 척으로 마을 사람들이 다 먹고살 것 같지는 않은데요?"
그가 대충 둘러보기에도 백 명은 사는 마을이다. 조각배 하나로 처리될 곳이 아니다.
"원래는 배가 여러 척 있었습죠. 하지만 하나하나 깨져서 이제 이거 하나 남았습니다."
"그럼 다른 사람들은 뭐 해서 고기를 잡아요?"
"바다가 차니 들어가지는 못하고 가까운 곳에서 조개라도 찾거나 밀려온 해초를 줍기도 합니다. 해안가를 잘 뒤져 보면 게 같은 놈들이 기어올라 올 때도 있으니 그걸 잡기도 하고 가끔 물개가 나타나면 그것도 잡습니다."
주유성은 어이가 없었다. 자기가 먹은 음식의 값어치가 생각 외로 단순하지 않다는 생각이 들었다.

촌장은 주유성을 배불리 먹여야 한다고 생각했다. 은자를 하나 통째로 받아먹고 그냥 입을 닦을 수는 없다.
그는 배를 몰고 온 사람들에게 다가서 말을 걸었다.
"어이, 하일이. 그래, 고기는 많이 잡았는가?"
하일이 찡그린 얼굴로 그물 주머니를 하나 들었다. 십여 마리의 작은 고기가 고작이었다.

"이것밖에 없어요. 해안가에는 요새 고기가 영 잡히지가 않네요. 아무래도 먼바다로 나가야 고기가 많은데."

촌장이 낭패라는 듯이 말했다.

"이거 큰일이군. 여하튼 그거라도 나에게 넘기게. 내 긴히 쓸 곳이 있네."

하일이 머리를 저었다.

"촌장님요, 이걸 다 촌장님한테 넘기면 다른 사람들은 해초나 씹고 있어야 하는데요? 안 되지요."

"어허, 이 사람. 쓸 곳이 있다니까. 이미 돈까지 받았단 말일세."

돈을 받았다는 말에 하일이 주변을 두리번거렸다. 그리고 한쪽에서 구경하고 있는 주유성을 발견했다.

"아이고! 손님이 오셨구랴. 그럼 드려야지요. 그런데 촌장님, 돈은 충분히 받았남요?"

"은을 한 조각 받았네. 은이 아주 커."

"헉! 은을? 그럼 어서 드리셔야지. 여기 있으니 그냥 가져가시면 되는구만요. 아주 푹 고아드리셔요."

그들의 대화를 다 들은 주유성이 그걸 날름 받아먹을 놈은 아니다. 그는 하일에게 다가가서 말을 걸었다.

"저기요, 고기가 해안가에서만 잡혀요?"

"아이고, 손님요. 그럴 리가 있남요. 넓은 바다로 나가면 아주 많이 잡히구만요."

주유성이 자기네 동네 근처의 잔잔한 호수 생각을 하고 말했다.

"그런데 왜 해안가에 고기가 없다면서 계속 여기서 일해요? 먼바다로 나가서 잡으면 되잖아요."

"이 작은 배로요?"

하일이 손으로 목을 긋는 시늉을 했다.

"손님이 바다를 모르는구만요. 이 동네 바다를 이거로 나갔다가는 그냥 칵 죽은 목숨이거덩요."

"그럼 큰 배를 사면……."

하일이 처량한 얼굴로 말했다.

"큰 배를 사요? 하이고요. 돈이 어디 있어서 사남요? 작은 배 하나 더 살 돈이 없어서 이놈으로 온 마을이 버티는구만요."

주유성은 이제 사태를 제대로 이해했다.

'배가 하나씩 부서질 때마다 수입이 적어지고, 적은 수입에서는 다시 배를 살 돈을 모으기 힘들고, 그것이 반복. 이제는 한 끼 때우기도 어려운 동네가 됐구나.'

주유성은 북해빙궁에서 혼자 배가 터져라 먹어대던 일이 생각났다. 멀지 않은 곳의 사정이 이런 것을 보자 미안함에 얼굴을 들 수 없었다.

"저기, 큰 배는 얼마나 하는데요?"

"큰 배요? 가격이야 천차만별이구만요. 하지만 먼바다 나갈 정도면 은이 아니라 금으로 쳐야 할 정도로 비싸거든요."

"그, 금요? 금이 있으면 돼요?"

주유성은 마차에 쌓여 있는 금에 생각이 미쳤다.

하일이 꿈을 꾸는 얼굴로 말했다.

"그럼요. 비싼 배는, 그러니까 먼바다도 나가고, 또 다른 큰 어시장이 있는 곳에 고기를 싣고 갈 수 있는 그런 큰 배는 황금 한 근은 줘야 하거든요. 우리 마을에도 그런 배 하나 있으면 다들 배 두드리면서 살 수 있을 텐데."

촌장이 한숨을 쉬며 하일에게 말했다.

"이 사람아! 아직도 그런 헛된 생각을 하나? 그런 배는 우리 마을 처지에 꿈도 꿀 수 없는 것 아닌가? 어쩔 수 없다면 현실에 만족해야지."

주유성이 반색을 했다.

'내가 가진 황금이 이십 관이니까 근으로 따지면 백오십 근. 그중에서 겨우 한 근쯤이야.'

언제나 그렇듯이 시작은 조금이다.

第三章

북해에는 어촌이 많다. 내륙에도 마을이 있지만 어차피 농사짓기는 글러먹은 땅이다. 대부분이 어업으로 생계를 이어간다.

왕삼은 그런 어촌 중 하나의 주민이다. 그러나 그는 바다를 나가지 않았다.

그가 사는 어촌이 가진 배는 작은 것이 세 척이다. 하지만 그것만으로는 어촌이 버티지 못한다.

북해의 내륙이라고 해서 동물이 없는 것은 아니다. 가끔은 사냥을 업으로 하는 사람도 있지만 그 수는 드물다. 왕삼의 경우 사냥을 함과 함께 금 같은 것을 찾는 일도 겸한다. 또한 북해에서만 자라는 진귀한 약초를 찾기도 한다.

그런 것이 마을 근처에 있을 리가 없다. 그래서 왕삼은 한 번 나가면 여러 날을 바깥에서 생활하고 돌아온다.

고향 마을로 돌아오는 그는 지금 기분이 대단히 좋았다. 그는 이번 사냥에서 다른 것들 외에 추가로 아주 상태가 좋은 여우를 몇 마리 잡았다. 북해의 여우는 그 털이 예쁘고 보드라워서 제법 좋은 값을 받는다.

터덜터덜 걸어오던 그의 눈에 어촌이 들어왔다. 그리고 그의 눈에는 어촌에 정박해 있는 제법 큼지막한 배가 보였다.

"상인이 찾아왔나 보군. 잘됐네. 서둘러야겠다. 저 사람들에게 직접 여우 가죽을 팔면 더 비싸게 받으니까."

왕삼이 뛰기 시작했다.

혹시나 배가 떠날까 두려워 달리느라 숨이 턱에까지 닿은 왕삼이 겨우 바닷가에 도착했다.

"헉헉! 아직 가지 않았구나."

배에서는 처음 보는 사람들이 몇 내려 있었다. 그리고 마을 사람들이 그 앞에서 웅성거렸다.

"잠깐요! 잠깐만 비켜봐요!"

그는 사람들을 비집고 앞으로 갔다.

"어? 왕삼이잖아? 자네 돌아왔나?"

"이따가 이야기하고 저 좀 먼저 갈게요."

"왕삼이, 마침 잘 왔네. 자네 저 배가 어떤 배인지 아는가?"
"아니까 서두르죠. 잠깐만 비켜보라니까요."
마을에서 다른 사람들이 팔 수 있는 물건이라고 해봐야 별 것 없다. 자신의 최고급 여우 가죽은 그런 것들과 비교도 할 수 없다. 그는 가죽을 비싼 값에 팔 마음에 들떠 있다.
왕삼이 사람들 틈을 빠져나와 상인들 앞에 섰다.
"휴우. 힘들어. 겨우 왔네. 기다려 봐요. 아직 내 것이 남았어요."
"당신 것?"
왕삼이 자랑스럽게 여우 가죽을 내밀었다.
"자요, 여기 내 여우 가죽. 얼마 줄 거예요?"
상인들이 황당한 표정을 짓더니 고개를 저었다.
"우리는 여우 가죽은 취급하지 않습니다."
왕삼이 흥분해서 말했다.
"그게 무슨 소리예요? 상인이 여우 가죽을 취급하지 않는다니? 값 깎으려고 하지 말고 잘 봐요. 이건 최상급 여우 가죽이라고요."
"그러니까 그건 취급하지 않는다니까요?"
"이거 너무하네. 날 바보로 알아요? 상인이 여우 가죽을 팔지 않으면 뭘 판다는 거예요?"
"우리는 배를 팝니다."
왕삼의 얼굴이 굳었다. 그는 동네 사람들을 돌아보았다.

동네 사람들이 고개를 끄덕였다. 왕삼은 상황을 나름대로 이해했다.

"아하. 배를 팔러 오셨다고요? 나 없는 사이에 우리 마을에서 누가 한몫 잡았나 보네. 난 또 뭐라고. 그럼 새로 산 배는 어디 있어요? 저 큰 배 뒤에 있어요?"

왕삼이 고개를 이리저리 돌리며 못 보던 배를 찾았다.

상인이 그런 왕삼에게 말했다.

"저 큰 배입니다."

왕삼은 처음에는 그 말을 이해하지 못했다. 이해하고 나서는 얼굴이 딱딱해졌다. 그러고 나서 다시 새로운 해답을 찾아내고는 너털웃음을 터뜨렸다.

"아하하하! 나를 놀리려고 하네. 저런 배를 우리 마을에서 살 수 있을 리가 없잖아요. 도대체 누가 저 배를 샀다는 거예요?"

"북해의 별이십니다."

그건 그가 처음 들어본 호칭이다. 왕삼은 혼자 사냥을 하러 돌아다니느라 소문을 거의 듣지 못했다.

"북해의 별? 그런 것도 있어요?"

마을 사람들이 깜짝 놀라며 왕삼에게 달려들었다.

"어허, 왕삼이. 자네 무슨 불경한 소리인가? 북해의 별께 감히 그런 것이라니. 지금 이분들이 북해의 별께서 저 큰 배를 우리 마을에 보내주셨다고 하지 않나?"

잠룡전설 77

"아니, 그러니까 북해의 별이 누구냐니까요?"

마을 사람 하나가 꾸짖는 어투로 말했다.

"이 사람. 아무리 사냥이나 하고 다녔다고 세상 돌아가는 소식을 그렇게 모르나? 북해의 별이 누구시긴? 그분이 바로 북해의 별이시지."

"그러니까 그분이 북해의 별이고 북해의 별이 그분이신데, 그분이 누구냐니까요?"

"누구시긴. 살기 어려운 마을을 찾아다니며 황금을 뿌린다는 그분이시지."

왕삼으로서는 도저히 믿을 수 없는 말이다.

"에? 황금을 뿌려요? 말도 안 돼요. 세상에, 북해에 그런 사람이 어디 있어요?"

배를 파는 상인 중 하나가 왕삼의 앞으로 나섰다.

"틀림없이 계십니다. 우리 조선소에 북해의 별께서 황금 열 근을 맡기시고 배 열 척을 주문하셨습니다. 그리고 그 열 척의 배는 적절한 열 곳의 마을을 찾아 나눠주라고 말씀하셨습니다. 이 마을도 우리 조선소가 선정한 열 곳의 마을 중 하나입니다."

왕삼은 이제 사람들의 말이 진실임을 깨달았다. 그는 진짜로 놀라서 말했다.

"아니, 그러면 어떤 정신없는 작자가 황금을 열 근이나 뿌렸다는 소리예요?"

그는 만약 자신이 황금 열 근을 가지고 있다면 절대로 그런 짓을 하지 않겠다고 다짐했다.

왕삼의 뒤통수를 마을 사람 하나가 후려쳤다.

"에라, 이놈아! 감히 어느 분께 작자야? 죽고 싶냐?"

상인도 기분이 나빠졌다. 상인의 습관으로 웃으려고 했지만 왕삼의 말을 듣다 보니 화가 나서 절로 인상을 썼다.

"커험! 단지 열 근은 아닐 겁니다. 황금을 받은 것은 우리 조선소만이 아닙니다. 다른 여러 조선소에서도 황금을 받았다고 들었으니까요. 황금을 받았다고 알려진 조선소만 해도 적어도 열 곳이나 됩니다. 모두 몇 곳이나 배를 주문받았는지는 모르겠습니다. 지금 북해의 조선소들은 대부분 배를 만드느라 밤낮을 모르고 일하고 있습니다."

"여, 열 곳! 그것도 적어도 열 곳? 그럼 도대체 황금이 얼마야?"

마을 사람이 보충 설명을 했다.

"어디 그뿐인가? 내륙의 마을들도 그분의 방문을 받는다는 소문이 있어. 여러 마을이 그분 덕에 살아났다고 하더라고."

"세, 세상에 그런 사람이 있을 리가……!"

왕삼은 털가죽을 팔다가 사기를 당한 경험이 몇 번 있었다. 그는 갑자기 의심이 들었다.

"그 사람이 뭔가 원하는 것이 있으니 이런 일을 할 거잖아요? 도대체 원하는 대가가 뭐래요? 얼마나 큰 걸 원하는 거예요?"

마을 사람 하나가 한심하다는 표정으로 왕삼을 쳐다보았다.

"어허, 왕삼이. 자네 그렇게 안 봤는데 몹쓸 사람이었군. 북해의 별께서 하시는 일에 사심이 있다고 생각하다니."

이야기를 듣던 상인이 크게 헛기침을 했다.

"크허험! 물론 배를 지급할 때 북해의 별께서 전해달라고 하신 말씀이 있습니다. 이 배를 받으시는 데는 단 한 가지 조건이 있습니다. 그걸 수락하지 않으시면 배는 지급되지 않습니다."

왕삼이 신이 나서 말했다.

"거 보라고요! 조건이 있다잖아요!"

"북해의 별께서는 '혼자 먹지 마라. 배 터져 죽는다'고 말씀하셨습니다."

다른 사람들은 이미 소문을 들어서 알고 있는 소리다. 하지만 왕삼은 이해하지 못했다.

"뭘 혼자 먹지 마요?"

"배를 받지 못한 마을을 도우면서 살라고 하신 겁니다. 모든 마을에 배가 한 척씩 돌아가는 건 아니니까요."

*   *   *

주유성은 말 한 마리의 등에 엎어진 채로 길을 가고 있었다. 마차는 이미 남들에게 넘긴 지 오래다. 다른 말도 마찬가지다. 북해까지 갔다 오면서 남은 것은 이것 한 마리다.

주유성의 배에서 꼬르륵 소리가 났다. 그는 돈주머니를 만져 보았다. 텅 비어 있었다.

"내가 미쳤지. 황금이야 북해의 것이니까 뿌리고 와도 되지만, 왜 내 돈까지 풀었을까?"

시작은 처음 들른 마을의 황금 한 근이었다. 하지만 길을 헤매느라 몇 군데의 어촌을 더 들러보고 나자 입장이 바뀌었다.

현재 북해의 어촌들 상태는 엉망이었다. 어촌들은 예전에는 배가 여러 척 있었다. 그러나 몇 년 전에 몰아친 대형 폭풍에 의해서 상당수의 어촌들이 배를 깨먹었다. 그리고 그 후로는 사태가 점점 악화되어 지금에 와서는 끼니를 굶는 어촌이 부지기수였다.

그는 북해의 실태를 보자 빙궁에서 최고급 요리를 배가 터지게 먹은 것이 미안해졌다.

그가 가진 황금은 이십 관, 즉 백오십 근이다. 그의 집은 부자다. 이 돈을 집에 보태주지 않아도 주가장은 잘 먹고 잘산다. 그리고 자신은 워낙 게으르고 돈 소모량이 작다.

그래서 그는 황금 이십 근, 그러니까 삼백 냥을 챙겼다. 은자로 치면 삼천 냥이며 그것이면 주유성의 소비 습관으로 계산할 때 평생 쓰고도 남을 돈이다.

 게으름뱅이 주유성이 북해의 전체를 돌 수는 없다.

 그는 이미 이런 경험이 있다. 그는 황하의 수재민들을 구하기 위해서 보물을 뿌렸던 방법을 다시 사용하기로 했다. 하지만 북해에는 관청이 제대로 깔려 있지 못하다.

 그는 그래서 우선 물어물어 조선소를 찾았다. 그리고 황금 열 근씩 뿌리며 배를 주문했다.

 현재 대부분의 조선소는 일감이 부족해서 놀고 있던 판이다. 그가 방문한 곳에서는 당연히 배를 서둘러 만드느라 난리가 났다.

 주유성은 혹시라도 그들이 돈을 빼돌리지 않도록 잘 설득했다. 돈을 지불하고 나서 나중에 확인하러 오겠다는 말도 했다. 이 일도 자주 하면 느는지라 번거로움을 피하기 위해서 삿갓으로 얼굴을 가리는 것도 잊지 않았다. 마차마저 장식을 떼고 다른 나무를 덕지덕지 붙여 위장했다.

 어차피 황금을 많이 뿌리면 빙궁주는 눈치 챌지 모른다고 생각했다. 하지만 그래도 안 쓰는 것보다는 낫다.

 이미 그가 어촌 몇 곳을 돌아다니며 황금을 뿌린 이야기는 조선소에까지 퍼져 있었다. 어촌들이 그 황금을 가지고 조선소를 찾았으니 모를 리가 없다.

 조선소의 사람들은 감히 그 황금을 빼돌릴 생각을 못했다. 그러기에는 현장을 본 사람이 너무 많았다. 이런 돈을 빼돌렸다가 걸리면 돌에 맞아 죽을 수도 있었다.

그 과정에서 주유성이 살짝 보여준 무공 몇 수도 조선소 사람들이 딴마음 먹지 않도록 하는 데 한몫했다.

한번 시작하고 나니 멈출 수가 없었다. 그는 그 후에 조선소마다 찾아다니며 의뢰를 했다. 그때쯤에는 북해의 별에 대한 소문이 파다하게 퍼진 상태다. 그렇게 뿌린 황금이 백삼십 근이었다.

일감이 없어서 망해가던 조선소들은 북해의 별에게서 받은 황금을 함부로 쓰지 못했다. 그 황금이 조선소들을 살렸다.

그들은 오히려 은혜에 보답하고자 몇 척 더 만들어주고 싶었다. 그러나 주문받은 배의 숫자는 명확하다. 그걸 어길 수는 없다. 그들은 그 대안으로 원래 받은 돈 값어치보다 더 큰 배를 만들기 시작했다.

배들은 만들어지는 족족 어촌들에게 북해의 별의 이름으로 보급되었다.

주유성은 상황이 그렇게 돌아가는 것으로 만족했다. 그리고 집으로 돌아오면서 새로운 문제가 발생했다.

북해의 바닷가 어촌들은 배가 깨져서 어려워졌다. 하지만 내륙의 마을들은 원래 어렵다. 그 마을들을 거치면서 잔뜩 있던 황금이 슬금슬금 빠져나왔다.

주유성이 바보가 아닌 것이 그를 가난하게 만들었다. 그는 식량이나 좀 사주고 도망가면 당장은 해결돼도 결국 악순환이 반복된다는 것을 잘 안다.

그래서 그는 각 마을에 꼭 필요한 것들에 돈을 쓰게 했다. 어떤 마을은 사냥 및 벌목 도구와 작은 제재소를 지을 돈을 제공했고, 어떤 마을은 운송 수단을 위해서 마차를 구입하도록 했다.

그리고 대부분의 마을에는 추운 지방에서 키우는 사슴 종류를 잔뜩 구입하도록 돈을 풀었다. 그 때문에 처음에는 북해의 사슴 값이 치솟았다.

하지만 세상 물가가 모두 돈에 의해 움직이는 것이 아니다. 곧바로 사슴의 대량 구매가 북해의 별이 하는 일이라는 소문이 났다.

이제 북해에서 북해의 별이 하는 일에 큰 이익을 남기려는 자는 만인의 지탄을 받았다. 결국 여러 가축들이 제값을 받고 각 마을에 공급되었다. 그것이 사람들의 생명줄이 되었다.

그리고 이제 정신을 차리고 보니 주유성에게 남은 것은 타고 있는 말 한 마리가 전부였다. 그는 원래 여행 경비만은 꼭 챙겨두려고 했다. 하지만 마지막에 지나온 마을이 하도 불쌍해서 어쩔 수 없이 가진 것을 탈탈 털어주었다.

아무 생각 없이 그런 것은 아니다. 그는 그 마을을 끝으로 북해를 빠져나왔다. 그는 이제 여행 경비 정도는 벌어서 집에 돌아갈 자신이 있었다.

말에는 악기인 금이 하나 묶여 있었다. 냉소미가 주유성에게 연주시키려고 구해놓았던 금이다. 그 금은 마차에 고스란히 들어 있다가 주유성의 손에 넘어왔다.

그가 금을 마지막까지 움켜쥔 것은 그게 좋아서가 아니다. 북해의 가난한 마을에는 금(金)이 아니라 금(琴)을 돈 주고 살 사람이 없다. 조선소들을 거칠 때만 해도 주머니에 돈이 풍족해서 금을 팔 생각을 하지 못했다. 하지만 마지막에 주머니가 다 털릴 때 지나온 곳들은 가난한 마을이다. 그런 곳에서 금을 돈을 주고 살 리가 없다.

결정적으로, 이게 있어야 그나마 돈 벌기가 수월해질 것 같은 생각이 들어서 그는 금을 버리지 않았다.

지난 몇 번의 여행 기간에, 그는 노래를 불러 돈을 버는 사람들을 볼 기회가 가끔 있었다. 그거로 큰돈 버는 사람은 본 적이 없지만 주유성은 어차피 끼니만 때울 수 있으면 만족한다.

그는 이제 그 일을 자기가 직접 해서 먹을거리를 벌기로 했다.

거지가 된 후 그래도 제법 큰 마을에 도착한 그는 사람들이 많이 지나다니는 한구석에 말을 세워놓았다. 그리고 그 앞에서 거적을 펴고 자리를 잡았다. 금을 내려놓고 사람들을 둘러보니 한숨이 다 나왔다.

"에고! 돈 벌기 참 힘드는구나."

그는 지난번 마을에서 얻어온 바가지를 앞에 내려놓았다. 이제 돈을 벌기 위한 모든 준비는 끝났다.

주유성이 금을 잡고 연주하기 시작했다. 그는 지금 배가 고프다. 주린 배를 참으며 금을 타기 시작하자 그 기운이 연주되는 음악에 조금씩 전해졌다.

배고픈 마음이 담긴 음악이 사람들의 귀를 자극했다. 지나가던 사람들은 평소에 들어볼 수 없는 좋은 소리에 저절로 귀를 기울였다. 사람들이 음악의 분위기에 서서히 빠져들었다.

"이야, 정말 좋은 음악이야."

"구걸하기엔 아까운 솜씨군."

사람들이 모여들자 주유성은 신이 났다. 곧 돈이 들어온다고 생각하자 배가 더 고팠다. 바로 옆 객잔에서 흘러나오는 음식 냄새가 그를 자극했다.

사람들 중 몇몇의 손이 품속으로 들어갔다. 그들은 철전을 만지작거렸다. 쉽게 돈을 꺼내려고 할 만큼 주유성의 금 연주는 일품이었다.

사람들이 돈을 만지다가 입맛을 다셨다.

"그런데 이걸 듣다 보니 자꾸 배가 고파지는데?"

"그렇지? 마침 바로 옆에 객잔이 있잖은가? 저기 가서 배라도 좀 채우면서 듣자고."

"그래, 어쩐지 맛있는 것을 먹으면서 들으면 더 좋을 것 같은 기분이 드는군."

 돈을 만진 사람들은 이내 발걸음을 객잔으로 옮겼다. 사람들은 계속 몰려들었지만 돈을 주유성의 바가지에 던져 주는 사람은 하나도 없었다. 그럴 돈이 있으면 다들 밥을 먹으러 갔다.

 주유성은 금을 열심히 탔다. 열심히라는 말을 싫어하는 녀석이 열심히 했다. 그 금의 음악 소리는 일품이었다.

 그러나 그의 앞에는 돈이 단 한 푼도 들어오지 않았다. 돈을 꺼낼 마음을 먹은 사람들은 많았지만 모두 마음을 돌려 객잔으로 가버렸다. 그리고 맛있는 음식을 먹으며 주유성의 연주를 감상했다.

 주유성이 눈치를 가만히 살펴보았다. 아무리 연주해도 돈이 들어올 기색은 보이지 않았다. 돈이 벌리지 않는다면 금을 연주할 이유가 없다.

 마침내 주유성이 손을 탁 놓았다.

 주유성이 연주를 마치자 사람들이 박수를 쳤다.

 "우와아! 대단해! 대단해!"

 "그런 좋은 실력으로 왜 구걸을 하나? 인생을 좀 더 제대로 살아보라고."

 "실력이 아깝구나, 아까워."

 사람들의 탄성을 한 귀로 흘리며 주유성이 투덜거렸다.

 "아이고. 역시 돈은 쉽게 벌리는 게 아니네."

그는 지금까지 큰돈을 쉽게 벌었다. 다만 마음이 과하게 약한 것이 탈이다.

"돈은 안 되고 배만 더 고프니 환장하겠다."

객잔에서 정신없이 지지고 볶는 음식 냄새가 코를 자극했다. 뱃속이 꼬르륵거리며 밥 달라고 아우성을 쳤다. 뭔가 다른 일거리를 찾아야 했다.

그는 금을 주섬주섬 챙겼다. 다른 일거리가 필요했다.

'어쩐다. 내가 그릇 같은 거 깎아서 팔아먹으면 이 동네 그릇 장사에게 치명적일 텐데. 그릇 장사가 보이지 않으니 도와주고 돈을 받을 수도 없고.'

그는 자신의 결과물이 시장에 미치는 영향을 안다. 겨우겨우 먹고사는 업종에 그가 함부로 손대면 그건 다른 상인들에게 재앙이 될 수 있다.

'그래도 배가 고프니까 한탕할까?'

차마 못할 짓이다. 그는 자신의 손에 들린 금을 보았다.

'이거 연주해도 돈이 안 되잖아. 그럼 그냥 팔아버릴까? 이 마을은 크니까 잘하면 팔리겠는데? 그러고 보면 이건 소미가 구입한 거잖아. 북해빙궁의 공주가 설마 싸구려를 샀겠어? 좀 받을 수 있을 거야.'

돈 나올 구멍이 보이자 주유성의 얼굴이 밝아졌다. 팔기도 전에 벌써 밥 먹을 생각으로 배부터 쓰다듬었다.

그런 그에게로 바로 옆의 객잔에서 나온 점소이가 다가

왔다.

"저기, 악사님."

"예? 저요?"

"예, 악사님. 저희 주인 어른께서 찾으십니다."

주유성의 얼굴이 굳었다.

'자리세?'

"서, 설마 가게 앞에서 구걸했다고 뭐라 하시는 거예요? 난 한 푼도 못 벌었어요. 나눠줄 돈이 없다고요."

점소이가 농담도 잘한다는 듯이 웃으며 말했다.

"그럴 리가요? 악사님께서 금을 연주하신 이후로 사람들이 음식을 더 맛있게 먹었다고, 물론 더 많이 먹기도 했고요. 그래서 고마움에 식사라도 대접하겠다고 하셔서요."

주유성이 반색을 했다. 북해에서 최고급만 먹어대던 배는 이제 개떡이라도 맛있게 소화시킬 수 있다. 배가 아무거나 닥치는 대로 달라고 꼬르륵대면서 요동친다.

"밥? 이히히. 밥이다, 밥."

주유성은 집으로 돌아가는 여행을 계속했다. 그릇 장수를 발견하면 달라붙어 명품 그릇을 만들어주고 푼돈을 벌었다. 주유성이 손대는 그릇은 나중에 비싼 값으로 팔렸다. 물론 주유성은 남에게 준 물건이 얼마에 팔리든 관심없다.

그리고 기왕이면 그릇보다는 금을 연주해서 끼니를 때웠

다. 객잔을 찾아서 먼저 협상을 하고 금을 연주하면 식사는 푸짐하게 나왔다. 당연히 하룻밤 숙박까지 거뜬했다.
 그런데 모든 객잔 주인이 마음이 좋았던 것은 아니다.

 주유성의 연주를 보고 객잔 주인 하나가 다른 마음을 먹었다.
 '저놈의 실력은 보통이 아니다. 저걸 어떻게든 붙들어놓고 두고두고 부려먹어야겠다. 어떻게 하지? 그래, 세상 물정에 어두운 것 같으니 그걸 이용해 먹자.'
 마침내 연주를 끝내고 주유성이 사람들의 환호에 답했다. 그런 그에게 점소이가 다가갔다.
 "악사님, 이쪽으로 오시지요. 주인 어른께서 거하게 대접하라고 하십니다."
 주유성이 환하게 웃었다.
 "거하게요? 하하, 이거 참. 그냥 적당히 차려주셔도 되는데. 그래도 성의를 무시할 수 없으니 거하게 먹어드려야지요. 으하하!"
 객잔 주인은 정말로 거하게 차려줬다. 제대로 못 먹고 다니던 주유성은 독방에 앉아 커다란 상 가득 쌓인 요리를 정신없이 먹었다. 북해빙궁에서처럼 배가 뽈록해질 때까지 먹은 주유성이 마침내 부들부들 떨면서 말했다.
 "더, 더 먹어야 하는데 들어갈 데가 없다. 음식이 남았는데. 안 돼, 먹어야 되는데."

남은 음식이 그를 유혹했다. 하지만 뱃속의 크기는 한계가 있다.

"그래, 쉬었다가 먹자. 조금 쉬면 더 먹을 수 있을 거야."

주유성이 지쳐서 벌렁 드러눕자 기다렸다는 듯이 방문이 열렸다. 객잔 주인이 들어왔다.

"이거 악사님이 만족하게 드셨나 모르겠습니다."

주유성이 힘겹게 앉았다.

"아주 잘 먹었어요. 정말 감사합니다. 이렇게 먹어본 게 얼마 만인지 모르겠어요."

객잔 주인이 음산하게 웃었다.

"호호호. 감사는 무슨. 어차피 돈 받고 하는 일인데요."

"네? 돈이요?"

"지금까지 드신 음식이 은자로 삼십 냥 되겠습니다. 지불하시지요."

주유성이 살짝 인상을 썼다.

"이봐요, 주인 아저씨. 나는 연주를 해주고 아저씨는 밥을 주고, 그렇게 합의했잖아요."

객잔 주인은 여유만만이다.

"그랬지요. 그래서 드신 음식 중에 한 접시는 빼드리리다. 그럼 이십구 냥을 어서 지불하시지요."

'호호호. 돈이 없어서 금을 연주하고 밥을 먹는 놈 주제에 그런 큰돈이 있을 리가 있냐?

물론 없다. 주유성은 현금에 관해서는 완벽한 거지다.

"그럴 수 없다면요?"

"싫으면 일해서 갚아야지. 하루에 한 냥씩 쳐주지. 물론 그 기간에 네가 먹는 음식도 잘 계산해서 돈을 받을 테니 걱정 마라. 그것이 거래. 남자가 빚을 졌으면 갚아야지."

객잔 주인의 말투는 이제 지시조로 변했다.

'호호호. 두고두고 우려먹어 주마. 손가락이 부러질 때까지 부려먹어 주지.'

주유성도 이제 세상 경험을 남들 못지않게 했다. 객잔 주인의 말을 들은 그는 상황을 이해하고 피식 웃으며 말했다.

"이게 운동해서 배 꺼지라고 굿을 하네. 그러니까 니가 죽고 싶다는 거지?"

뽈록한 배를 잡고 힘겹게 일어서는 주유성을 보고 객잔 주인이 손뼉을 가볍게 쳤다.

검을 찬 무사 두 명이 객잔으로 들어와서 객잔 주인의 옆에 섰다. 객잔 주인이 신이 나서 말했다.

"저항하면 너만 손해다. 이분들은 무공을 익힌 무인이시다."

객잔 주인은 가까운 곳에 있던 사파 무사 두 명을 돈을 쥐어주고 고용했다.

주유성이 무거워진 배를 잡고 삐딱하게 쳐다보며 말했다.

"무인? 니네 소속이 어디야?"

무사 중 하나가 인상을 썼다.

"우리는 거비문의 영웅들이시다."

"거비문? 거비문은 또 어디야?"

"무림의 일에 무식한 놈이로구나. 우리 거비문은 바로 사황성과 줄이 닿아 있는 명문대파이니라."

주유성의 얼굴이 밝아졌다.

"아하! 사황성. 그러니까 사파 새끼구나?"

무사 중 하나가 검을 거칠게 뽑았다. 무력시위였다.

"이 새끼, 감히 우리 거비문을 사파라고 부르다니. 우리는 명문대파다. 죽고 싶으냐!"

주유성이 귀를 파며 말했다.

"객잔 주인 놈은 사람에게 사기 쳐서 부려먹고, 사파 놈은 객잔 주인에게 빌붙어서 배 채우고. 귀찮아서 그냥 가려고 했는데 니들은 손 좀 봐야겠다. 멍멍아, 이리 온."

주유성은 겉보기에 무공을 익힌 기색이 전혀 보이지 않는다. 그리고 무공이 높은 사람은 보통 금을 연주하고 밥을 얻어먹는 짓을 하지 않는다. 그래서 두 무사는 주유성을 우습게 보았다.

욕을 먹은 두 무사가 주유성에게 달려들었다.

"말만 번지르르한 놈. 손은 금을 연주해야 한다고 들었으니 그 다리를 못쓰게 박살 내주마!"

"평생 이곳에서 금을 연주해라!"

두 무사가 달려들자 주유성의 오른손이 빠르게 두 번 공중을 날았다.

곧바로 따귀 때리는 소리가 큼지막하게 연달아 터졌다.

"아악!"

"꽤액!"

두 명의 무사가 비명과 함께 나뒹굴었다. 그들의 뺨은 터져 피가 흘렀고 입에서 하얀 이빨 조각이 굴러 나왔다.

주유성이 뽈록한 자기 배를 툭툭 치고 나서 말했다.

"말하는 싸가지하고는. 나를 평생 부려먹어? 이거 개만도 못한 새끼들이네. 에라이 이놈들아!"

주유성이 두 명의 무사에게 발길질을 했다. 무사들은 막으려고 했지만 주유성의 발은 용서가 없었다.

잠깐의 발길질로 무사 두 명을 반폐인으로 만든 주유성이 객잔 주인을 돌아보았다. 객잔 주인이 넋 나간 얼굴로 서 있다가 화들짝 놀라며 물러섰다.

"고, 고수!"

"고수는 북 치는 사람이 고수고, 나는 금을 연주하잖아. 그리고 너. 감히 이 몸을 상대로 사기를 치려고 들어? 그것도 뭐? 다리를 박살 내서 평생 부려먹어?"

"아, 아닙니다. 그건 저자들이 헛소리를 한 겁니다. 저는 그저 대인을 잠시만 붙들고 있어달라고 부탁했습니다. 진짜입니다."

"지랄!"

주유성의 발이 날았다. 그 강력한 발길질에 직격당한 객잔 주인이 비명을 지르며 날아갔다.

"꿰에엑!"

객잔 주인의 몸이 문짝을 부수고 복도까지 날아가 쓰러졌다. 주유성이 뽈록 나온 배를 잡고 걸어나오며 말했다.

"거비문이 어디야? 다 죽었어."

이제는 어릴 때처럼 당소소에게 이를 필요가 없다. 정파라면 몰라도 사파가 건드려 주는데 용서할 주유성이 아니다. 당소소의 좌우명이 악즉참이다. 그 영향을 받은 주유성은 귀찮게 하는 악을 뿌리째 뽑았다.

자잘한 사건을 일으키면서도 주유성은 집으로 가는 여정을 멈추지 않았다. 그러던 어느 날 그가 새로운 객잔에 들어갔다.

오늘 객잔에는 인근 문파의 무사 십여 명이 앉아 있었다. 소종문이라는 그 문파는 스스로를 정파라고 주장하고, 실제로도 정파 비스무리한 곳이다. 소종문은 여러 가지 다양한 수입원이 있지만 그중 가장 큰 것은 시장에 잡건달의 접근을 막아주고 대가를 받는 것이다.

만약 소종문이 그 돈을 보호비 명목으로 강제로 수금한다면 사파라고 해도 부족함이 없다. 하지만 소종문은 자발적으로 주는 것만 받는다. 다만 대가의 총액이 너무 적어지면 이 일에서 손을 뗄 거라는 분위기는 풍긴다.

시장 상인들 입장에서는 문파를 고용해서 부리는 것과 비슷한 조건이다. 소종문이 손을 떼면 당연히 사파가 밀고 들어온다. 그래서 그들은 그럭저럭 납득하면 돈을 모아냈다. 그래서 소종문은 정파 비스무리한 곳이라는 평가를 받고 있었다.

소종문의 문주 송운경은 한 자루 검을 잘 쓰는 고수였다. 그는 나이가 꽤 많지만 아직 무림명을 얻지 못했다. 하지만 원래 무림명은 사고를 많이 치는 사파 쪽 고수들이 더 얻기 쉽다. 송운경의 실력은 고수라고 불리기에 부족함이 없었다.

오늘은 바로 그 송운경의 생일잔치다. 그의 생일을 맞아 소종문의 무사들 중 십여 명이 이 객잔에서 작은 잔치를 벌였다.

그리고 마침 그때 들른 주유성은 객잔 주인에게 금 연주를 슬쩍 보여줌으로써 단숨에 채용되었다.

"마침 잘됐군. 오늘 하루 종일 연주해 준다면 내 은자를 한 냥 주지."

은자 한 냥은 큰돈이다. 객잔 주인도 귀한 손님이 왔으니 특별히 하는 제의다. 하지만 주유성은 그걸 위해서 하루 종일 연주할 놈이 아니다.

"한 곡만. 대신에 배부르게 한 상 차려주기. 그렇게 하죠?"

객잔 주인이 놀라며 말했다.

"이 사람이! 한 곡으로 어찌 송운경 대협의 귀를 만족하게 해드리나? 그럼 그러지 말고 두 시진으로 하지? 대신에 은자 한 냥을 그대로 주지."

객잔 주인의 계산에 두 시진이면 잔치를 치를 동안으로 충분하다.

"싫은데요. 가봐야겠네요."

주유성은 어차피 다른 돈 벌 것이 많다. 두 시진이나 연주하고 싶지 않다.

객잔 주인이 재빨리 조건을 바꿨다. 그냥 보내기에는 조금 전에 잠깐 들은 곡이 너무 좋다. 송운경의 잔치를 위해서 최고의 악사를 불렀다고 자랑하고 싶었다.

"이 사람, 성급하기는. 말이 그렇다는 거지. 좋네. 다섯 곡에 은자 한 냥. 어떤가?"

주유성이 잠시 머리를 굴렸다. 은자 한 냥으로 아껴 쓰면 며칠 동안 객잔에서 먹고 자며 여행할 수 있다. 만약 노숙으로 버틴다면 훨씬 더 오래 쓴다.

'짧은 곡으로 하자.'

"알았어요."

주유성이 객잔의 한쪽에 턱하니 자리를 잡았다. 몸은 잘 씻지 않아 꼬질꼬질했고 옷도 더러웠다. 금도 흙먼지를 많이 맞아 더러워져 있었다. 그가 금을 사랑하는 사람이라면 잘 관리했겠지만 그에게 있어서 이것은 밥값을 벌어주는 도구 이상이 아니었다.

송운경은 무인이다. 검을 관리하기를 철저히 한다. 그런 그에게 금을 더럽게 가지고 다니는 주유성의 모습이 좋게 보이지 않는다. 송운경이 눈살을 찌푸렸다.

"저자는 누군가?"

객잔 주인이 즉시 다가왔다.

"평소에 대인을 흠모하던 제가 특별히 고용한 악사입니다. 실력이 대단하여 많은 돈이 들었습니다."

성의를 무시할 수는 없다. 송운경이 억지로 미소를 지으며 말했다.

"고맙기는 한데, 꼴이 저래서야 어디 음악이 뭔지 알겠나?"

그의 말이 떨어짐과 동시에 주유성이 연주를 시작했다. 줄을 튕기는 손가락은 새까맣게 때가 타 있었지만 거기서 만들어지는 음은 천상의 소리였다.

시작 부분만 듣고도 송운경의 얼굴이 놀라움에 확 펴졌다.

"허, 대단하군. 내가 악사들의 연주를 여러 번 들어봤지만 이렇게 귀에 쏙쏙 들어오는 것은 처음이야. 겉보기와 달리 소리가 맑고 깨끗하군."

그의 옆에 있던 무사가 맞장구를 쳤다.

"그렇습니다, 문주님. 어쩐지 몸을 신나게 움직여야 할 것 같은 기분이 듭니다."

주유성이 연주를 빨리 끝내려고 하는 마음이 곡에 담겼다.

연주가 계속될수록 사람들은 뭔가 서둘러야 한다는 생각이 슬슬 들었다. 어떤 사람은 퇴근을 서두르려고 하고, 어떤 사람은 자신이 추진하던 일을 서두르려고 했다.

그리고 어떤 사람은 습격을 서둘렀다.

갑자기 객잔 문이 와장창 부서지며 이십여 명의 사람들이 몰려들어 왔다.

선두에 선 거한이 소리를 질렀다.

"송운경! 송운경은 어디 있느냐!"

거한의 손에는 커다란 도가 들려 있었다.

송운경이 벌떡 일어서며 소리쳤다.

"극천명! 네놈이 감히 여기 웬일이냐!"

거한은 마횡파라는 문파의 문주였다. 마횡파는 사파에 가까웠다. 아주 독한 사파는 아니지만 그렇다고 정파는 확실히 아니다. 그저 어중간한 사파 중의 하나였다.

그리고 마횡파는 소종문이 장악하고 있는 시장을 원했다.

"으하하! 송운경! 지금 상황을 보면 네가 소리 지를 상황이 아닐 텐데?"

송운경이 이를 갈았다. 지금 이 자리에 와 있는 소종문의 무사 숫자는 열, 마횡파는 그 두 배인 스물이었다.

"으드득! 극천명! 노렸구나!"

"노렸지, 노렸고말고. 그리고 이렇게 성공했고."

"내 검이 그렇게 녹록해 보이더냐? 어디 감히 벌써 성공을 운운해?"

"푸하하! 송운경, 네 검은 내 도로 상대하면 그만이지. 그 사이에 네 부하들은 모두 내 부하들에게 죽을걸?"

송운경이 살기를 뿌렸지만 확실히 틀린 말은 아니다.

'지금은 우리 숫자가 너무 적다. 문에 돌아가서 부하들을 더 모아 반격해야 한다.'

"좋다. 우리가 물러가겠다."

극천명이 날카로운 도를 흔들면서 비웃었다.

"송운경, 너를 그냥 보낼 거라면 뭐 하러 노리고 왔겠냐? 다른 놈은 몰라도 적어도 너는 온전히 갈 수 없다. 이 객잔의 바깥도 이미 포위되어 있다."

송운경은 사태를 깨달았다.

"감히 나를 죽이겠다?"

"물론."

송운경은 이런 사태가 올 줄은 꿈에도 몰랐다. 그가 저주를 퍼부었다.

"네가 감히 이런 짓을 저지르고 무사할 줄 알았느냐? 겨우 사파인 마횡파 따위가 감히 우리 소종문을 상대할 수 있다고 믿는 거냐? 내가 죽더라도 너희들은 피의 보복을 당할 것이다! 내 부하들에 의해 한 놈도 남기지 않고 몰살당할 것이다!"

극천명이 코웃음을 쳤다.

"흥. 저승에 가서 네 부하들을 기다려라. 귀신이 되면 알겠지만 정파라고 거들먹거리던 너네 소종문은 이제 끝났다. 네 부하들의 복수는 반드시 실패한다. 하늘은 나 극천명의 편이다. 으하하."

송운경은 더 이상의 대화가 의미없음을 깨달았다.

'이자가 뭘 믿고 이런 무모한 짓을 저지르는지는 모르지만 경계를 게을리 한 것은 나의 실수다. 마횡파가 약하다 무시하지 말고 더 조심해야 했어.'

그동안은 소종문의 힘이 더 강하므로 마횡파가 감히 이런 도발을 하지 못했다. 하지만 지금은 상황이 다르다. 더 이상 달아날 곳도 없다. 그는 검을 뽑아 극천명을 겨누었다.

"내가 오늘 함정에 빠져 죽을지 몰라도, 이 피 맺힌 복수는 내 부하들이 해줄 것이다. 내 부하들이 네놈들의 살을 잘라 씹어 먹을 것이다."

그는 부하들을 힐긋 보며 말했다.

"너희들은 즉시 자리를 피해라. 내가 저들을 막겠다."

"문주님, 그럴 수 없습니다!"

"가라! 저자의 목표는 나다. 나 송운경의 무공이면 너희들이 피할 시간은 벌 수 있다. 복수를 부탁한다!"

"문주님!"

극천명이 그 모습을 보며 크게 웃었다.

"으하하. 송운경. 다른 놈들이 도망친다고? 내 준비가 그렇게 어설퍼 보였느냐? 너희들을 다 죽이고 네 딸은 내 노리개로 삼겠다. 으하하하!"

송운경은 눈에 핏발을 세우며 극천명에게 검을 겨누었다.

'먼저 극천명을 친다. 저자를 빨리 제압해야 시간을 벌 수 있다.'

그의 칼날에서 날카로운 기운이 서서히 피어올랐다.

그리고 그는 눈앞에서 뭔가 거무튀튀한 게 휙 스쳐 지나가는 것을 느꼈다. 송운경이 깜짝 놀라며 생각했다.

'뭐지?'

주유성이 허공을 날았다. 그의 발이 쭉 내밀어지더니 웃고 있는 극천명의 얼굴을 발바닥으로 찍었다.

"꿰액!"

극천명의 콧대가 납작하게 함몰되며 비명과 함께 나뒹굴었다. 손에 들고 건들거리던 도는 이미 저만큼 날아가 버린 후다.

바닥에 부드럽게 착지한 주유성이 인상을 쓰고 말했다.

"이게 진짜. 어르신 연주하시는데 어디서 사파 새끼가 자꾸 짖고 있어."

극천명이 비틀거리면서 일어섰다.

"이, 이 새끼 뭐냐! 다들 뭐 하냐! 쳐라!"

객잔에 들어온 이십여 명의 마횡파 무사들이 즉시 병장기를 휘두르며 주유성에게 달려들었다.

"지랄은."

주유성이 탁자를 탁 쳤다. 탁자 위의 통에 들어 있던 나무젓가락들이 그 충격으로 위로 한꺼번에 떠올랐다.

주유성이 떠오르는 젓가락들 사이에 손을 휘저으며 손가락을 튕겼다. 그 손동작이 너무 빨라 보통 사람의 눈에는 흐릿한 잔상만 보였다.

수십 개의 나무젓가락들이 거의 동시에 쏘아졌다. 나무젓가락에는 주유성의 내공이 골고루 깃들어 있다. 더구나 젓가락을 날리는 수법은 당문의 암기술이다. 사파의 잡무사들이 막을 수 있는 수준이 아니었다.

"으아악!"

달려들던 무사들이 일제히 비명을 지르며 나가떨어졌다. 이십여 명이 동시에 자빠지는 모습이 장관이었다.

멍하니 서 있던 송운경이 깜짝 놀라며 소리쳤다.

"헉! 절정의 암기술이다!"

극천명은 더 놀랐다. 하지만 그는 부하들이 쓰러지는 모습을 보며 재빨리 생각을 정리했다.

'암기의 고수로군. 그렇다면 암기를 쓰기 전에 가까이 덮치는 것이 최고.'

부하들은 삼류지만 극천명은 명색이 고수다. 재빨리 판단한 그는 넘어진 상태에서 주유성을 향해 몸을 날렸다. 내공의 힘으로 던지듯 튀어나간 그의 몸은 엄청난 속도로 주유성의 하체를 노렸다. 그는 두 손을 갈고리처럼 내밀었다.

주유성의 오른발이 부드러운 곡선을 그리며 솟아올랐다. 그 발끝에 달려들던 극천명의 턱이 걸렸다.

덜컥.

극천명의 고개가 휙 젖혀졌다. 어찌나 제대로 얻어맞았는지 머리가 위로 솟아올랐다. 달려들던 그의 몸도 머리를 따라 공중에 원을 그리며 돌더니 바닥에 철푸덕 떨어졌다.

"끄으으."

제대로 맞은 극천명이 정신을 차리지 못하고 부들거렸다. 젓가락에 맞아 쓰러졌던 그의 부하들은 별 부상은 없었다. 하지만 모두 겁에 질렸다.

"내 연주 아직 안 끝났으니까 닥치고 기다려. 또 짖는 놈 있으면 똥간에 처박아 버릴 테니까."

그 협박에 감히 움직이는 자가 없었다. 마횡파의 무사들은 물론이고 소종문의 사람들까지 꼼짝하지 않고 서 있었다.

주유성이 손까지 탁탁 털더니 자기 금 앞으로 걸어가서 털썩 주저앉았다. 그리고 금을 계속 연주했다.

음악의 아름다움은 그대로이지만 받아들이는 사람의 입장은 이제 변했다. 아무리 음악이 듣기 좋아도 송운경의 귀에는 제대로 들어오지 않았다.

"도, 도대체 누구시기에."

그의 눈에 정신을 차리지 못하는 극천명이 보였다. 젓가락에 얻어맞은 마횡파의 부하들도 겁에 질려 꼼짝도 못하고 있었다.

'지금 모두 제압해야 하는데.'

하지만 감히 그럴 수는 없다. 금 연주를 방해했다고 극천명이 저렇게 얻어맞았다. 자기도 그 꼴이 날 수 있다는 생각이 들었다.

주유성은 어느새 다섯 곡의 연주를 끝냈다. 그는 밥벌이 도구인 금을 잘 챙기더니 객잔 주인에게 가서 손을 내밀었다.

"은자 주세요."

분위기가 나빠졌지만 은자를 안 받을 수는 없다. 이게 있어야 앞으로 며칠 편하게 지낸다. 그래서 굳이 연주를 끝낸 주유성이다.

객잔 주인이 화들짝 놀라더니 급히 은자 주머니를 꺼냈다.

"여, 여기 있습니다."

은자를 하나만 달랑 챙긴 주유성이 객잔을 나섰다.

'쳇. 귀찮은 일만 없었으면 밥도 잔뜩 얻어먹고 갈 수 있었는데. 잔치 음식이라면 남는 것이 많았을 텐데 아깝다.'

주유성이 소종문 사람들 앞에 놓인 요리들을 보고 입맛을 다셨다. 그리고 사건의 원흉이 된 극천명이 보였다. 배가 고팠다. 짜증이 벌컥 났다. 그는 극천명을 뻥 찼다.

겨우 정신을 차리던 극천명이 그 발길질에 얻어맞고 날아가 벽에 부딪쳤다.

"켁!"

그 모습을 보고 정신이 든 송운경이 급히 상황을 살폈다. 아직도 젓가락에 얻어맞은 마횡파의 문도들은 주유성의 눈치만 보고 있었다.

'지금 저자들을 잡기는 어렵다. 기세는 우리가 강하지만 숫자는 저놈들이 더 많다. 할 수 없군. 어차피 문파의 힘은 우리가 더 강하니 지금은 물러나지. 하지만 마횡파. 두고 보자. 부하들을 모아서 아주 박살을 내주마. 아차! 지금 급한 건 그게 아니지.'

그는 부하들을 둘러보며 급히 명령을 내렸다.

"욕심 부리지 마라! 지금은 일단 안전을 챙겨야 한다!"

그리고 그는 객잔 바깥으로 나간 주유성을 급히 쫓아갔다.

주유성은 자기 말을 끌어내고 있었다. 그런 그에게 송운경이 빠르게 다가서며 포권을 했다.

"대인, 구명지은에 감사드립니다."

"감사는 무슨. 그 사파 놈이 하도 짖어대니까 시끄러워서 팬 건데요 뭐."

"극천명 그놈은 평소에도 개소리를 잘하기로 유명한 놈입니다. 그나저나 대인, 어디로 가려고 하십니까?"

"알면 다쳐요."

주유성의 말에 송운경은 재빨리 머리를 굴렸다.

'함부로 신분을 묻기 곤란한 사람? 누구일까? 그것보다 행동으로 볼 때 정파의 사람이 틀림없다. 그럼 이분을 그냥 보낼 수는 없지.'

"대인, 갈 때 가시더라도 잠시 저의 집에 들렀다 가시지요."

주유성이 잠시 갈등했다. 배가 너무 고프다. 그런데 이제 이 동네에서 뭘 사먹으려면 남들의 시선을 감수해야 한다. 게으름뱅이를 보는 시선과는 다른 그 눈빛을 받으면 소화가 되지 않는다.

"집에 밥 좀 있어요?"

의외의 말에 송운경이 잠시 당황했다.

"바, 밥이요?"

그러다가 이내 깨달았다.

'아하, 화정이의 소문을 들었구나.'

"그럼요. 진수성찬을 차려 드리겠습니다. 제 딸아이의 음식 솜씨는 이 일대에서 꽤 유명합니다."

주유성이 군침을 삼켰다. 객지에 나온 후로는 진수성찬은 고사하고 잘 차려 먹는 일 자체가 흔하지 않은 생활의 연속이다.

"그럼 밥만 먹고 갈게요."
송운경이 반색을 했다.
'밥만 먹는다? 젊은 사람이 과연 그럴 수 있을까?
송운경은 자기 딸의 미색을 믿었다.

第四章

이 일대에서 최고의 신붓감으로 칭찬이 자자한 아가씨인 송화정은 처음에 자기 아버지가 거지를 한 명 데려온 줄 알았다.

'개방?'

하지만 그녀는 생각을 입 밖으로 꺼내지 않는 현명함을 가지고 있었다.

"아빠, 생각보다 빨리 오셨네요?"

아직 이곳까지 좀 전의 싸움 소식이 전해지지는 않았다. 그래서 송화정은 무슨 일이 일어났는지를 짐작도 하지 못했다.

막상 살아나서 딸의 얼굴을 보자 새삼 가슴이 뭉클해진 송운경이 환히 웃으며 말했다.

"하하, 귀여운 내 딸. 다시 보니 반갑구나."

송화정은 자기 아버지가 뭔가 달라진 것을 느꼈다.

"아침에 보고 새삼스럽게 무슨 말씀이세요?"

'혹시 이 거지 때문에?'

"아빠, 이분은 누구세요?"

송운경은 딸의 말을 듣고서야 주유성을 데려온 진짜 목적이 생각났다.

"아, 그렇지. 이분은 오늘 이 아빠가 크게 신세를 진 분이란다. 대인, 이 아이가 제 딸입니다. 제 말이라면 껌뻑 죽는 착한 아이지요."

'소문만 듣다가 직접 보니 눈이 확 떠지지? 내 말도 잘 듣는다고. 그러니 나한테 잘 보이시게나.'

송화정은 확실히 대단한 미모다. 하지만 사천제일미였던 당소소에 비하면 그래도 떨어진다. 미모만 가지고 주유성의 감성을 자극하기에는 턱없이 모자라다.

눈치 빠른 송화정은 분위기가 심상치 않음을 느끼고 재빨리 인사했다.

"대인을 뵙습니다."

'얼굴에 덕지덕지 붙어 있는 때를 좀 벗기면 봐줄 만은 할 것 같기는 하네.'

주유성을 손님 접대하는 곳으로 보내고 송운경은 딸을 붙잡고 사정 이야기를 했다. 송화정의 안색이 점점 나빠졌다.

"아빠, 그러니까 저보고 저 거지를 꼬시란 말이에요?"

"이런! 저 사람이 들으면 어쩌려고. 그리고 그는 거지가 아니다. 금을 타는 실력으로 보건대 아주 뛰어난 악사임에 틀림없어."

"악사라도 거지는 거지지 뭐가 아니에요? 딱 보니까 거지 맞던데요."

"악사이기만 한 것이 아니지. 무공이 정말 엄청났다. 보통 고수가 아니야. 우리 소종문의 힘을 모조리 퍼부어도 이길 수 없을 정도의 고수다."

"그럼 개방의 지체 높은 거지인가 보죠. 하지만 아무리 신분이 귀해도 난 거지 싫어요."

"더러운 복장과 무공 실력으로 보면 개방의 귀한 사람이라고 생각하는 것이 가장 타당하지. 하지만 절대로 개방은 아니다."

"어떻게 그렇게 자신해요?"

"씻으라고 욕탕으로 보냈더니 좋다고 들어갔거든. 간만의 목욕이라고 아주 히히덕거리더라. 개방 사람들은 대부분 목욕을 좋아하지 않아."

송화정이 작고 예쁜 머리를 갸웃거렸다.

"말이 안 되잖아요. 무공이 높고 금 실력도 수준급이면서 거지꼴로 다닌다는 게. 개방 사람이 아니면 왜 그러겠어요?"

"모르지. 무슨 사연이 있는지. 자기 이름조차 밝히지 않더구나."

송화정의 얼굴이 서서히 창백해졌다. 그녀가 공포에 질려서 말했다.

"아빠, 이름도 알려주지 않는 자라면 죄를 짓고 도망 다니는 마두가 틀림없어요. 그러니까 그런 재주들을 가지고 있으면서도 거지꼴로 다니는 거예요."

"마두라면 내가 아니라 극천명을 도왔겠지. 오히려 그는 아무런 대가도 없이 가려고 했다. 그러니 마두는 아니다. 다만 신비한 인물일 뿐이야."

"그랬으면 좋겠지만."

"그리고 그는 음식에 관심이 많더구나. 하긴, 무슨 사정이 있는지 몰라도 저 꼴이 됐으면 배가 많이 고프겠지. 그래서 음식을 한 상 거하게 차려준다고 하며 데려왔다. 그러니 네 솜씨를 발휘해 봐라. 이 근방에서는 너의 음식 솜씨가 최고잖아. 그도 아마 그 소문을 들은 것 같다."

송화정의 요리 솜씨는 확실히 대단하다. 아직 스물도 되지 않은 나이인데도 소종문 사람들의 식사를 그녀가 책임지고 있다.

물론 그녀 혼자 모든 음식을 만드는 것이 아니다. 손님들이라도 많이 찾아오는 때는 인근 아낙네들이 돌아가면서 찾아와 음식 만드는 것을 돕는다.

그러나 평소에 음식의 맛을 결정하는 것은 그녀의 솜씨다. 어린 시절부터 주방에서 살아온 그녀다. 요리에 관심도 많고 재능도 많으며 투입한 시간도 많다. 지금 그녀의 요리 실력은 이 일대에서 경쟁 상대가 거의 없다.

소종문의 금지옥엽 송화정은 미모와 더불어 최고의 요리 솜씨를 가졌다. 더구나 마음씨도 착하다고 소문이 났다. 집안도 그만하면 훌륭하다. 조건이 그러한 덕분에 그녀는 현재 이 일대에서 최고의 신붓감이다. 매파가 소종문에 발이 닳도록 들락거린다.

송화정이 인상을 살짝 찡그렸다. 솔직히 주유성의 정체가 두렵다. 하지만 아버지가 구명지은을 입었으니 배를 쨀 수는 없다.

"알았어요. 그래도 아버지를 구해준 은인인데 섭섭하게 대접할 수는 없죠. 정말 마두만 아니라면 괜찮으니 많이 먹여서 얼른 보내 버려야겠네요."

송화정은 구걸음식도 좋다고 먹는 거지에게 정성이 들어간 음식을 만들어주기가 싫다.

"거지는 아무거나 먹여도 잘 먹는데 내 솜씨를 발휘해야 하다니. 억울해."

하지만 아버지의 은인이다. 대충 할 수도 없다.

"그래도 아버지 은인이니까. 거지야, 너 참 오늘 복받았다.

내가 이렇게 열심히 만드는 요리를 혼자 먹는 남자는 정말 드물어. 한 명을 위해서 만든 요리 한 상을 걸고 일을 시키면 이 동네 남자 백 명을 하루 동안 노예로 만들 수 있단다. 네가 그걸 알기나 하겠니?'

원래 요리를 좋아하는 아가씨라 음식을 만들다 보니 절로 흥이 났다. 더구나 오늘은 명분이 있으니 아껴뒀던 고급 재료들도 아낌없이 쓸 수 있었다. 이제 목적은 주유성의 대접이 아니라 요리 자체로 변했다.

"나나나나나. 라라라랄라."

콧노래까지 불러대며 음식을 만들다 보니 정말로 커다란 상에 가득 음식이 올려졌다.

송화정은 자기가 만든 결과물을 뿌듯하게 쳐다보았다.

"거지가 감동받겠네."

송화정은 소종문의 제자 둘을 불러 상을 옮기게 했다. 그리고 상의 뒤를 사뿐사뿐 걸으며 따라갔다.

'어떤 표정을 짓는지 봐야지. 오늘도 보람차겠다.'

방긋 웃으며 즐거운 상상을 하던 그녀가 대청으로 들어섰다.

그녀의 걸음이 서서히 느려졌다.

'어머! 거지는 어디 가고 저, 저런 꽃미남이 앉아 있지?'

주유성은 사천제일미 당소소의 아들이다. 그리고 당소소의 얼굴을 빼다 박았다는 평가를 받는다. 당연히 그 미색이 전국구다.

시골 소녀 송화정은 맹세코 주유성만큼 잘생긴 남자를 본 적이 없다.

활동을 많이 하는 무림여걸들은 여기저기 돌아다닐 일이 많다. 그러다 보면 명문세가의 사람을 만날 일도 많다. 명문세가의 사람은 원래 미녀를 쉽게 얻으니 그 아들딸도 미색이 뛰어난 경우가 많다. 그래서 잘생긴 사람을 볼 기회가 많은 그들은 주유성의 얼굴을 보고 감탄은 하지만 넋을 놓지는 않는다.

그런데 송화정은 이 동네를 벗어난 적이 없다.

서현에서는 주유성이 자라면서 계속 얼굴을 보여줘서 적응시켰음에도 불구하고 구름처럼 많은 아가씨들이 선망의 눈초리로 쳐다보았다. 물론 그중에 게으름뱅이의 벽을 뚫고 어느 정도 성과를 낸 것은 밍밍이 유일하다.

그런데 송화정은 면역도 되지 않은 상태에서 주유성의 얼굴이라는 공격을 갑자기 받았다. 거기다가 주유성은 여기서 무공이 대단히 높은 청년 고수로 알려져 있다.

무가의 딸인 그녀의 감성이 단숨에 점령당했다. 단단히 봉인하고 있던 처녀의 방심이 순식간에 열렸다.

그녀는 한눈에 반했다.

주유성은 음식상이 들어오는 것을 보고는 침을 꿀꺽꿀꺽 삼켰다. 송화정에게는 그 모습마저도 멋있어 보였다.

'공자님이 내 음식을 보고 군침을 삼켜주고 계셔. 아아.'

송운경과 간단한 인사말을 건넨 주유성은 이내 음식에 손을 뻗치기 시작했다. 이것저것 닥치는 대로 손을 대고 먹었다. 먹으면서 연신 감탄하는 것을 잊지 않았다.

"쩝쩝. 이 요리는 요리사의 혼이 배어 있는 기분이에요. 꿀꺽. 이건 재료의 맛을 제대로 살렸네요. 쩝쩝. 와, 이런 매콤한 맛 정말 오랜만이에요."

말하면서 먹기 신공을 보여주는 주유성은 일견 추잡해 보였지만 이미 콩깍지가 쓰인 송화정에게는 좋게만 보였다. 그녀가 몸을 살짝 꼬았다.

'내 요리를 맛있게 드시고 있어. 내 요리를. 으흐응. 견딜 수가 없어.'

음식이 아무리 많아도 영원히 먹을 수는 없다. 주유성은 상에 차려진 요리의 상당 부분을 비웠다. 남은 것 중에도 손대지 않은 요리는 하나도 없다. 마침내 배가 터질 것처럼 부풀어 오르자 견디지 못하고 털썩 쓰러졌다.

"더, 더는 안 돼요. 더는."

말은 그렇게 하면서도 그의 손은 구운 떡 한 조각을 쥐고 있었다.

남의 집에서 배부르다고 드러눕는 자세는 버릇없는 짓이

다. 하지만 주유성은 무림맹의 금지 앞에서도 거적때기 깔아 놓고 드러눕던 놈이다.

　그래도 조금은 미안한지 변명을 붙였다.

　"일어나야 하는데. 배가 불러서."

　송운경이 급히 만류했다.

　"무슨 말씀을. 배가 부르면 누울 수도 있지요. 그만큼 맛있었다는 뜻 아닙니까?"

　"정말 맛있었어요. 이런 맛있는 음식 먹어본 지 얼마 만인지 몰라요."

　북해빙궁을 떠나고는 고생만 실컷 했다. 그 후에는 사기꾼을 때려잡을 때 한 번 빼고는 이렇게 많이 먹기는 처음이다.

　"하하. 자랑은 아니지만 제 딸아이가 한요리 한다고 소문이 자자하지요."

　"따님요? 이거 전부 따님이 만든 거예요?"

　"그럼요. 이미 인사하셨죠. 저기 서 있잖습니까?"

　송화정이 새초롬하게 웃으며 다리를 굽혀 인사했다.

　"공자님을 뵙습니다."

　아무리 주유성이라고 해도 처녀에게서 이런 분위기의 인사까지 받고 누워 있을 수는 없다. 하지만 굶주렸던 배가 부르자 꼼짝하기도 싫다.

　그는 누운 상태에서 포권을 했다.

　"고마워요. 정말 맛있게 먹었어요."

"별말씀을. 그저 재주를 살짝 부려봤을 뿐이에요. 원하신다면 정말 제대로 차려 드릴 수 있는데……."

그녀가 꼬리를 열심히 쳤다. 그녀는 이 정도면 주유성이 당연히 넘어올 거라고 믿었다.

주유성이 배를 쓰다듬으며 말했다.

"그럼 한 끼만 더 얻어먹고 가기로 할까요?"

송화정이 속으로 회심의 미소를 지었다.

'걸렸구나. 내 미모에 넘어온 거야. 호호호.'

그녀가 진실을 알면 쓰러질지도 모른다. 하지만 진실은 주유성의 뱃속에 있다.

그날 저녁에 송화정은 자신이 가진 요리 실력을 있는 대로 발휘했다. 잔치가 있을 때만 부르는 인근의 아낙네들을 데려다가 별의별 것을 다 만들었다. 푸줏간에서 질 좋은 고기를 가져다가 수고를 아끼지 않고 부드럽게 만들었고, 손이 많이 가서 잘 쓰지 않는 재료들도 기쁜 마음으로 다듬었다.

그동안 잘 먹은 주유성은 낮잠에 빠져 있었다. 목욕까지 하고 배가 부르니 솔솔 쏟아지는 잠을 참기 힘들었고 참을 이유도 없었다.

저녁밥 먹을 때가 됐을 때 송화정이 주유성 곁에 다가왔다.

'어머나. 자는 모습도 멋져라. 저 입술에 쪽 하고 내 입술을 맞춰봤으면.'

하지만 제대로 배우고 자란 처자가 그런 일을 할 수는 없다. 그녀는 조용히 주유성을 불렀다.

"공자님."

주유성은 여전히 깊이 잠들어 있었다. 난처해진 그녀가 혼잣말을 했다.

"식사하셔야 하는데. 음식이 식으면 안 좋은데."

그 말이 떨어지기가 무섭게 주유성이 벌떡 일어났다. 준비 동작 없이 강시처럼 일어서는 그 모습에 송화정이 깜짝 놀랐다.

"어머나!"

"밥!"

송화정 입장에서는 주유성이 자는 척하고 있었다고밖에 생각할 수 없다. 그녀의 상식으로 깊이 잠든 사람이 밥 소리에 이렇게 일어날 수는 없다.

'공자님도 부끄러웠나 보다.'

"잠시만 기다리세요."

곧바로 요리상이 나왔다. 한 상으로 모자라서 두 상에 차렸다. 낮에 대접한 것도 대단했지만 이번에는 그 수준과 품격이 달랐다.

주유성의 입이 헤벌어졌다. 그는 신이 내린 혀를 가졌다. 혀가 그 정도로 맛을 구분하려면 당연히 코의 도움이 있어야 한다. 그는 냄새만 맡고도 이 요리들에서 어떤 수준의 맛이 날지 짐작하고도 남았다.

"우와아! 정말 끝내줘요."

주유성이 탄성을 지르면서 달려들어 음식을 먹어치우기 시작했다.

송화정은 한쪽에서 서서 그 모습을 행복하게 쳐다봤다.

"쩝쩝. 송 낭자도 좀 드시죠?"

점심때와는 달리 저녁때는 음식을 확실히 남길 것만 같다. 음식 소모 예상량을 계산하고 난 주유성이 안심하고 자리를 권했다.

"저는 괜찮아요. 양이 작아서요."

그녀는 상당히 대식을 한다. 살이 쉽게 찌지 않는 체질이라 몸매를 유지하고 있지만 그녀가 먹는 양은 장정보다 많다. 그녀는 먹는 걸 좋아하니 만들기도 좋아한 경우다. 하지만 체면을 차리느라 거절했다.

'막상 같이 먹자는 소리를 들으니 배가 고프네. 한 번만 더 권하면 옆에서 먹어야겠다. 호홋. 공자님, 어서 말씀하세요.'

더 이상의 권함은 없다. 주유성은 진심으로 권했고 상대의 거절도 진심으로 받아들였다.

"정말 맛있어요. 쩝쩝."

혼자서 열심히 먹어대기만 했다. 보고 있는 송화정은 이제나저제나 기다리기만 했다. 상이 다 비워질 때까지 멍하니 구경만 했다. 자기가 만든 음식을 보고 입에 침이 고였다.

송운경은 자신의 딸과 주유성이 잘되기를 바란다. 그러나 아직 이름도 모르는 처지에서 뭐가 진전되기를 바랄 수는 없다. 그래서 그는 주유성을 손님방에 보내놓고 그곳에 다시 자기 딸을 보냈다. 말동무나 하라는 뜻이었다.

　남자가 있는 방에 가라는 말에 평소라면 거절했을 송화정이 반색을 하며 허락했다. 그리고 차를 준비해 주유성을 찾았다.

　"공자님, 주무세요?"

　아직 초저녁이다. 보통 사람이면 모르는 사람의 집에 와서 벌써 잘 리가 없다. 이미 낮잠까지 잤다면 말할 것도 없다. 그러나 주유성은 보통 놈이 아니다.

　"공자님?"

　아무래도 대답이 없자 송화정이 문을 살짝 열었다. 주유성이 큰대 자로 뻗어서 자고 있는 것이 보였다. 송화정의 얼굴에 경련이 살짝 일었다.

　"어떻게 하루 종일 먹고 자는 것만 할 수가. 설마 게으름뱅이는 아니겠지?"

　맞다.

　사황성이 중원에 문어발처럼 뻗어놓은 세력은 수많은 사파 사이에 깊숙이 침투해 있다. 그 수가 너무 많아 자잘한 일에까지 직접 개입하는 일은 별로 없다.

사황성은 자기들이 끌어들인 사파도 급을 정해 분류한다. 상중하로 급을 정하며 그중에 하급으로 지정된 문파의 경우 멸문을 당한다고 하더라도 인사치레 이상의 도움을 주지는 않는다.

　마횡파는 보잘것없는 곳이라 하급으로 분류되어 있다. 하지만 지금 마횡파는 이전과는 조금 다른 상황에 처해 있다.

　마횡파의 문주 극천명이 이를 갈았다.

　"으드득! 송운경! 그런 고수를 끌어들였단 말이지?"

　마횡파의 객관적인 힘은 소종문에 비해 약하다. 그래서 극천명은 평소에 송운경을 눈엣가시처럼 여겼지만 이렇게 대놓고 도발하지 못했다.

　이번에는 믿는 것이 생겨서 마음 놓고 도발했지만 깨끗이 실패했다.

　그는 마횡파에서 제일 좋은 방에 앉아 있던 자에게 머리를 수그리며 말했다.

　"전삼 어르신, 송운경 그자가 고수를 끌어들여 거사를 실패했습니다."

　그가 전삼이라고 부른 사람은 그럴싸한 선풍도골의 외모를 가지고 있다.

　전삼이 옆에 끼고 앉은 여자를 주무르며 말했다.

　"그래서 어쩌자고? 네놈은 분명히 이 동네 제일의 미녀라는 송화정을 나에게 바치겠다고 약속했다. 나는 네 말을 믿고 그들이 습격해 오면 사람들을 부려 막아주기로 약속했고. 그건 계약이다. 그러니 어서 계약대로 송화정을 내놔라. 그년의 미색만 생각하면 아랫도리가 불끈거리는구나."

이미 패배한 극천명에게 약속을 지킬 재주는 없다.

"전삼 어르신, 최선을 다했습니다만 그놈이 그런 고수를 끌어들였을 줄은 몰랐습니다. 그놈들의 복수를 기다리느니 아무래도 직접 쳐야 할 것 같습니다. 그러니 어르신께서 그 고수와 송운경, 그리고 소종문의 실력자들을 먼저 처치해 주십시오. 그렇게만 해주시면 나머지는 제가 다 처리하겠습니다. 약속했던 돈도 꼭 치러 드리겠습니다."

전삼이 할 일이 없는 상태였다면 직접 도움을 줬을지도 모른다. 그러나 지금 그는 그러기 곤란한 입장이다.

'이 미련한 놈이. 직접 활동해도 되는 처지라면 내가 앞장서서 일을 저질렀겠지. 내가 이런 흔한 이름까지 쓰면서 여기 숨어 있어야 하는 걸 보면 나서서 일하기 곤란함을 알아야지.'

전삼이 그의 본명은 아니다. 그건 흔한 이름 중 하나이며 당연히 가명이다. 하지만 그는 지금 공식적으로는 전삼이다.

"내가 해줄 수 있는 것은 약속대로 그놈들이 이곳에 쳐들어왔을 때 물리쳐 주는 것뿐이다. 더 이상을 원한다면 너는 나의 도움을 얻을 수 없음은 물론이고 네 목숨마저 보장할 수 없다."

'쳐들어오는 놈들을 처치하는 것은 어쩔 수 없었다는 핑계를 대고 넘어갈 수 있다. 하지만 임무 도중에 내가 나서서 치다니. 그랬다가는 막에서 날 가만두지 않을 거야.'

 전삼이 이곳에서 숨죽이고 지낸 지 두 달이 족히 넘었다. 그는 이제 지루해졌고 새로운 자극을 원했다. 하지만 지엄한 명령을 어기고 직접 나서서 사건을 일으킬 용기는 없다.

 이제 난리가 난 것은 극천명이다. 하지만 그는 지난번 경험으로 주유성의 실력을 조금은 눈치 챌 수 있었다.

 '우리 같은 삼류문파는 통째로 달려들어도 상대가 되지 않을 놈이지. 나보고 어쩌라고. 그렇다고 다시 찾아가서 무찌를 힘도 없고. 창피하지만 할 수 없지.'

 "전삼 어르신, 그 고수의 무공은 보통이 아니었습니다. 나이는 젊은 놈이 실력이 어찌나 좋은지 우리 같은 하수들 수십 명을 순식간에 무찔러 버렸습니다. 도저히 상대가 되지 않습니다."

 극천명의 말을 듣던 전삼의 눈이 번쩍였다.

 "젊은 고수? 혹시 네놈들보고 찾아내라고 했던 그자와 닮지는 않았고?"

 극천명이 잠시 멍하니 있더니 무릎을 탁 쳤.

 '옳지, 잘됐다. 일단 나이가 젊었지. 용모파기와는 많이 달랐지만 그래도 대충 떠넘겨서 처리하자.'

 "맞습니다. 그러고 보니 바로 그놈이었습니다. 나이는 젊고, 얼굴은 반반한 놈. 그러고 보니 보여주셨던 용모파기와도 비슷한 것 같았습니다."

전삼은 이전에 극천명에게 주유성의 얼굴 그림을 보여주었다.

용모파기는 초상화처럼 정밀한 그림이 아니다. 붓을 이용해 얼굴의 주요 특징을 대충 그린 것이다. 그것만 가지고 사람을 알아보기는 어렵다. 맞는 사람을 맞는지 알아보는 것도 쉽지 않다. 하지만 전혀 아닌 사람을 아니라고 구분하는 데는 도움이 된다.

문제는 주유성의 상태다. 깨끗한 얼굴을 하고 있어도 그림이 본인인지 알아보는 데 문제가 있는데 그는 객잔에서 거지 꼴로 있었다. 극천명은 자기가 본 젊은 고수가 전삼이 찾는 그 사람일 거라고 생각하지 않았다.

극천명의 장담을 들은 전삼이 몸을 일으켰다.

"그래? 지겨운 기다림이 끝났구나. 어서 처치하고 돌아가야겠다."

극천명이 반색을 했다.

'이놈이 쳐들어와서 상전 노릇한 지 벌써 두 달이 넘었는데 드디어 가려나 보다. 얼른 소종문을 박살 내놓고 사라져라.'

"대업을 이루소서. 소종문까지 가는 길은 제가 안내하겠습니다."

"소종문? 이제 그런 곳은 관심없다. 우리 목표는 그놈 하나뿐이니까. 소종문은 네가 알아서 해라."

전삼의 말에 극천명의 얼굴이 창백해졌다.

다음날 아침이 밝았다. 송화정은 아침 일찍 일어나서 식사 준비에 여념이 없다. 아침을 건너뛰는 집이 부지기수지만 송화정의 입장은 다르다. 그녀는 주유성에게서 점수를 딸 수 있는 일이라면 뭐든지 하려는 자세를 가지고 있다.

아침을 기름진 요리로 채우는 것은 바보짓이다. 일반적으로는 그렇다. 먹성 좋은 주유성은 아침이 기름져도 상관없지만 송화정은 그것을 모른다.

그래서 그녀는 깔끔하고 간단한 먹을거리를 만들어서 주유성에게 대접했다.

사실 주유성은 아침도 제대로 차려먹고 싶었다. 이제 떠나야 하니 배도 단단히 채워놓는 것이 좋을 거라고 생각했다. 하지만 나온 음식들이 간단하니 조금 실망을 했다.

그렇다고 얻어먹는 처지에 감 내놔라 대추 내놔라 할 수는 없다. 그저 주는 대로 맛있게 받아 먹었다. 음식은 순식간에 사라졌다.

먹을 것을 다 먹었으니 이제 여기 볼일은 없다.

"정말 잘 먹었어요."

송화정이 방긋 웃으며 말했다.

"점심때는 더 잘 차려 드릴게요."

주유성이 아쉬운 듯 입맛을 다시며 말했다.

"그럴 수는 없죠. 이제 가야 하거든요."

송화정의 안색이 변했다. 그녀는 주유성이 자신의 미모에 걸려들었다고 자신했었다. 비록 대화를 하지 못했고, 밥 먹는 시간 외에는 잠만 자는 모습을 보고 조금 걱정하던 참이기는 하다. 그리고 이제 와서 떠난다니 가슴이 덜컹 떨어지는 느낌이 들었다.

"공자님, 그냥 그렇게 가시려고요?"

"에? 그럼 가야지 오나요?"

주유성의 당연하다는 표정에 그녀는 그를 잡을 핑곗거리가 없음을 깨달았다.

"저, 그럼 언제 다시 이곳에 들르실 예정이신지요?"

주유성이 가만히 생각해 보았다. 게으른 자신의 성격에 이런 장거리 여행을 다시 할 것 같지는 않다.

"안 올걸요?"

송화정의 얼굴이 창백해졌다.

"그, 그럼 성함이라도, 어디 사시는 누구신지 성함이라도 좀 가르쳐 주세요. 아버님의 은인이신데 성함조차 알지 못하면 이런 불효가 없어요."

속셈은 주유성을 찾아낼 수 있는 정보를 알아내는 데 있다.

주유성은 모든 것을 가르쳐 주기 싫다. 귀찮아질 것 같은 본능적인 느낌이 든다.

"그게……."

거절하려고 하자 송화정이 눈에 눈물을 다 글썽거린다.

주유성은 마음이 약해졌다.

'그래, 이 마을에서 무슨 큰일 저지른 것도 없으니 이름쯤이야 알려준다고 해도 귀찮게 될 건 없겠지.'

"주유성이거든요. 제 이름이."

구명대협이나 쌍절서생의 이름이 무림을 진동하는 것도 아닌데 이 북쪽 지방의 송화정이 그걸 외우고 있을 리가 없다. 그래도 그녀는 그 이름을 머릿속에 단단히 각인시켰다.

'주유성. 주유성. 주유성.'

"어디에 사시는지도 좀 가르쳐 주시면 안 될까요?"

그녀의 태도가 적극적으로 나올수록 주유성은 두려워졌다.

'어이쿠. 이 아가씨 불안하게 남의 집 주소는 왜 물어? 이름을 괜히 가르쳐 줬네.'

그는 정색을 하며 물러섰다.

"저기, 제가 좀 사정이 있어서요. 하하하!"

머쓱하니 웃기까지 한다. 명확한 거절의 의미에 송화정은 욕심을 버렸다.

'그래. 이름을 알아냈으니 거의 다 성공한 거지. 이름이 알려진 분이라면 찾을 수 있을 거고, 알려지지 않은 분이라도

언젠가는 유명해지시겠지.'

그녀는 무공을 거의 모른다. 무림의 정세에도 밝지 않다. 하지만 그녀가 있는 곳은 무가다. 고수의 이름을 안다면, 그리고 그 고수가 유명하다면 정체를 파악하는 것이 불가능한 건 아니다.

"알겠습니다. 공자님의 이름 석 자, 가슴속에 고이 간직하겠습니다."

주유성은 누가 자기를 가슴에 간직해 주는 것이 조금도 반갑지 않다. 더구나 귀찮은 일이 생길 것이 명확한 경우에는 더 그렇다.

그는 이제 소종문을 빨리 떠나야 한다는 판단을 내렸다. 원래는 송화정에게 부탁해서 건량이라도 좀 넉넉히 챙길 생각이었다. 이젠 그 욕심을 버렸다. 그는 이 동네 자체를 빨리 뜨는 것이 급선무다.

주유성은 아쉬워하는 사람들을 남겨두고 말을 타고 도망치듯 떠나갔다. 뒤에서 누가 쫓아올까 두려워 도망가는 데 조금도 게으름을 피우지 않았다.

주유성은 마을을 완전히 빠져나오고 나서야 안도의 한숨을 쉬었다.

"휴우! 귀찮은 일 하나는 해결됐네."

그리고 말에서 내리더니 터벅터벅 걸어나갔다. 적당한 공터에 이른 그가 주변을 둘러보며 말했다.

"이제 나오지? 아까부터 쫓아온 거 아니까."

숨어 있던 전삼은 깜짝 놀랐다.

'실력이 제법이라더니 내 기척을 알아냈군. 하지만 너는 어차피 죽은 목숨이다.'

전삼이 숲에서 걸어나왔다.

"제법이구나. 네가 주유성이냐?"

주유성이 얼굴을 찡그렸다.

"아니라고 해도 안 믿을 거지?"

"물론. 주유성이든 아니든 여기서 죽어야 하는 건 틀림없다. 다만 확인을 원할 뿐이지."

"쳇. 나 맞아. 그래서 이제 어쩌려고?"

전삼이 검을 스윽 뽑았다.

"나는 마교에서 나온 연성치다. 너는 우리 마교에 방해가 되니 이만 죽어줘야겠다."

주유성이 코웃음 쳤다.

"흥. 마교도께서 몸소 오셨다? 내가 그 말을 믿을 거라고 착각하는 건 아니지? 나를 그런 바보로 봤다면 이거 기분 나쁜데?"

전삼의 얼굴에 작은 경련이 일어났다.

"이놈! 너는 여기서 죽는다! 죽기 전에 누구에게 죽는지 알려주려는 내 배려를 무시하느냐?"

"놀고 있네. 반응 보니까 마교 확실히 아니네. 혹시라도 나를 놓쳤을 때를 대비해서 함정을 판 거잖아. 나 바보 아냐. 마교가 아니라면 너넨 사황성이냐?"

전삼의 얼굴이 뒤틀어졌다.

"넌 어차피 죽는다."

전삼의 검이 주유성을 겨눴다. 주유성은 두 손을 늘어뜨리고 건들거리면서 서 있었다.

전삼이 기합을 연달아 질러댔다.

"하압! 하압! 하압!"

그는 기합과 함께 주유성을 향해 한 걸음 한 걸음 천천히 걸어갔다. 걸음 하나하나에 제법 강한 기운이 담겨 있었다. 겨눔을 당한 상대의 움직임을 제한하는 보법이고 기세였다.

주유성은 여전히 건들거렸다. 밀려오는 기세를 자연스럽게 흘려보냈다. 얼굴 가득히 비웃음을 담았다.

건들대던 주유성의 몸이 유령처럼 옆으로 스르륵 움직였다. 그의 뒤쪽에서 날아온 날카로운 칼날이 그가 서 있던 허공을 베었다.

주유성이 왼손을 옆으로 쭉 뻗었다. 그의 손끝에 막 검을 휘두른 복면인의 목이 걸렸다. 주유성이 손을 콱 움켜잡았다.

"컥!"

목을 잡힌 복면인이 작은 신음 소리를 냈다. 하지만 훈련된 살수답게 경동맥이 제압된 상태에서도 검을 옆으로 휘둘렀다.

 주유성이 복면인을 빠르게 끌어당겼다. 그 서슬에 복면인은 주유성의 너머 빈 공간으로 헛칼질을 했다.

 주유성이 오른손을 뻗어 칼을 휘두르는 복면인의 손을 노렸다. 그의 내공이 깃든 손날이 복면인의 손목을 툭 쳤다. 손목이 단숨에 부러졌다. 복면인의 손이 꺾이며 힘이 빠지자 검이 툭 떨어졌다.

 주유성의 손이 복면인의 팔을 타고 넘어 떨어지는 검의 손잡이를 잡았다. 그리고는 몸을 휙 돌리며 그 칼을 뒤로 크게 휘둘렀다.

 요란한 쇳소리가 연달아 들렸다. 그의 뒤를 뒤늦게 습격하던 다른 복면인 세 명이 후다닥 물러서는 것이 보였다.

 세 명의 복면인은 검을 든 손을 가볍게 떨고 있었다. 그들은 눈빛을 교환하며 생각했다.

 '가벼운 휘두름으로 보였지만 거기 깃든 내공이 장난이 아니다.'

 '방금의 격돌로 우리가 손해를 봤다. 기혈이 흔들린다.'

 '이놈. 예상보다 훨씬 더 고수다.'

 주유성은 잡고 있던 복면인을 집어 던졌다. 이미 그는 무력화되어 있었다.

 전삼은 바짝 긴장한 얼굴이었다.

 원래 그는 자신의 기세를 믿었다.

전삼 같은 사람의 원래 임무는 목표물에 대한 대외 정보 수집이다. 그런 사람은 무공이 별 볼일 없는 대신에 목표의 약점이나 주변 정황에 대한 정보를 수집하는 것을 중점적으로 익힌다.

하지만 그는 같은 일을 하는 다른 사람들과 좀 달랐다.

그는 무공이 낮지 않다. 그렇다고 그가 살수는 아니다. 나중에 참여한 자라서 원래부터 살수로서의 자각은 거의 없고 암습에 대한 실력도 모자란다.

그렇지만 그는 자신의 무공을 바탕으로 특별한 방법을 사용해서 소속된 곳에서 손꼽는 인재가 되었다.

그는 미끼였다. 무공을 바탕으로 기세를 뿜어 적에게 위협을 한다. 적이 관심을 자신에게 돌리면 그사이에 숨어 있던 살수들이 등 뒤를 기습하는 것이 그들의 수법이었다. 그들은 이 수법으로 여러 고수를 죽였고 그 능력을 인정받아 이번 임무를 맡았다.

그런데 전삼은 이번에 자신의 본분을 제대로 수행하지 못했다. 그는 표적에 대한 정보를 제대로 모으지 못했고, 표적의 무공 실력을 파악하는 데 실패했다.

'저놈이 내가 노리고 있는 상황에서 살수들의 기척을 감지했다고? 기척에 대해 그렇게 예민해? 이러면 계획과 달라지잖아. 내가 미끼가 되고 다른 놈들이 목을 따기로 한 계획이 틀어지잖아.'

진짜 살수들은 복면을 쓴 넷이다. 전삼이 설치면 설칠수록 나머지 네 명의 습격은 더 치명적으로 변한다. 그런데 그 살수들 중 하나가 제압됐고 나머지 셋도 지금 제대로 공격하지 못하고 있다.

전삼이 이를 갈았다.

"으드득! 어떻게 알았냐?"

"허 참. 복면 쓴 놈들 말이야? 저렇게 어설픈 실력으로 숨어 있던 놈들을 어떻게 몰라? 니들 삼류살수지? 실력도 없으면서 이번 한 건 해결해서 한몫 잡아보겠다고 나선 거냐?"

주유성은 여전히 비웃는 얼굴이다. 전삼은 그 표정을 보면서 울컥하는 감정을 느꼈다.

"감히 중원삼대 살수단체 중 하나인 우리를 보고 삼류라고? 오만방자하구나!"

살수가 신분을 밝히는 것은 절대로 못하도록 금지되어 있다. 하지만 살수의 개념이 다소 흐린 그는 그 정도는 말해도 괜찮을 거라고 생각했다.

주유성이 환히 웃었다.

"오호라. 삼대살수단체라고? 살막, 독살문, 혈막. 세 군데지? 이놈들은 어디 출신이려나."

주유성이 아무리 무림 정세에 어두워도 삼대살수단체가 어딘지 정도는 들어보았다.

"알려줄 수 없다."

"어, 말하지 않아도 돼. 정 모르겠으면 그 셋 다 박살을 내 버릴 거니까."

전삼이 검을 세웠다. 그의 동작을 본 다른 세 명도 마찬가지였다.

"말로는 하늘도 쪼갤 수 있지. 넌 어차피 여기서 죽는다. 죽은 자는 말이 없다."

주유성이 손에 든 검을 건들건들 흔들며 웃었다.

"아주 제대로 미쳤네. 어차피 나도 돈에 팔려 다른 사람 죽이는 그런 놈들 곱게 보내줄 생각 없었어. 너희들은 살 가치가 없어."

주유성이 쓰러뜨린 복면인에게 다가가서 몸 여기저기를 만지작거렸다. 손을 이리저리 움직이며 꼼지락거리더니 마침내 품속까지 뒤졌다. 네 명의 살수들은 안중에도 없다는 태도였다. 그리고는 품속에서 손을 빼고 몸을 일으키며 환히 웃었다.

"아하, 네놈들 여기 출신이구나."

자신만만하게 웃는 그를 보며 살수들은 긴장했다. 주유성이 그 자리에서 물러서자 전삼이 쓰러진 살수 곁으로 조심해서 다가갔다.

'도대체 뭘 알아냈기에.'

그는 조심해서 쓰러진 살수의 품을 만지작거렸다. 혹시 바보 같은 이놈이 뭔가 정체를 알 수 있는 물건을 갖고 있는 건 아닐까 하는 걱정 때문이었다.

 옷 속을 만지작거리는 모습을 보고 주유성이 작게 중얼거렸다.

 "독."

 전삼의 얼굴이 창백해졌다. 그는 급히 손을 빼며 소리쳤다.

 "도, 독!"

 그의 손은 이미 푸르게 변색되어 있었다.

 주유성이 신이 나서 웃었다.

 "이히히히! 그딴 실력으로 어디서 감히 살수질이야?"

 전삼이 자신의 손을 살폈다. 파란 기운이 뒤덮여 있었지만 어떤 독인지 알 수가 없었다. 틀림없이 변색됐지만 내공을 운기해도 반응이 없었다.

 '제대로 느낄 수 없는 독이라면 그만큼 지독하다는 뜻. 이대로는 죽는다.'

 그는 주유성이 독왕의 외손자라는 것을 알고 있다. 그는 독한 눈빛을 보이더니 검을 휘둘러 자신의 왼팔을 잘라 버렸다.

 "크으윽!"

 피가 솟자 전삼이 이를 갈며 혈도 몇 군데를 급히 지혈했다.

 "비겁한 놈. 정파의 무인이라는 놈이 이런 비겁한 수를 쓰다니."

"비겁 같은 소리 하고 자빠졌네. 악당에게는 더한 짓도 할 수 있어. 악을 참하는 데는 수단 방법을 가릴 필요가 없는 거야."

그것이 당소소가 주유성에게 가르친 가치관이다. 당소소는 스스로 그걸 행해 사천나찰이라는 무서운 무림명을 얻었다. 주유성 역시 그 생각에 적극적으로 동의한다.

"그래도 어찌 정파 놈이 독을."

"독이 있으면 독을 쓰고 칼이 있으면 칼을 쓰고 방망이가 있으면 방망이로 패 죽일 거야. 너 같은 살수 놈들을 없애는 데 정의로운 수단을 찾는 것은 사치야."

전삼이 팔의 고통으로 이를 악물었다.

'살아남기 위해서는 일단 해독이 중요하다.'

"이건, 이건 무슨 독이냐!"

"독은 무슨. 그냥 푸른색 풀 쪼가리 짓이긴 거야. 쓰러진 놈 바로 옆에 그런 풀이 있더라고."

주유성의 말에 전삼의 얼굴이 창백해졌다.

"이런 비겁한 놈! 나를 속였구나!"

속았음을 알았다고 하더라도 잘려 나간 팔을 다시 붙일 수는 없다.

그런데 주유성은 실력이 모자라서 이런 귀찮은 수법을 쓴 건 아니다.

"자, 독에 대한 지식이 별로 없는 걸 보니까 독살문은 아니네. 그럼 살막하고 혈막이 남은 건가?"

독살문은 암살에 독을 쓰는 경우가 많은 살수들이다. 그들이라면 가짜 독을 구분하지 못할 리 없다.

다급해진 전삼의 얼굴이 악귀처럼 변했다.

"쳐 죽여!"

다른 세 명의 살수들이 즉시 검을 휘두르며 달려들었다.

살수들은 보통 살수만의 무공을 익힌다. 그런데 그건 정면 대결에는 쥐약이다.

살수들이 숨어서 습격하는 것은 그들에게 정면 대결로 목표를 이길 무공이 없기 때문이다. 살수의 무공은 일격필살을 노리거나 눈치 채지 못하는 은밀한 움직임을 가진다.

그런데 정면 대결에서 일격필살을 성공할 정도가 되려면 상대와 무공 차이가 많이 나야 한다. 단 일 초식에 상대를 이기는 것은 어지간한 실력 차이가 아니면 어렵다. 그리고 그런 무공이 있으면 힘들게 살수를 할 리가 없다.

은밀한 공격도 정면에서는 쓸 수 없다. 그런 수법이 눈앞에서 아무리 기척 없이 날아와 봐야 빤히 보이면 완전히 무용지물이다.

살수들은 주유성을 상대로 일격필살을 목표로 하는 빠른 수법을 펼쳤다.

주유성이 한 걸음 크게 앞으로 나갔다. 살수들이 달려들던

중간에, 땅을 박차는 시점과 딱 맞춘 동작이었다. 그 걸음에 살수들은 자신들이 목표를 놓쳤음을 깨달았다.

살수 하나가 급히 검을 꺾어 주유성을 노렸다. 주유성의 몸이 비틀거리자 살수의 검은 주유성의 바로 앞을 스쳐 지나갔다.

반대편에서는 다른 살수가 다가오고 있었다. 하지만 그는 자신을 향해 날아오는 동료의 검을 보고는 평소에 연습한 대로 몸을 움직여 피하려고 했다.

주유성이 그 살수의 다리를 턱 걸었다. 살수는 언제 다리가 걸렸는지도 몰랐다. 움직임이 순간적으로 봉쇄되었다. 날아오던 검이 그 살수의 가슴에 그대로 처박혔다.

"크악!"

요란한 비명에 처음 공격한 살수는 당황했다. 주유성의 검이 움직였다. 당황한 살수의 가슴에 쇠로 만든 검이 파고들었다. 원래 검이 꽂혀 있었던 것처럼 자연스러웠다.

"커억!"

두 명의 살수가 단숨에 목숨을 잃었다.

아직 마지막 한 명의 살수가 남아 있었다. 그는 두 명의 동료가 순식간에 목숨을 잃는 것을 보고도 망설이지 않았다. 그는 아직 자신이 유리하다고 생각했다. 그의 눈에는 주유성의 등짝이 있었고 무방비 상태처럼 보였다. 그는 그곳에 살수의 기척 없는 검을 조심해서 찔러 넣었다.

'잡았다.'

그렇게 확신했다. 하지만 주유성은 그렇게 만만하지 않다.

주유성이 갑자기 허리를 굽혀 몸을 앞으로 푹 숙였다. 조용히 날아오던 살수의 검이 그의 등을 타고 지나갔다. 옷이 검날에 스쳐 쫙 갈라졌다.

주유성이 크게 소리를 질렀다.

"이크!"

그는 엉덩이를 뒤로 쭉 뺐다. 땅을 박차며 뒤로 몸을 날렸다. 그의 엉덩이가 살수의 배를 때렸다.

"컥!"

생각 못한 공격에 배를 얻어맞은 살수가 신음을 지르며 뒤로 물러섰다. 주유성이 그대로 뒷발질을 했다. 자로 잰 듯한 발길질에 살수가 가슴을 거세게 얻어맞았다.

"크악!"

살수가 비명을 지르며 뒤로 나뒹굴었다. 주유성이 날 듯이 다가서며 몸을 획 돌렸다. 그리고 떨어지는 살수의 머리를 거세게 걷어찼다.

살수는 목이 덜컥 꺾이며 쓰러졌다. 주유성이 작은 원을 그리며 바닥에 내려섰다.

전삼은 이제 떨고 있었다.

"정보와, 정보와 다르다. 넌 일급 목표가 아니구나. 넌 특급 목표구나. 특급 목표야."

사실은 의뢰 금지의 수준이다. 주유성의 실체를 알았다면 의뢰를 받아들였을 리가 없다. 하지만 전삼 정도가 그걸 알 수는 없다.

주유성이 미끼를 던졌다.

"겁 많기는. 살막에서는 그렇게 가르쳐?"

전삼의 눈이 확 커졌다가 가라앉았다. 주유성에게는 그것이면 충분했다. 당황한 전삼이 급히 부정했다.

"유도심문하지 마라. 어째서 내가 살막 출신이라는 거냐?"

"순순히 인정하지 않으니까. 지금까지의 대화 수준으로 볼 때 네가 혈막 출신이면 방금 내 말에 옳거니 하고 인정했겠지."

"흥. 너는 아무것도 알아내지 못한다."

"괜찮아. 이미 알아냈어. 너희들은 살막에서 왔고, 의뢰주는 사황성. 그거면 충분해. 피의 복수를 받을 거야."

전삼은 당황했다. 주유성의 말은 너무 확신에 차 있다. 그리고 그의 말은 모두 사실이다.

"우, 우리의 위치는 아무도 모른다. 복수 따위는 꿈도 꾸지 마라."

주유성이 씩 웃었다.

"이건 무림맹의 일급정보인데 넌 이제 죽을 목숨이니까 알려줄게. 무림맹에서는 이미 네놈들의 위치는 알아. 하지만 무림맹에서도 조용히 처리해야 할 놈들이 있으니까 그때 써먹으려고 너희들을 놔둔 거지."

"그, 그럴 리가."

"그런데 내가 하는 일은 무림맹에 대단히 중요한 거야. 그걸 너희들이 방해했어. 더구나 너네 살막은 사황성에 붙었어. 아무리 우리 무림맹이 너희들을 써먹을 곳이 있어서 놔뒀다고 하더라도 그건 어느 정도 중립이 유지될 때의 이야기. 사황성에 완전히 붙어버렸다면 놔둘 필요가 없지. 의뢰는 다른 곳에 해도 되거든. 너희들은 이제 완전히 제거될 거야."

주유성이 손으로 목을 쓱 긋는 시늉까지 했다. 자신만만하게 하고 있는 그의 말은 대부분 거짓말이다.

전삼은 침을 꿀꺽 삼켰다.

'사실이라면 큰일이다. 이제 의뢰가 문제가 아니다. 신용도 문제가 아니야. 모두 대피시켜야 한다.'

전삼이 주춤주춤 물러섰다. 그러더니 후다닥 달아나기 시작했다.

주유성이 회심의 미소를 지었다.

'저놈의 반응을 보니 역시 범인은 살막. 사황성의 사주도 틀림없고. 넘겨짚은 보람이 있네.'

주유성이 손에 든 검을 번쩍 들었다. 내공이 그의 몸을 타고 올라 검에 검기의 형태로 맺혔다.

"달아날 수 있게 해줄 거면 왜 가르쳐 줬겠냐!"

가볍게 팔을 흔들었다. 검이 손에서 떠났다. 검은 마치 암기처럼 허공을 갈랐다. 전삼은 뭔가가 쫓아온다는 생각에 급히 몸을 옆으로 젖혔다.

검은 처음부터 전삼이 피하는 방향으로 날아가고 있었다. 전삼은 마치 빗나가는 검을 향해 등짝을 내민 꼴이 됐다. 검이 전삼의 등을 꿰뚫었다.

"으아악!"

전삼의 고통에 찬 비명 소리가 숲을 울렸다.

주유성이 손을 탁탁 털었다.

"별것도 아닌 놈들이 어디서 시비를 걸고 난리야. 그나저나 어서 무림맹에 연락을 넣어야겠다. 살막을 완전히 지워 버려야지. 으하하하!"

일부러 크게 웃어준 그는 말에 올라타고 길을 떠났다.

주유성이 떠나고 한참이 지나고 나자 쓰러졌던 시체들 중 하나가 꿈틀거리며 몸을 일으켰다. 처음 목이 잡혔다가 쓰러진 자였다.

그는 거칠게 숨을 쉬며 말했다.

"헉헉. 다행히 귀식대법이 통했다."

귀식대법은 심장 박동을 줄이고 숨을 느리게 쉬는 무공이다. 높은 경지에 이르면 마치 죽은 사람처럼 신진대사 없이 있을 수 있다. 부작용으로 몸에 꽤 무리가 가기는 한다. 그러나 죽게 생긴 상황에서 시체로 위장하는 수법은 구명절초로써 제법 효과가 있다.

그리고 귀식대법은 살수들이 몸을 숨기는 데도 사용한다. 신체가 정상으로 돌아오는 데 시간이 걸리므로 암살 임무에 함부로 쓸 수는 없다. 하지만 그런 식으로 숨어서 적의 추격을 피해야 하는 경우가 있으므로 이 무공을 익히고 있는 살수가 제법 있었다.

"돌아가야 한다. 지금 청부가 문제가 아냐. 놈은 우리 살막에 대한 모든 것을 파악하고 있었다. 시간이 늦으면 멸문당한다."

그는 좀처럼 정상으로 돌아오지 않는 몸을 억지로 추스르며 숲 속으로 녹아들어 갔다.

살막의 살수가 사라지고 한참을 있다가 그곳에 몇 명의 인물이 나타났다. 그들은 쓰러진 시체들을 뒤적였다.

"깔끔한 수법이군. 확실히 보통 실력이 아니다."

"대단한 고수야. 하지만 나이를 극복하는 만큼은 아니다. 허리를 굽혀 살수의 공격을 피한 수법을 봐. 그때 만약 살수의 검이 조금만 낮았다면 등이 갈라졌겠지."

"그것도 그렇군. 옷만 갈라지고 만 것은 실력도 실력이지만 운도 조금 따랐다고 봐야 하겠지. 그래도 더 대단한 것은 그의 두뇌다. 그자는 살수 몇 명만 보고도 사황성이 살막에 의뢰해서 습격했음을 알아냈다. 그것도 즉시. 역시 쌍절서생이다."

"그런데 저자가 살아서 돌아가면 우리 임무는 실패다."

"할 수 없지. 우리의 임무는 저자가 사황성에게 살해당하고 나서야 의미가 있는 것이었으니."

"그렇지. 사황성이 저지른 짓이라는 증거를 남겨뒀어야 하는데. 오히려 저자는 저렇게 생생하니. 직접 없애 버릴까?"

"파악된 실력으로 볼 때 우리 힘으로 없애는 것이 불가능하지는 않지만 그렇다고 쉽지도 않아. 싸움이 치열해진다면 증거를 남기지 않고 처리하기 어렵다. 돌아가서 마녀님에게 보고드리자."

"그래. 그것이 현명한 판단. 사황성이 실패하는 시점에서 이미 우리가 할 수 있는 일은 없게 됐으니까."

말을 타고 천천히 길을 가던 주유성이 중얼거렸다.

"살막 놈들은 어마, 뜨거라 하겠지. 감히 다시 이런 습격은 못하겠지만 혹시 모르니 발본색원해 버려야지. 사황성 놈들은 어떻게 나오려나. 이제 내 실력이 어중간하다고 알려졌을 테니 그냥 두고 보려나. 마교 놈들은 구경 잘했으니 알아서 할 테고."

등 뒤의 옷이 찢어진 곳으로 바람이 시원하게 들어왔다.

"아무리 실감나게 해야 했다고 해도 옷이 잘려 나가게 한 건 하지 말걸. 밥 먹을 돈도 없는데."

갑자기 주유성이 짜증 가득한 얼굴로 말했다.

"젠장. 하늘도 무심하시지. 왜 세상이 날 가만 놔두지 않냐고. 난 가만있고 싶다고."

지금쯤 하늘도 자기 실수를 후회하고 있는지 모른다.

第五章

북해빙궁주가 폐관 수련을 끝마치고 나왔다. 북극심법은 원래 북해의 다른 심법들과 그 궤를 같이하니 익히기 어렵지 않았다.

북극심법으로 빙정을 완전히 흡수한 북해빙궁주의 눈에서는 차가운 정광이 빛났다.

북해빙궁주는 아들이 스물다섯 명이고 딸이 스무 명이다. 아내도 열 명이다. 손자, 손녀도 한가득이다. 그중에 먼 곳으로 임무를 받아 떠난 일부를 제외하고 나머지 전부가 북해빙궁주가 폐관을 마친 것을 기념하여 모였다.

중년의 장남이 대표로 나와서 인사를 했다.

"대성을 이루신 것을 축하드립니다."

빙궁주가 빙긋 웃더니 웃음을 터뜨렸다.

"으하하하! 고맙구나."

그의 웃음소리에서 차갑고도 무거운 기운이 흘러나왔다. 무공을 익힌 사람들은 그 웃음에 담긴 공력의 깊이가 대단함을 깨닫고 꽤 놀라워했다. 장남이 살짝 떨리는 목소리로 말했다.

"아버님, 공력이 짧은 시간에 몇 배는 더 강해지신 듯합니다."

빙궁주는 그동안 입이 꽤나 간지러웠다. 이제 빙정은 모두 흡수했으니 더 이상 비밀로 할 필요가 없다.

"당연하지. 나는 빙정을 흡수했다. 그것도 극한지처에서 오랜 세월 모인 빙정이다."

사람들의 얼굴이 경악으로 물들었다.

"비, 빙정을 말입니까?"

"극한지처? 드디어 극한지처를 찾아내셨습니까?"

"하면 어느 정도나 흡수하셨습니까?"

빙궁주가 뿌듯한 얼굴로 말했다.

"북극심법은 진정 대단한 심법이다. 나는 최소한 수십 년 이상, 아무래도 백 년쯤은 족히 냉기가 모여 만들어진 빙정을 모조리 흡수했다. 아주 옛날부터 모인 빙정이다. 극한지처의 규모도 작지 않았다. 극한지처가 어디냐고? 바로 우리 북해의 비밀이 극한지처였다. 지금 나의 몸은 강력한 내공으로 가득 차 있다."

"아아, 그곳이, 그곳이 극한지처였다니."

"그, 그럼 무공이 어느 정도냐."

빙궁주가 자신만만한 목소리로 말했다.

"중원에서는 일성이마가 천하삼대고수라고 말하지. 이제 그들은 그 위에 일궁을 얹어야 할 게야. 내가 바로 그 일궁이다. 우리 빙궁은 예전의 힘을 다시 찾았다!"

일성이마가 들으면 즉시 붙어보자고 호통 칠 소리다. 하지만 빙궁주는 자신만만했다.

일부의 얼굴에는 감격이, 그리고 일부의 얼굴에는 당혹감이 스쳐 지나갔다. 하지만 그들은 일제히 포권하며 외쳤다.

"아버님의 대성을 감축드립니다!"

빙궁주는 잔치를 열었다. 그는 이제 두려운 것이 없다. 검성이나 천마, 혈마와 붙어보라고 해도 자신이 있었다. 끝없이 솟아나는 내공의 힘에 스스로가 두려울 지경이다.

그래서 그것을 축하하기 위해서 잔치를 거하게 열었다. 그런데 잔치에 참석한 사람들 중에 그가 기대하는 얼굴이 보이지 않았다.

"그런데 주 공자는 어디 갔지? 그의 도움을 많이 받았으니 큰 상을 내리고 싶은데."

빙궁주는 자신이 빙정을 얻은 것이 주유성 덕분임을 너무 잘 안다. 그리고 아들딸들의 반응을 보고 빙정을 모두 흡수할 때까지 주유성이 비밀을 지켰음도 안다. 더구나 주유성의 능력이 마음에 쏙 들어 그를 자신의 사위로 삼고 싶은 마음까지 있다. 그런데 그 주유성이 보이지 않는다.

이전에 주유성에게 시비를 걸다가 오히려 얻어맞았던 몇 명 중 하나가 기회라는 듯이 재빨리 말했다.

"그놈은 도망쳤습니다."

"응? 도망을 가다니?"

"할아버지께서 폐관 수련에 드신 후 도망쳤습니다. 잡으려고 추적했지만 끝내 실패했습니다."

빙궁주는 잠시 병찐 얼굴이 되었다. 하지만 이내 이해했다.

'무림은 험한 곳이지. 그가 큰 비밀을 알고 있으니 혹시 살인멸구당할까 두려워 도망쳤구나. 아니면 황금을 도로 빼앗을지 걱정한 걸까? 쯧쯧. 내가 그렇게 나쁜 사람은 아닌데 이거 서운하구만.'

"아쉽구나. 사실 내가 그에게······."

주유성이 황금을 그만큼 받았음은 빙궁주 외에 냉소천만이 안다. 냉소천이 빙궁주의 마음을 눈치 채고 급히 말했다.

"그는 아버님이 주신 마차는 타고 갔습니다. 오직 그것만을 가져갔습니다."

이제는 공개해도 좋은 비밀이지만 냉소천은 난감한 문제가 생겨서 그럴 수가 없다. 그리고 그 기색을 빙궁주도 눈치챘다.

'공개하면 안 되는 건가? 무슨 일로?'

빙궁주가 폐관 수련하는 동안 북해에는 많은 일이 일어났다. 빙궁주의 아들 중 상당수가 그를 독대하며 비밀을 유지해야 하는 여러 이야기를 보고했다. 그리고 냉소천의 차례가 왔다.

"네가 할 이야기는 무엇이냐?"

냉소천이 공손히 말했다.

"아버님이 주 공자에게 준 황금 이야기입니다."

빙궁주는 이미 다른 아들들에게 들은 이야기가 있다.

"북해의 별 때문이냐? 아이들이 너나 할 것 없이 북해의 별이라는 자 이야기를 하는데 아주 귀가 아플 지경이었다. 대단한 인물이 나타났지?"

"그렇습니다. 그런데 그는 황금을 뿌렸습니다. 그만큼의 황금이 갑자기 나타날 수는 없습니다. 우리에게서 황금 이십 관이 나갔고 그 후에 북해 여러 마을에 막대한 황금이 나타났습니다."

"비밀을 아는 것은 너뿐이지. 너는 북해의 별이 주 공자라고 생각하는 거냐?"

"아닙니다."

냉소천은 냉정하게 고개를 저었다. 그 말에 빙궁주가 조금 당황했다.

"나는 다른 아이들의 이야기를 듣고 주 공자가 이 일을 벌였다고 짐작했다. 그런데 아니다?"

"두 가지 때문에 아닙니다. 우선 주 공자는 돈을 무척 좋아합니다. 그 큰돈을 달라고 할 만큼 욕심도 많습니다. 돈 때문에 그 게으른 사람이 여기까지 와서 일을 했습니다. 그런데 자기가 그렇게 번 돈을 북해에 뿌린다는 것은 말도 안 됩니다. 더구나 그는 북해의 수많은 마을을 둘러 다녔습니다. 그의 평소 게으른 행실로 볼 때 불가능한 일입니다."

"혹시 그가 개과천선했을 가능성은?"

"제가 직접 관찰한 사람입니다. 그는 쉽게 정신 차릴 인간이 아닙니다. 그는 진정한 게으름뱅이입니다."

"흐음. 그런가?"

"그것만이 아닙니다. 두 번째 이유 때문에 그가 북해의 별이 되는 것은 불가능합니다."

"어떤 것이냐?"

"아버지께서 그에게 주신 황금은 이십 관입니다. 그런데 북해에 뿌려진 황금은 조사 결과 최소한 사십 관입니다. 그가 어디서 이십 관의 황금을 새로 구했겠습니까?"

실제로는 이십 관의 황금이 뿌려진 것이 맞다. 하지만 소문은 어느 정도 과장을 포함한다. 그 과장이 꼬리에 꼬리를 물어 실제보다 황금의 양을 키웠다. 그리고 여러 명의 부자가 북해의 별의 행동에 크게 감명받아 자기들의 재산을 얼마씩 내놓았다. 북해의 사람들을 구하기 위해서 풀린 돈이 그만큼 늘어났다.

북해는 마을 간의 교통이 활발하지 못하다. 더구나 북해빙궁이 북해를 모두 장악하고 있는 것도 아니다. 그래서 소문 수집에 정확성이 떨어진다. 그런 것들이 모두 통계에 영향을 주었다. 이제 북해에는 사실과는 달리 최소한 황금 사십 관 이상이 뿌려진 것으로 알려졌다.

"사십 관? 틀림없냐?"

"틀림없습니다. 그것도 최소한으로 센 것입니다."

냉소천은 확신했다. 그는 북해의 정보력을 너무 믿었다.

"그럼 도대체 누가 북해의 별일까? 나는 주 공자라고 믿어 버렸었는데."

"형제들은 북해의 별이 아버님일 거라고 믿고 있습니다."

"응? 내가?"

"그렇습니다. 아버님이 빙궁의 황금을 잔뜩 가져가신 것을 다들 알고 있습니다. 그 후에 폐관에 들어가셨습니다. 폐관 수련하시는 동안 북해의 별이 황금을 뿌렸습니다. 형제들은 아버님이 사실은 폐관하신 것이 아니라 황금을 뿌리고 다녔다고 믿고 있었습니다."

"바보 같은 녀석들. 그렇게 싸돌아다니면서 빙정을 흡수할 수 있을 리가 없잖아."

"형제들은 빙정에 관한 것을 이제야 들었습니다. 하지만 처음에 믿은 것이 있으니 이제는 아버님이 폐관 수련 동안 누군가를 시켜 황금을 뿌렸다고 믿고 있습니다. 그래서 더 열심히 북해의 별에 대해서 보고했는지도 모릅니다."

"황금을 뿌린 자를 본 사람들은 그것이 내가 아님은 더 쉽게 알 것 아니냐? 그런데 어떻게 그런 생각을 한단 말이냐?"

"황금이야 수하들을 시켜 풀 수도 있는 것이니까요. 형제들은 아버님이 얼굴을 알리기 싫어서 일부러 그렇게 했다고 믿고 있습니다."

"오해를 풀어줄 필요가 있구나. 누가 했는지는 모르지만 내가 북해의 별은 아니니."

냉소천이 크게 심호흡을 했다. 그는 이제 망설이던 이야기를 해야 한다. 이것이 받아들여지면 그는 다음 대 북해빙궁 궁주 자리에 한 걸음 더 다가선다. 하지만 여기서 혼이 난다면 서너 걸음 멀어진다.

"오해를 풀지 마셔야 합니다."

빙궁주가 얼굴을 찡그렸다.

"무슨 소리냐?"

냉소천은 긴장했다.

'침착하자. 침착해.'

"형제들이 아버님이 하신 일로 믿고 있는 덕분에 자연히 소문이 흘러나가고 있습니다. 그것이 북해에 서서히 퍼지고 있습니다."

"어떤 소문이냐? 설마……."

"북해의 별이 사실은 아버님이라는 소문입니다. 이것을 이용해야 합니다. 현재 북해의 별에 대한 지지는 절대적입니다. 그것은 곧 아버님의 힘이 되고 우리 북해의 힘이 됩니다. 중원의 분위기가 심상치 않은 이때에 아버님에게 힘이 모이는 이 현상은 대단히 중요합니다."

빙궁주의 얼굴은 펴지지 않았다.

"이 녀석. 네 말은 알겠다. 하지만 내가 북해의 별이라는 거짓말을 했다가 진짜 북해의 별이 나타나면 어쩌라는 말이냐? 설마 북해의 은인을 상대로 살인멸구라도 하라는 말이냐? 우리 빙궁은 사파가 아니다. 나는 그렇게 나쁜 자가 아니야."

"거짓말하실 필요는 없습니다."

"거짓말이 아니면?"

"긍정도 부정도 하지 않고 가만히 계시는 겁니다. 어차피 북해의 별은 이번 일을 신분을 숨기고 했습니다. 삿갓을 쓰고 돌아다녔다고 합니다. 그렇다면 그는 끝내 나타나지 않을 수도 있습니다. 그러면 아버님이 자연히 북해의 별이 되실 수 있습니다."

"그가 나타난다면?"

"그럼 그때 사실을 발표해도 늦지 않습니다. 아버님은 단 한 번도 북해의 별임을 주장하신 바가 없다. 그런 소문이 돌았다는 것은 들었지만 일고의 가치도 없으므로 무시했다. 그리 말하며 북해의 별을 모셔다가 극진히 대접하면 됩니다. 조금 욕먹을지는 몰라도 큰 손해는 없습니다. 오히려 북해의 별을 이용하면 무마도 가능합니다. 그렇게 되면 한번 얻어놓은 지지는 어디 가지 않습니다."

이야기를 듣다 보니 빙궁주도 군침이 돌았다.

"흐음. 듣다 보니 그것도 그럴싸하군. 사람들은 한번 호감을 가진 사람을 계속 믿고 싶어하지."

"하셔야 합니다. 대의를 위해서는 작은 것은 속일 수도 있습니다. 모두 우리 궁을 위한 일입니다."

빙궁주는 잠시 고민했다.

'그래. 주유성이 북해의 별이 아니라니 그건 다행이군. 주유성을 어떻게든 끌어들여서 내 사람으로 만들어야 하는데 만약 그가 그런 거물이라면 손대기 곤란하잖아. 그리고 소천이는 경솔한 녀석이 아니니까 이런 방법으로 명성을 얻는 일이 크게 잘못되지는 않을 거야.'

그는 자신의 욕심을 위해서 냉소천의 말을 받아들이기로 했다.

"그래. 네 말대로 하자꾸나. 이건 나 개인을 위해서가 아니라 우리 궁을 위한 일이다. 그런데 정말로 북해의 별이 주 공자는 아니겠지?"

"불가능합니다. 절대로 아닙니다. 그를 비교하는 것은 북해의 별에 대한 모욕입니다. 그는 게으름뱅이입니다."

* * *

마뇌가 천마에게 보고했다.

"부하들의 보고에 의하면 주유성 그자가 사황성에서 보낸 살수들을 물리쳤다고 합니다."

천마가 눈썹을 꿈틀거렸다.

"크흠. 마뇌, 요새 제대로 하는 게 없는 거 아냐? 분명히 그 놈을 제거하겠다고 말했잖아?"

마뇌는 천마의 반응을 예상했다. 그래서 그럴싸한 대답을 미리 준비했다.

"교주님, 원래 우리의 목적은 무림맹과 사황성 사이를 이간질하는 것. 그래서 그들이 먼저 싸움이 붙도록 만드는 것입니다. 이번에 우리 목적도 사황성이 그를 제거하면 그것을 무림맹이 알 수 있도록 하는 정보 조작이었습니다. 그리고 그건 성공했습니다."

천마가 반색을 했다.

"성공했다? 어떻게?"

"주유성 그자의 능력이 생각보다 대단했습니다. 그자는 자신을 습격한 곳이 사황성임을 단번에 알아냈습니다. 심지어 살수들이 살막 출신이라고 확신했다 합니다. 우리가 증거를 조작할 필요도 없었습니다. 결국 무림맹은 사황성의 움직임을 알게 됐습니다."

"크흠. 머리가 좋은 놈이 습격을 물리칠 만큼 무공도 높다? 이거 아무래도 거슬리는데?"

"아닙니다. 보고에 의하면 그의 무공은 살수들의 습격을 물리치는 것이 한계였다고 합니다. 분석에 의하면 우리가 그를 제거하려면 백마대의 몇 명만 보내도 충분합니다. 더구나 상위 번호대라면 한 명만 보내도 제거할 수 있습니다. 그러니 그는 더 두고 보다가 결정적인 순간에 없애는 것이 이익입니다."

"마뇌 자네가 그렇게 생각한다면 그게 맞겠지. 그래서? 이번 일로 무림맹과 사황성이 붙겠나?"

마뇌는 속이 편치 않았다.

'교주는 성급하다. 서두르면 안 된다. 정사대전은 무림맹과 사황성, 그리고 우리 중에서 먼저 시작하는 자가 진다. 설득해야 한다.'

"교주님, 부족합니다. 그래서 새로운 미끼를 던질 필요가 있습니다."

"새로운 미끼?"

"감숙의 그것을 이용하는 겁니다."

"응? 거기 있던 보물은 이미 다 파먹었잖아. 텅 빈 곳을 어떻게 이용하려고? 더구나 사황성에게 한 번 당한 놈들이 또 당할까?"

마뇌가 자신만만하게 말했다.

"보물은 없어도 기관은 있습니다. 이미 한 번 당했기 때문에 무림맹 놈들, 지난번 일이 사황성의 짓임을 눈치 채게 될 겁니다. 그러면 사황성을 못 잡아먹어서 안달이 나게 됩니다."

*   *   *

북해의 별 주유성은 게으름뱅이다. 그래서 그는 집으로 곧바로 돌아가는 길을 원한다. 이번에 집에 돌아가면 정말 제대로 박혀 있을 꿈에 부풀어 있다.

하지만 그럴 수가 없다. 그는 이제 무림맹에 들러야 할 일이 하나 생겼다. 자신이 습격당했다는 사실을 무림맹에 전해주고 살막을 처리해야 한다. 그러지 않으면 혹시라도 제이의 습격이 있을 수 있다. 그건 귀찮은 일인 데다가 주가장의 안전에도 위협이 될 수 있다.

주유성이 무림맹 정문을 통과하면서 투덜댔다.

"여긴 이제 안 오려고 했는데. 또 왔네, 또 왔어."

무림맹에는 그를 기다리는 여자들이 있다. 하지만 주유성은 일단 무림맹주부터 찾았다.

그가 무림맹주를 찾는 방법은 간단하다. 무림맹주의 휴식처인 숲을 찾아 매복하고 있는 사람들에게 요구하고는 드러눕는다. 그러면 무림맹주가 알아서 찾아온다.

만약 그 사실을 다른 사람들이 알았다면 버릇없는 놈이라고 난리가 날 일이다. 그러나 주유성은 아쉬울 게 없는 놈이다. 언제나 아쉬운 건 무림맹주고 이익을 보는 것도 무림맹주다.

연락을 받은 무림맹주가 너털웃음을 터뜨리면서 걸어왔다.

"어허허허! 이 녀석아, 말이 참 좋구나."

이번 여행으로 주유성의 수중에 남은 것은 말 한 마리다. 그 녀석은 북해의 추위에 길들여진 놈이다. 그런 놈이 따뜻한 중원으로 오자 별로 힘을 쓰지 못하고 게으름을 피우고 있었다. 그리고 무림맹주는 말의 기운을 읽어 그 특성을 대번에 간파했다.

"그런데 말이 너 닮았다? 어디서 이렇게 너랑 똑같이 게으름 피우는 말을 구했냐? 하긴, 뭐든지 네 녀석 손에 들어가면 게을러지겠지."

무림맹주는 주유성이 게으른 것이 고된 수련에 대한 반작

용이라고만 믿고 있다. 옛날에는 부지런했지만 무공을 제법 이루고 나서 게을러진 거라고 확신했다. 그래서 이 북해의 말과 비슷하다고 생각했다.

"쳇! 할아버지가 시킨 일 때문에 고생고생한 사람보고 무슨. 할아버지, 나 집에 갈 여비나 좀 주세요. 돈이 떨어졌어요."

주유성의 꿍꿍이 중 하나는 무림맹주에게 이번 일에 대한 보상을 받는 것이다.

'한번 줬다 하면 은자 백 냥, 이백 냥을 퍽퍽 집어주던 할아버지란 말이지. 한몫 챙겨주면 그거 쥐고 쭉 놀아야지. 서현 바깥으로는 한 발자국도 내밀지 않을 테다.'

주유성의 다짐을 검성이 눈치 채지 못할 리 없다. 그는 주유성에게 먹이를 배부르게 주면 부려먹을 수 없다는 것을 깨달은 지 오래다.

"돈이 필요했다면 북해에서 받아왔어야지. 그걸 나한테 요구하면 난감하구나."

"에? 무림맹주씩이나 되면서 쩨쩨하게 이러실 거예요?"

"이 녀석아, 공명정대한 내가 공금을 함부로 유용할 거라고 생각했느냐?"

사실 활동비 명목으로 적당한 공금 유용을 꽤 많이 한 무림맹주다. 돈을 착복하지는 않았지만 여기저기 손 크게 많이도 썼다. 그리고 무림맹주가 그러겠다고 하는데 못하게 하는 사람도 없다.

하지만 주유성은 그 사실을 모른다.

"쳇. 쪼잔하기는. 그럼 그거 말고 다른 일이 있어요. 다른 것 좀 해결해 줘요."

무림맹주가 반색을 했다.

'오호. 거래할 건수로군.'

"말해보거라. 일단 들어는 주마."

"살막 좀 없애줘요."

주유성의 말에 검성은 멈칫했다.

"하하, 이 녀석아. 살막이 뉘 집 개 이름이냐? 역사와 전통을 자랑하는 중원삼대 살수단체 아니냐?"

"쳐 죽여 없애야 하는 놈들이죠. 살인청부업이나 하면서 먹고사니까."

"당연히 없애 버려야 하는 놈들이다만 어디 숨어 있는지 알 수가 없다. 알아야 없애지."

"위치만 알면 없앨 수는 있죠?"

"당연하지. 살수는 뒤에서 칼을 꽂는 놈들. 그리고 다수로 한두 명을 습격하는 놈들. 정면 대결로는 우리 무림맹의 무인들을 당하지 못한다."

"무림맹에서 살막으로 의심하는 곳이 있죠?"

"그동안 그들을 찾기 위한 조사에 쓴 돈이 얼만데. 당연히 있지. 하지만 그 장소가 여러 곳이다. 어느 것이 진짜인지 알

수가 없구나. 무고한 사람들을 죽일 수는 없으니 의심스럽다고 해서 함부로 칠 수는 없다."

"그중에 요 근래에 갑자기 위치를 옮기거나 도망간 놈들이 있을 거예요."

검성의 눈이 반짝였다.

"그게 무슨 소리냐? 뭔가 알아낸 게로구나."

주유성이 새끼손가락으로 귀를 팠다.

"별건 아니고요. 돌아오는데 그놈들이 나를 습격하더라고요. 사황성이 사주해서요. 지난번 일 때문에 사황성이 꽁해 있나 봐요."

"그놈들을 심문해서 위치를 알아냈다면 그건 믿을 수 없다. 우리도 그놈들을 여러 번 잡아서 고문했지만 서로 다른 곳을 말하기 때문에 진짜 본거지를 알아내는 데 성공한 적은 없다. 일반 살수들은 본거지 자체를 모른다. 설사 알았던 적이 있어도 어떤 수법으로 기억에서 지우거나 고쳤다는 것이 우리의 결론이다. 네가 어떤 정보를 얻었든 그걸 믿을 수는 없다."

"정보를 얻은 건 아니고요. 그냥 살막은 지금 무림맹에서 자기들의 위치를 알고 있다고 믿을 거예요. 그놈들은 겁이 많으니까 일단 피했을걸요?"

"응? 어떻게 그런 일이 일어나?"

"그냥 그렇게 됐어요. 그러니까 의심하던 놈들 중에 도망간 것들이 있나 보고 추격해서 잡아요."

검성이 주유성을 지그시 바라보았다.

'이 재미있는 녀석이 뭔가 좋은 수작을 부렸구나. 정말로 갑자기 움직인 곳이 있다면 얼마든지 추격이 가능하지. 우리가 그동안 살막에 대해서 수집한 정보가 제법 많으니까. 어차피 무림정의를 위해서 반드시 없애야 하는 놈들이고. 하지만 그냥 허락하면 거래가 될 수 없지.'

검성이 입꼬리를 올렸다. 그 모습을 본 주유성이 인상을 찌푸렸다.

'이 할아버지가 또 무슨 수작을 부리려고.'

"왜요?"

"그걸 공짜로 없애달라고?"

주유성이 입을 떡 벌렸다. 어디서 많이 듣던 말이다.

"무.림.맹.주. 할아버지. 안 된다는 거예요? 살막은 정.의.로.운. 무림맹에서 없애야 할 곳 아네요?"

"물론 없애야 할 곳이지. 하지만 네 말만 듣고 움직이기에는 어려움이 많구나."

"그래서 안 움직이시겠다구요?"

"아니. 움직이기는 해야겠지만 조건이 있다."

'게으른 녀석은 그저 최대한 부려먹어야 정신을 차리니까.'

주유성이 검성을 째려보았다.

"조건요? 조건이라굽쇼? 천하의 무림맹 맹주님께서 살막 같은 극악한 놈들을 없애는 일을 놓고 저같이 힘없고 평범한 보통 사람에게 조건을 거신다굽쇼?"

"싫으면 말던가. 근거없는 정보에 움직이기에는 무림맹이 할 일이 너무 많다."

"끄응!"

주유성은 살막을 없애 버리고 싶다. 자기를 습격한 것도 싫고, 후환을 남겨두는 것도 싫다. 그리고 무고한 사람들까지 죽여가면서 돈을 버는 살막 자체도 싫다. 그런데 자신은 무림맹주를 협박할 근거가 너무 모자라다. 무림맹주를 좋은 사람이라고 인식하고 있기 때문에 이것이 단순한 협박은 아닐 거라고 내심 결론을 내렸다.

"조건이 뭔데요?"

무림맹주가 회심의 미소를 지었다.

"별건 아니다. 감숙에 커다란 지하 시설이 하나 발견됐다. 그런데 그 시설 내부에 강력한 기관이 설치되어 있어 함부로 뚫고 들어가기 어렵구나."

"지난번에 그 고생을 했으면서 또 그런 데 들어가요? 이번에도 검마의 장보도가 나왔어요?"

"검마는 아니고, 무영신투의 장보도가 나왔지."

"무영신투? 그건 또 뭐 하는 도둑놈이에요?"

"삼백 년 전의 도둑놈이다. 중원 전체를 돌아다니면서 주로 금은보화를 훔친 놈인데 평생 동안 훔쳐 간 보물의 양이 엄청나다고 알려져 있다."

"또 사기당하려고요? 검마 때 혼이 덜 나셨어요?"

"지난번에 우리가 손에 쥔 것은 결국 사본이었지. 이번에는 장보도 원본을 입수했다. 그리고 철저한 조사 결과 그것이 진짜 무영신투의 장보도임을 확인했다."

"그래서 저보고 그걸 뚫어달라고요?"

"그렇지. 지금 그곳에 외부인이 침투하지 못하도록 단단히 막아두었다. 공동파에서 적극 나섰지. 이미 기관 전문가들이 달라붙어 있다. 우리 무림맹도 가만있을 수 없어서 사람들을 모으던 참이다. 네가 왔으니 그 일행에 참여해라."

주유성이 일단 튕겼다.

"멀어요."

"네가 간다면 살막은 최선을 다해서 없애주마."

어차피 주유성이 거절해도 없앨 살막이다. 살인청부업은 중범죄다. 그 대상이 무림인을 향한다면 더 말할 것도 없다.

주유성이 잠시 머리를 굴렸다.

'가만있자. 하남신투가 숨겨뒀던 보물들만 해도 장난이 아녔지. 무영신투라는 놈은 전국구란 말이지. 그것도 삼백 년 전이면 이제 대부분은 주인 없는 보물이겠네? 하나쯤 슬쩍할까?'

황금 이십 관까지 손에 쥐었다가 날려 버린 주유성이다. 이제 손이 제법 커졌다.

'그래. 어차피 주인 없는 물건이라면, 기관 해제한 대가로 하나 챙기는 거야. 하나만 챙겨도 평생 놀고먹을 수 있을 거야. 한 번 고생하고 평생 팔자 피는 거다. 인생은 한 방이지. 암.'

결심이 선 주유성이 환히 웃었다.

"알았어요. 다 무림정의를 위한 일인데 제가 가만있을 수 있나요. 성심성의껏 도와줄게요."

본심은 무림정의 따위에는 관심도 없는 놈이다. 하지만 한몫 챙길 결심이 서자 태도가 완전히 바뀌었다.

검성은 주유성과 좀 더 줄다리기를 해야 할 거라고 생각했다. 하지만 주유성이 너무 쉽게 넘어왔다.

'역시 이 녀석은 원래 게으른 놈이 아니었어. 무공 수련과 공부에 지쳐서 잠시 게으름을 피우는 거였군. 그래, 그런 식으로 부지런해지면 내가 너를 키워주마. 앞으로 무림을 위해서 열심히 일하거라.'

그들은 서로를 보고 웃었다.

무림맹주와 게으름뱅이가 동상이몽을 꾸었다.

청허자가 뒹구는 주유성을 발견했다.

"오, 주 공자 아닌가? 오랜만이군. 북해는 잘 다녀왔나?"

주유성이 경계하며 청허자를 보았다.

"당연히 잘 못 다녀왔죠."

"하하, 그 삐딱한 말투는 여전하군. 그래, 이번에는 감숙에 간다면서? 그렇게 열심히 돌아다니다가 게으름병이라도 나을지 모르겠어. 하하하."

"저는 그저 삶에 여유를 가지고 사는 거예요."

"누구나 그것을 바라지만 정말로 그럴 수 있는 사람은 별로 없지. 자네는 복받았어."

"부모님의 은혜죠."

"그걸 알긴 아는군. 감숙에 가면 잘해보게나. 혹시 아나? 거기서 무공비급이라도 나올지."

주유성의 얼굴이 나빠졌다.

"비급요? 혹시 무영신투라는 그 도둑놈은 비급을 주로 훔쳤어요?"

'비급은 주인이 있으니 빼돌릴 수 없잖아.'

청허자가 웃었다.

"하하하, 도둑놈 주제에 감히 그런 짓을 했을까? 무영신투는 비급은 쳐다보지도 않았다고 알려져 있지. 철저하게 귀금속만을 훔쳐 간 놈이지."

주유성이 씩 웃었다.

"에헤, 다행이네요."

"왜 다행인데?"

"아, 아니에요. 그나저나 감숙에는 같이 안 가시는 거죠?"

"나도 주 공자와 가고 싶지만 아쉽게도 처리해야 할 일이 생겨서 말일세."

"그것도 다행이네요."

'이 할아버지는 실력이 좋아서 눈을 속이고 하나 빼돌리기가 쉽지 않지. 안 오시는 게 도와주는 겁니다.'

취걸개도 어슬렁거리다가 주유성을 발견했다.

"오, 유성이 아니냐? 게으른 건 여전하구나."

주유성이 누운 채로 고개를 꾸벅였다.

"거지 할아버지, 안녕하세요?"

"그래그래. 이 거지께서는 안녕하다. 그나저나 이번에는 감숙으로 간다며? 그렇게 움직이다가 게으름을 고치면 어쩌려고 그러느냐?"

"게으름이 아니라 인생의 철학이 필요한 만큼만 움직이는 거라서 남들의 눈에 그렇게 보이는 거예요."

"그걸 바로 게으름이라고 부르는 거란다. 게으름에 대해서는 우리 개방에 많은 비전이 있지. 어떠냐? 차라리 우리 개방에 들어와서 게으름을 제대로 누려보는 것이?"

개방의 게으름이 주유성의 것만 할 리가 없다. 주유성이 피식 웃었다.

"욕심이 과하면 되나요. 저는 지금의 게으름으로 만족할래요."

"역시 말만 청산유수구나. 그나저나 감숙이라. 기관을 파헤치는 일이라면 나도 가보고 싶은데 아쉽구나."

취걸개가 안 간다는 말에 주유성이 반색을 했다.

"거지 할아버지도 안 가세요? 잘 생각하셨어요."

'개방에서도 보물을 슬쩍하면 곤란하지. 너무 여러 곳에서 보물을 슬쩍하면 눈에 뜨이니까.'

그의 눈에는 이번 일에 한해서 개방이 경쟁자로 보였다.

"가고 싶지만 늙은 도사와 함께 처리할 놈들이 좀 있어서 못 가게 됐단다. 아쉽구나. 가거든 기념품이라도 찾으면 하나 챙겨오거라."

추월은 무림맹 소속 시녀다. 그녀는 고아로 어렸을 때 무림맹에 들어왔고, 무림맹에서 자랐으며, 작으나마 급료를 받으며 일한다.

그리고 지난번 무림비무대회 때 주유성의 말을 듣고 그동안 모은 전 재산을 걸고 도박을 했다가 대박을 터뜨렸다. 그녀는 그때 낭비하지 않고 살면 평생 먹을 수 있는 돈을 마련했다.

그녀가 계속 무림맹에서 일하는 것은 이곳이 그녀가 살아온 가장 익숙한 곳이며, 다른 생활을 모르기 때문이다. 그리고 무림맹에 있어야 주유성과 관계를 유지하기 좋다는 것을 알기 때문이기도 하다.

그래서 그녀에게는 무림맹보다 주유성이 더 중요하다. 그녀는 주유성을 붙잡고 매달렸다.

"공자님, 나도 데려가요. 나도 갈래요."

그녀가 굳이 따라가려는 이유 중에는 이번 여행에 남궁서린과 검옥월이 붙는다는 것도 한몫했다. 그녀는 은근히 위기감을 느꼈다. 생각해 보면 가장 신분이 달리는 것이 자신이다. 무공도 제일 형편없다. 그래서 그녀는 주유성의 곁에 붙어 있고 싶었다.

주유성은 어이가 없었다.

"야, 거기가 어디라고 쫓아와? 너 무림맹에서 할 일 없어?"

추월은 눈물까지 글썽거렸다.

"싫어요. 갈래요. 무림맹 그만두는 한이 있어도 갈래요. 나도 데려가요. 네?"

그녀를 데려간다고 해서 주유성이 불편한 것은 없다. 자기 돈이 드는 것도 아니다.

'추월이한테 먹을 거 챙겨달라고 하면 편하겠지?'

주유성의 눈에 추월이 도시락으로 보였다.

"알았어. 너도 가자. 하지만 네가 재주껏 따라붙어."

추월의 얼굴이 환해졌다.

"헤헤. 고마워요, 공자님."

주유성이 허락했다면 그녀가 따라붙는 것은 일도 아니다. 무림맹에서 뭐라 하더라도 얼마든지 처리할 수 있다.

'공자님이 데려가겠다고 했다고 말하고 달라붙으면 되지 뭐.'

차후에 있을지도 모르는 불이익은 관심도 없다.

검옥월과 남궁서린은 그들의 대화를 똑똑히 들었다.

평생토록 무공만 수련한 검옥월은 연애에 대한 눈치가 전혀 없다.

'추월이 얘가 주 공자랑 꽤 친해 보이네. 부러워라. 그런데 내 속이 왜 쓰릴까?'

남궁서린은 그런 눈치가 제법 발달해 있다.

'시녀 따위가 감히 주 공자님을 노려? 흥! 어차피 넌 내 경쟁 상대로는 한참 모자라. 무섭게 생긴 검옥월도 내 안중에는 없어. 이번 여행에서 승자는 나야. 냉소미 고것만 없으면 돼.'

남궁서린은 자신만만했다. 북해빙궁의 냉소미는 만만치 않은 경쟁 상대지만 지금 그녀는 북해에 있다.

'나의 승리야.'

*   *   *

독곡의 심처에서 회의가 벌어졌다.

곡주가 은밀한 목소리로 말했다.

"미래의 독성이 될지도 모른다는 그자, 주유성이라는 자의 명성이 나날이 높아지고 있다더군."

장로들도 낮은 목소리로 대답했다.

"더 놀라운 것은 그가 명성이 올라갈 일들을 하는 데 독을 쓰지 않았다는 것입니다. 자신의 진짜 실력은 숨겨두고 다른 것으로 처리하니, 그 심계 깊음에 몸이 떨릴 지경입니다."

"그렇지. 내놓은 것이 그 정도라면 숨겨둔 독이빨은 얼마나 날카로울까. 무서운 자야."

"곡주님, 굳이 그자의 이야기를 꺼내시는 이유가 궁금합니다."

"다들 알다시피 우리에게는 독성의 경지에 이른 사람이 필요하다. 하지만 우리는 성공하지 못했다. 현재 독성이 나올 수 있을 가장 유력한 곳은 당문이다."

"그렇지요. 당문밖에 없지요."

"바깥에 내놓은 주유성이라고 하는 자의 독 실력, 그리고 그 심계 깊고 음흉함으로 볼 때 당문은 독성이 아니더라도 그에 근접한 사람을 키웠을 가능성이 높다."

"그럴 법도 합니다."

"그러니 당문에게 도움을 청하자."

몇몇 장로들이 기겁을 하며 소리쳤다.

"사형!"

"곡주님!"

"아니 됩니다! 우리가 머리를 숙일 수는 없습니다!"

곡주가 인상을 썼다.

"우리는 독성이 필요하다. 최고의 독 전문가가 필요하단 말이다. 지금 체면이나 이익이 문제인가?"

그의 사제인 장로가 반박했다.

"하지만 사형! 그건 진짜 독성이라고 하더라도 목숨을 걸어야 하는 일입니다! 그저 독을 잘 다루는 사람 정도라면 반드시 죽습니다. 당문이 우리 요청을 들어줄 리 없습니다!"

"그러니 그들을 속여야지."

"예?"

곡주가 저도 모르게 목소리를 낮추었다.

"일단 주유성이라는 그 쌍절서생이 우리 독곡을 방문하게 한다. 그가 오면 감언이설로 꼬드겨서 당문이 숨겨둔 독성, 또는 그에 근접한 사람을 부르게 만든다."

"안 넘어오면요?"

"만약 감언이설로 안 된다면 협박을 해서라도 해야지."

"그가 동의한다고 해도 아직 젊은 놈입니다. 그런 힘이 있을까요?"

"그자가 비록 직계가 아니라고 하지만 그래도 독왕의 외손자다. 협박은 당문에 직접 한다. 당문에 충분한 대가를 제시하고, 거기 더해서 그의 목숨을 가지고 협박하면 방법이 없지는 않겠지."

"위험한 일입니다. 당문이 진정한 독성을 키워냈다면 우리는 그들을 상대할 수 없습니다."

"우리는 시간이 많지 않다. 사태는 점점 악화되고 있어. 어차피 우리가 독성을 키워내지 못한다면 외부에서 데려오는 수밖에 없어."

"그래도 위험이……."

"걱정 마라. 그건 최악의 상황이지. 충분한 대가만 지불하면 일은 잘 풀릴 것이다. 더구나 무림맹에 보내놓은 독원동 그 녀석이 지금쯤 주유성과 꽤 친해졌을 거다. 독원동에게 주유성을 꼬셔서 여행을 오라고 하겠다. 뒷일은 그 후에 안전하게 처리하면 돼."

"하긴. 독원동 그 녀석이 원래 남에게 달라붙는 일을 잘하니 지금쯤이면 주유성을 손아귀에 넣고 부리고 있을 겁니다."

* * *

독곡에서 독원동에게 편지가 날아간 시간은 짧다. 전서구가 몇 단계를 이어서 날려준 편지를 본 독원동이 손을 떨었다.

"그 게으름뱅이를 독곡까지 데려가라고? 어르신들이 전부 독이 골수에 침입해서 미친 거 아냐?"

믿어지지 않지만 명령은 명령이다. 독원동이 머리를 싸맸다. 익혔던 독공마저 다 깨먹은 처지에 안 할 수는 없다. 하지만 방법이 생각나지 않는다. 고민하던 그가 눈을 번쩍 떴다.
"그렇지. 냉소천 그자는 성공했지. 그럼 어떻게 했을까? 직접 부렸을까? 아니야. 무슨 수법을 썼을 거야."
냉소천은 북해에 있다. 물어볼 수는 없다. 그래도 그는 냉소천의 무림맹 내에서의 행적을 조사하기 시작했다. 냉소천을 담당했던 시녀에게 뇌물을 주고 그 주변의 사람들을 탐문했다. 돈깨나 풀고 나서 마침내 결론을 내린 그는 무림맹주를 찾았다.

집무실에서 서류와 싸움하고 있던 검성은 독원동이 독대를 요청하자 한숨 돌릴 생각으로 허락했다.
"그래, 독 공자가 나를 보자고 했다고?"
독원동에게 있어서 검성은 엄청나게 높은 사람이다. 뭣보다도 독곡에 직접적으로 영향력을 행사할 수 있는 사람이다. 독원동 정도는 편지 한 장으로 개미 밟듯이 처리할 수 있다.
독원동은 그런 검성을 독대하고 싶지 않았다. 하지만 지금은 방법이 없다. 독원동이 고개를 우선 꾸벅 숙인 후 말했다.
"독대를 허락해 주셔서 감사합니다. 그간 맹주님에 대한 존경심으로 하루하루를……."
"됐으니까. 왜 보자고 했나? 알다시피 내가 좀 바쁘다네."
"아, 예. 부탁이 있어서 찾아왔습니다."
"부탁? 독 공자가?"

검성의 얼굴에는 '겨우 너 정도가 감히 무림맹주이신 나에게 개인적인 부탁을 해?'라는 표정이 대놓고 떠올랐다. 그걸 알아본 독원동이 급히 말했다.

"독곡에서의 요청입니다. 워낙 중요한 일이라 맹주님의 도움이 꼭 필요합니다."

독곡을 언급하자 검성의 얼굴이 풀어졌다.

"흐음. 그래? 말해보게. 어떤 대단한 부탁이 있어서 자네를 보냈는지 들어는 보지."

독원동은 안도의 한숨을 쉬었다.

"지금 독곡에 작은 문제가 하나 생겼습니다. 그 문제를 해결하기 위해서는 주유성이 꼭 필요합니다. 하지만 맹주님도 아시다시피 주유성 그자는 게으름뱅이입니다. 우리 독곡까지 가줄 리가 없습니다."

"호오. 그 녀석이 필요하다? 확실히 갈 리가 없지. 독곡은 남쪽으로 아주 멀리 가야 하는 곳이잖은가? 북해로 보낼 때도 애먹었거늘."

독원동의 눈이 반짝였다.

'역시 그 게으름뱅이를 북해빙궁으로 보낸 것은 무림맹주로군. 제대로 짚었다.'

"그래서 맹주님이 힘을 써주셨으면 합니다. 북해로도 보내셨으니 우리 독곡으로도 보내실 수 있지 않습니까?"

"흐음. 내가 힘을 쓴다면 안 될 것도 없지."

독원동이 환히 웃으며 연신 고개를 숙였다.
"감사합니다. 감사합니다."
'이렇게 쉽게 처리되다니. 내가 평소에 착한 일을 많이 해서 그 보상을 받나 보다.'
고개 숙인 독원동을 보고 검성이 음흉한 미소를 지었다.
"감사하기는 뭘. 북해에서 받은 만큼의 대가를 받고 할 건데."
독원동이 어리둥절했다.
"네?"
검성의 미소가 즐거운 것으로 바뀌었다.
"설마 북해에서 공짜로 그 녀석을 빌려다 썼다고 생각하는 건 아니지? 아닐 거야. 자네도 예의를 아는 자인데 설마 그럴 리가 있나?"
독원동의 등에 식은땀이 흘렀다.
"그, 그럼 어느 정도의 대가를……."
검성이 몸을 느긋하게 젖히며 말했다.
"북해는 우리를 지지하기로 했네. 만약 정사대전이 벌어지거나 그럴 조짐이 보이면 우리를 지지하는 조건으로 그 녀석을 빌려갔지."
독원동이 비록 마구잡이로 사는 놈이지만 그래도 독곡에서 무림맹에 보냈던 인재다. 검성의 말이 무엇을 의미하는지 정도는 안다.

"허억! 겨우 그 게으름뱅이 하나를 빌리는 데 그런 것을 약속했다는 말입니까?"

검성이 기세를 와락 일으켰다.

"지금 내가 거짓말하고 있다는 건가?"

그의 몸에서 강력한 기세가 일어나 독원동에게 쏘아졌다.

독원동은 온몸이 잘게 베어지는 기분이 들었다.

'크억! 역시 검성이다. 나 같은 건 일초지적도 못 되겠다. 버티면 죽는다.'

"아, 아닙니다. 믿습니다."

검성의 기세가 씻은 듯이 사라졌다.

"나는 또 못 믿는다는 건 줄 알았지. 그래, 어떤가? 한번 써 보겠나? 값이 좀 비싸서 그렇지 효과는 만점인 녀석이라네. 얼마 전에 북해빙궁으로부터 대단히 감사하다는 연락을 받았거든."

독원동이 침을 꿀꺽 삼켰다.

"이, 이건 제가 혼자 결정할 수 있는 일이 아닙니다."

"너무 오래 끌지 말라고. 그 녀석이 지금 하는 일을 끝내면 언제 집에 돌아가 버릴지 몰라. 한번 들어가면 아무리 나라도 다시 끌어내기는 쉽지 않아. 그때는 단순히 지지 선언을 하는 정도로는 안 된다네."

第六章

주유성 일행이 감숙으로 가는 길은 순조로웠다.

무림맹에서 직접 출발하는 사람은 약 백여 명이었다. 발견된 무덤의 경비 책임은 공동파가 맡았고, 그 외에 중원 각지에서 이름 날린다는 기관 전문가들이 여럿 불려갔다.

이번에 무림맹에서는 그 발굴을 돕기 위해서 직접 모은 사람들과 그들을 경호하기 위한 무사들을 파견했다. 그것이 주유성의 일행이다.

여행 도중 주유성은 한껏 게으름을 피웠다.

주유성에게 구함을 받은 적이 있는 사람들은 그 모습을 보고도 그러려니 했다. 이미 주유성이 게으르다는 소리는 잔뜩

들은 상태다. 적어도 무림맹에서는 그걸 모르는 사람이 없다.

하지만 그들은 주유성이 얼마나 죽을 고생을 해서 자기들을 구해냈는지 알고 있다. 그래서 주유성이 게으름을 아무리 많이 피워도 탓하지 않았다.

그런데 이 행렬에는 이번 일을 위해서 불러 모은 기관 전문가들이 있었다. 그들은 그런 주유성을 보고 손가락질했다.

"쌍절서생이 사실은 게으르다더니 정말이군."

"쌍절서생이 아니라 사실은 허풍대협이라잖아. 일포십한이라고 불리던 게으름뱅이래."

"쉿! 조용히 하라고. 무림맹 무사들 중에는 허풍대협을 욕하면 화내는 사람들이 많아."

주유성이 검마 장보도 사건에서 구해낸 정파무림인이 팔천오백여 명이다. 그리고 그중 무림맹과 관계된 사람만 삼천여 명이다. 이번 조사단에도 그들 중에 일부가 끼었다. 그들은 당연히 주유성을 욕하는 사람들을 곱게 보지 않았다.

그래서 건드리는 사람이 없다. 그 덕에 주유성은 마음껏 늘어졌다.

세 아가씨는 이미 주유성이 어떤 인간인지 실컷 경험했다. 그래도 마냥 좋다. 지독한 게으름을 '남자가 한 가지쯤 결함이 있을 수도 있지'라고 생각해 버릴 만큼 눈이 멀었다. 물론 그 내면에는 '언젠가는 고쳐지겠지'라거나 '내가 고쳐 주겠어' 라는 막연한 기대가 깔려 있었다.
 셋 중에 추월이 가장 적극적이었다. 아직 열여섯 살인 그녀는 주유성의 시중을 들어주며 그가 더 게으름 피울 수 있도록 노력을 아끼지 않았다.
 추월이 깨끗한 천을 들고 말했다.
 "어머나! 공자님, 입가에 뭐가 묻었어요."
 그녀가 주유성의 입가를 정성스럽게 닦았다. 마차에 누워서 뒹굴며 먹을 것만 챙겨먹는 주유성이지만 추월이 있어서 아직 더러운 상태로 변하지는 않았다.
 "히히. 고마워, 추월아."
 추월이 방긋 웃었다.
 "공자님도 참, 우리 사이에 무슨."
 남궁서린은 그 모습을 보며 속이 부글부글 끓었다.
 '이것이 이렇게 나와? 나는 창피해서 저렇게 할 수는 없는데. 이렇게 밀리면 안 되는데.'
 그녀는 발이라도 동동 구르고 싶은 심정이지만 도저히 그럴 수가 없다. 수줍음을 많이 타는 그녀는 대놓고 내색을 하지 못했다.
 '어찌 여자가 부끄럽게.'
 그녀는 추월처럼 적극적인 모습은 꿈도 꾸지 못했다.
 검옥월은 추월의 모습을 멍하니 보면서 생각했다.
 '나도 저 정도는 할 수 있는데.'

그녀의 손이 저도 모르게 천 조각을 만지작거렸다.

하지만 자기가 끼어들어서 할 수는 없다. 칼은 언제나 잡을 수 있어도 이건 도저히 용기가 나지 않았다. 그저 마냥 부러워만 했다.

검옥월은 날카로운 눈매와 까무잡잡한 피부 때문에 미인 취급을 받지 못한다. 대신에 무공으로 단련된 몸매가 대단히 아름답다. 그리고 남궁서린과 추월은 확실히 미녀다. 주유성이 여자 셋을 끼고 마차 속에서 나오지 않자 기관 전문가들이 또 수군거렸다.

한 사람이 동료에게 쑥덕거렸다.

"그 여자들 말이야, 단순히 편하게 가려고 마차 타고 움직이는 것 같지는 않지?"

다른 사람이 새끼손가락을 세우며 말했다.

"셋 다 허풍대협의 이거라는 소문이 있어."

"에이. 둘이라면 몰라도 깜순이까지? 깜순이는 검각의 고수야."

"그렇게 보면 다른 하나는 남궁세가의 직계지. 남궁세가 가주의 손녀이고 광명검 남궁서천의 친동생이잖아. 겨우 허풍대협의 이거가 될 리가 있어? 더구나 그 오빠인 광명검 남궁서천도 이 일행에 있잖아."

"하긴. 허풍대협의 이거라고 보기에는 무리가 있지? 같이 있는 시녀라면 몰라도."

"추월이라는 고것. 참 예쁜데 말이야. 꿀꺽."

"아서라고. 함부로 건드렸다가 잘못하면 무림맹 고수들에게 칼침 맞아. 그 여자는 무림맹 토박이에다가 허풍대협 전속 시녀란 말이야."

"쳇. 부럽구나. 어떤 놈은 젊은 여자를 셋이나 옆에 끼고서 마차 타고 가고, 어떤 분은 먼지바람 맞아가며 젊은 여자를 끼는 건 고사하고 냄새도 못 맡으니."

"돈 많고 얼굴 잘났으니 부귀영화를 누리나 보지."

"도대체 저자는 왜 데려가는 거야?"

"자네 소문 못 들었나 보군. 저자가 진법과 학문이 높아 쌍절서생이라고 불린다지 않는가?"

"나는 쌍놈서생이라고 들었네."

"그래. 쌍놈서생이 사실은 기관에도 지식이 좀 있다고 하더군. 그래서 이번 일에 투입되었다고 하네."

"흥. 난 그 말을 믿을 수 없지. 기관은 그렇게 간단히 익힐 수 있는 학문이 아니야. 하는 꼴을 보아하니 진법 공부하면서 기관도 몇 자 주워들은 게 전부일 거야."

기관가들이 뭐라고 수군대도 주유성은 신경 쓰지 않았다. 남들이 뒤에서 떠드는 소리에 일일이 신경 쓰면 게으름은 못 피운다.

"이렇게 하는 여행도 꽤 괜찮네. 이 먼 거리를 움직이면서도 힘들지 않은 걸 보면 나도 제법 부지런해졌나 봐."

원래 호사스러운 여행은 누구나 좋아한다.

감숙에서 가장 유명한 정파는 공동파다. 그 공동파에서 보낸 무사들이 잔뜩 모여서 무덤에 접근하는 적을 차단했다.

그 일을 하는 모든 무사들이 공동파의 사람은 아니다. 일부는 공동파와 친분을 맺는 정파들이 보낸 무사다.

공동파가 이번 일에 얼마나 작정을 했는지 무덤을 지키는 무사의 총 수는 거의 오백여 명이었다. 그중에는 감숙에서 이름 날리는 고수도 많았고 공동파의 장로급도 몇 명 있었다. 말이 오백이지, 정예로 이루어진 이 전력이라면 어지간히 이름 날리는 문파라도 단숨에 뭉개 버릴 정도의 힘이 있다.

그리고 여기에는 각지에서 모은 기관가들도 여럿 있었다.

무덤은 기관으로 이루어진 함정이 잔뜩 깔려 있었다. 그걸 해체하기 위해서 최고의 전문가들이 모였다.

모두들 한 성에서 이름을 날리는 전문가들이다. 다들 명성이 꽤 높다. 그런데 설치된 함정의 수준이 높다 보니 그 해체 방법에 대해서 전문가들 사이에 의견이 갈리는 일이 자꾸 벌어졌다.

사천에서 기관가로 이름깨나 날리는 관지장은 열불이 터졌다.

"아, 글쎄 이 기관은 저곳을 쳐야 한다니까. 저 막대를 안 부수고 어떻게 이걸 해체한다는 거요?"

그와 사사건건 시비가 붙은 사람은 하북의 기관가인 망우지였다. 망우지는 기관 문제로 북경에 있는 황제에게 불려간 적이 있다는 것에 대단한 자부심을 가진 사람이다.

'흥. 사천 촌구석에서 온 놈이.'

"무슨 소리. 그걸 먼저 부쉈다가 기관이 일제히 발동하면 어쩌려고. 저건 당연히 저쪽을 누르고 이쪽을 끊어야지."

하나의 기관을 해체하는 방법이 한 가지밖에 없을 리가 없다. 다만 어느 것이 더 안전하고 효율적이냐 하는 것이 문제다. 그리고 다들 한명성 하는 기관가이다 보니 자기 방법이 최고라고 주장하는 것에 조금도 망설이지 않았다.

관지장이 화를 버럭 냈다.

"이것 보시오, 망우지! 그렇게 했다가 잘못되면 그것이야말로 기관이 일제히 발동될 위험이 있소! 이쪽이 몇 배는 안전하단 말이오! 보고도 모르시겠소?"

"봤으니까 더 잘 알지. 이건 틀림없이 이쪽이야. 다른 사람들도 내 생각에 동의할걸?"

관지장이 이를 갈았다.

"으드득! 그들이야 무조건 당신 손을 들겠지."

지금 대부분의 기관가들은 망우지의 편을 들었다. 어차피 둘 다 해결법이 될 수 있다면 그들은 어느 것이 더 안전하냐에 상관없이 무조건 망우지의 편이다.

망우지는 하북의 이름난 기관가다. 황제가 사는 북경은 하북의 한복판에 있다. 그리고 그는 황제에게 불려간 적도 있고 황궁의 고관대작들과 안면을 튼 사람이다.

대규모 기관 사업의 상당수는 관에서 발주한다. 큰 부자들도 가끔 그런 일거리를 내놓기는 하고 무림문파도 곧잘 일거리를 만들어준다. 하지만 관에서는 일단 나왔다 하면 대규모성 축조나 큰 제방 쌓기처럼 덩치가 큰 것이 많다. 그리고 그런 일에는 기관가도 필요하다.

고위 관리들과 선이 닿는 망우지는 그런 관급 공사를 여럿 따내 제법 많은 부를 축적했다.

그런데 그런 공사가 일정한 양으로 꾸준히 나오는 것은 아니다. 갑자기 물량이 몰리면 혼자 처리할 수 없다. 당연히 다른 기관가들에게 나눠줘야 한다. 기관가들은 망우지와 친분을 만들어 관에서 나온 일거리를 나눠 받기를 기대하고 있었다.

반면에 사천에서 주로 무림의 일을 하는 관지장에게는 떨어질 떡고물이 없다. 관지장도 명성이 자자하지만 그건 다른 사람들도 마찬가지다. 오히려 새로운 기관을 연구한다고 일감도 제대로 따내지 않는 관지장에게서는 아무것도 얻어먹을 것이 없다. 밥 굶지 말라고 돈이나 보태주지 않으면 다행이다.

그런 이유로 관지장은 지금 거의 따돌림을 당하는 상태다. 하지만 그렇다고 물러설 수는 없다. 더 안전한 방법이 빤히 보이는데 위험한 쪽으로 일을 추진하는 것을 구경만 할 수는 없다.

"답답하구나, 답답해. 다들 돈에 눈이 멀었어! 작업하는 사람들의 목숨보다 돈이 중요하단 말인가!"

어차피 소 귀에 경 읽기다.

그때 바깥에서 소란스러운 소리가 들렸다. 멀리서 '무림맹에서 사람들이 도착했다' 라는 소리가 들렸다. 관지장이 반색을 했다.

"그렇지. 무림맹에서 사람들이 도착했다니 저 중에는 기관가들도 많겠지. 저들의 의견을 듣고 누가 옳은지 겨뤄봅시다."

망우지는 자신의 명성을 믿었다.

'돈 싫다는 놈 없으니까.'

"얼마든지. 그럼 나가지."

사람들은 무덤의 입구에서 빠져나왔다. 그런 그들의 앞으로 백여 명의 새로 도착한 무리들이 보였다.

새롭게 온 사람들 중에 섞인 기관가들이 먼저 온 사람들을 보고 아는 체를 했다. 동종업계에 종사하는 사람들은 서로서로 안면을 익힐 기회가 많다. 그중에는 관지장이 아는 사람들도 있었다. 관지장은 적지에서 아군을 만난 것 같은 마음에 반색을 했다.

그리고 그들이 반갑게 인사를 하는 사이에 마차의 문이 덜컥 열렸다.

먼저 아리따운 아가씨 둘과 까맣게 탄 아가씨 하나가 내렸다. 오지에서 고생하던 사람들은 두 아가씨의 미모에 감탄을 했다. 검옥월도 눈매가 보이기 전까지는 사람들을 감탄하게 만들었다.

그리고 그 뒤로 주유성이 어슬렁거리면서 내려왔다. 주유성은 마차에서 내리자 기지개를 죽 켰다.

"으다다다. 다 왔나 보네."

무림맹에서 보내온 기관가들이 그런 주유성을 보더니 다른 사람들에게 쑥덕거렸다.

"저 사람은 쌍절서생이라는 자인데 대단한 게으름뱅이지."

기관가 하나가 관지장에게 소곤거렸다.

"어디서 기관에 대해서 몇 자 배웠나 본데 그냥 없는 셈치는 것이 나을 거요. 실력이 형편없어 보이거든."

바로 그 몇 자를 주유성에게 가르친 관지장이 입을 떡하니 벌렸다.

그가 주유성을 가르친 것은 오래전 일이다. 주유성이 자라면서 얼굴이 꽤나 변했으니 못 알아볼 수도 있다.

하지만 주유성은 외모에서 사천제일미 당소소를 빼다 박았다. 그리고 관지장은 젊었을 때의 당소소를 잘 안다. 얼굴이 익숙하다. 더구나 게으름뱅이 소리라고 하면 의심할 여지가 없다.

관지장이 주유성을 보고 작게 말했다.

"유성이?"

주유성의 귀가 쫑긋 커졌다. 고개를 획 돌리더니 즉시 관지장에게 다가와서 고개를 꾸벅 숙였다.

"관 스승님을 뵙습니다."

잠시 동안 아무도 말을 하지 않았다. 그리고 관지장의 곁에서 쑥덕대던 기관가들이 슬금슬금 거리를 벌렸다.

관지장이 머쓱한 표정으로 서 있다가 가슴을 쫙 펴고 말했다.

"하하하! 그래, 오랜만이구나. 부모님은 잘 계시고."

"예. 아주 잘 계세요."

사람들이 관지장을 묘한 눈초리로 쳐다보았다. 관지장이 그런 사람들을 돌아보고 말했다.

"제가 이 아이에게 기관을 가르쳤지요. 이 아이는 하남 서현 주가장의 주유성이라고 하는 아이인데, 그 기관 실력은 제가 보증할 수 있습니다."

망우지는 조금 전에 사람들에게서 주유성이 어떤 종류의 인간인지 전해 들었다.

"으하하하! 관지장, 네가 가르친 제자라고? 그런데 게으르다며? 으하하하!"

관지장의 얼굴이 굳었다.

"망우지, 유성이를 우습게보지 마라. 유성이는 너 따위는 어렸을 때 이미 넘어섰다."

그때 이미 자신까지 넘어섰다. 하지만 상식을 벗어나는 그런 말을 믿을 사람은 없다.

"으하하하! 나를 넘어서? 저 새파란 놈이? 관지장, 미친 거 아니냐?"

주유성이 안색을 찌푸렸다. 이렇게 앞에서 대놓고 욕을 들으니 기분이 좋지 않았다.

"관 스승님, 저 돼지는 누군데요?"

관지장이 맞장구를 쳤다.

"사람 목숨보다 자신의 이익을 더 챙기는 놈이지."

"아주 쌍놈이네요."

망우지의 안색이 급변했다.

"뭣이? 젊은 놈이 버릇이 없구나! 네 이놈! 내가 누군지 아느냐?"

"쌍놈."

망우지의 얼굴이 붉어졌다. 그는 자신의 호위무사들에게 명령했다.

"이, 이놈! 가만두지 않겠다! 조홍, 관초, 뭐 하고 있느냐! 저 건방진 새끼를 붙잡아 내 앞에 무릎을 꿇려라!"

돈이 무척 많은 망우지의 두 호위무사는 고수다. 이름을 날리는 고수라고는 할 수 없지만 일류무사의 수준은 예전에 넘어섰다.

조홍과 관초는 고용주의 명령에 따라서 앞으로 스윽 걸어 나섰다. 그들은 건들거리는 주유성의 자세에서 무공을 익힌 흔적을 찾지 못했다. 손쉽게 잡아서 꿇리려고 생각했다.

검옥월의 눈썹이 꿈틀거렸다. 그녀가 주유성의 앞으로 나서며 말했다.

"그대들, 죽고 싶은가?"

그녀에게서 뿜어지는 기세가 매섭다. 조홍과 관초는 깜짝 놀라 검을 뽑으며 외쳤다.

"뭐, 뭐냐!"

검옥월이 인상을 쓰며 검 손잡이로 손을 가져갔다. 그녀의 기세가 더욱 강해졌다.

조홍과 관초는 정신이 번쩍 들었다. 그들은 급히 망우지가 있는 곳으로 물러섰다.

망우지는 어이가 없었다.

"이것들이 미쳤나. 젊은 년 하나가 무서워서 도망을 와? 너희들은 명색이 무림고수잖아!"

조홍이 급히 망우지를 말렸다.

"망 대인, 저 여자는 상당한 고수입니다. 기세만으로도 적을 위협할 정도입니다. 싸우게 되면 득보다 실이 많습니다."

칼을 쓰는 자가 불리하다고 말하는데 싸움에 문외한인 망우지가 계속 싸우라고 고집 피울 수는 없다.

"으으. 여자의 치마폭에 숨어서 큰소리치는 놈이었군."

주유성은 이제 기분이 상당히 나빠졌다.

"관 스승님, 나 말리지 마세요."

관지장은 주유성이 금검과 사천나찰의 외아들인 것을 알고 있다. 유명한 고수들 사이에서 난 아들이니 그 무공이 평범하지 않을 거라고 짐작했다. 망우지에게 쌓인 것이 많은 그는 말리는 건 고사하고 아주 등을 떠밀었다.

"나는 신경 쓰지 마라. 네가 하고 싶으면 해야지."

"너 이제 죽었어."

주유성이 으르렁거리며 앞으로 나서려고 했다.

남궁서천이 급히 나섰다.

"주 소협, 참으시오. 우리 사이에서 내분이 일어나서야 어디 기관 해체 작업이 제대로 되겠소? 거기 노인장도 사람 자극하지 말고 참으시고요."

망우지는 이미 기분이 상할 대로 상했다. 그는 자신의 돈의 힘이면 여기 모인 무림인들을 동원해서 주유성을 상대할 수 있다고 믿었다.

"그렇게 말하는 그대는 누구신지 정체를 밝히시오."

남궁서천이 가볍게 포권을 하며 말했다.

"저는 남궁세가의 남궁서천이라고 합니다."

망우지가 화들짝 놀랐다.

"헛! 광명검 남궁서천. 후기지수 중에서도 손꼽히는 인재라는 그 광명검이십니까?"

망우지는 기관가다. 앞으로 무림을 누가 이끄는지 알고 인맥을 쌓아야 새로운 기관 일을 따기 좋다. 그래서 그는 남궁세가의 후기지수인 남궁서천에 대해서도 기본적인 정보를 알고 있다.

"제가 바로 그 남궁서천입니다. 무림동도들이 광명검이라는 감당할 수 없는 무림명을 붙여주었지요."

"하하하! 광명검께서 말씀하시니 제가 양보해야지요."

그는 남궁서천 때문에 양보한다는 듯이 말했다. 그는 남궁서천을 이용해서 자신이 밀리던 상황을 재빨리 회복시켰다. 그리고는 주유성을 노려보았다.

'광명검이 나섰으니 무공으로 누르기는 쉽지 않겠군. 하지만 이놈. 나의 진짜 능력은 돈과 기관이니라.'

"관지장, 당신 제자의 기관 실력이 나를 뛰어넘는다 했지? 거짓말쟁이가 아니라면 그 증거를 보여라."

관지장이 인상을 썼다.

"증거라니?"

"저곳의 기관을 혼자서 몇 개 해체해 보란 말이다. 나보다 뛰어나다면 그 정도는 할 수 있어야지."

관지장은 깜짝 놀랐다.

'아차! 당했다! 내가 너무 성급하게 말했구나.'

그는 주유성을 돌아보았다.

'유성이 이 녀석이 어렸을 때 대단한 재능을 보이기는 했지만 그게 벌써 여러 해 전이란 말이지. 이 녀석은 대단히 게으르니 그 후로 기관 공부를 했을 리가 없고. 실력이 많이 줄어들었을 텐데 해낼 수 있을까?'

그 눈빛을 보고 뭘 걱정하는지 짐작한 주유성이 코웃음을 치며 말했다.

"흥. 저까짓 것도 시험이라고. 관 스승님, 제자가 스승님께서 가르쳐 주신 것을 조금만 보여줄게요."

그 자신만만한 눈초리를 보고 관지장은 결정했다.

'그래. 그때의 실력을 생각한다면 지금 아무리 많이 까먹었어도 위험을 감지할 정도는 되겠지. 무공을 제법 익혔을 테니 위험을 먼저 알아챘다면 얼마든지 빠져나올 수 있겠지.'

"좋다. 내가 가르쳐 준 것을 어디 맘껏 펼쳐 보거라."

"아, 조금만 보여준다니까요."

주유성이 큰소리를 탕탕 치고는 무덤으로 들어갔다. 결과를 구경하기 위해서 여러 사람들이 우르르 쫓아갔다.

주유성은 걸어 들어가면서 바닥에 굴러다니던 쇠막대기 하나를 주웠다. 기관을 만드는 데 사용되었던 단단한 막대기였다. 그걸로 손을 탁탁 치면서 걷던 그의 앞에 동작하는 기관이 하나 나타났다.

조금 전에 관지장과 망우지가 싸우던 그 기관이다. 주유성은 그걸 물끄러미 보더니 지지대 하나를 막대기로 후려쳤다.
 "웃차!"
 날카로운 소리와 함께 지지대가 그 즉시 부러졌다. 망우지가 기겁을 하며 소리쳤다.
 "이놈! 그곳이 아니다! 잘못하면 기관이 발동한다!"
 하지만 기관은 조용했다. 주유성이 부러뜨린 것은 관지장이 부수자고 주장한 바로 그 부분이었다.
 주유성이 망우지를 돌아보고 씩 웃으며 말했다.
 "최초로 동력 전달을 하는 축이 부러졌는데 어떻게 기관이 발동해? 기관의 기본도 몰라?"
 주유성의 놀림에 망우지가 얼굴을 붉혔다.
 "건방진 놈. 운이 좋아 성공했구나. 아니지, 관지장 네가 몰래 가르쳐 줬구나."
 주유성이 다 들리라는 듯이 큰 목소리로 혼잣말을 하며 걸어갔다.
 "수준이 낮으면 보는 눈이 낮아 운이라고 생각할 수도 있지."
 망우지가 이를 갈며 그 뒤를 따랐고 관지장은 가슴을 쭉 폈다.
 조금 더 들어가던 주유성이 걸음을 멈췄다. 그가 검옥월을 돌아보았다.
 "검 소저, 옛날 생각 나지 않아요?"

검옥월도 날카롭게 웃었다.

"그러네요. 몇 달 전 일이 그대로 재현되네요."

검옥월은 그때 자기 등에 업혀 있던 주유성을 생각했다. 그때는 하도 위급해서 딴생각이 나지 않았지만 지금 그걸 회상하자 얼굴이 살짝 붉어졌다.

"그때처럼 할래요?"

검옥월이 반색을 했다.

"네!"

들뜬 그 목소리에 주유성이 손을 쭉 뻗어 앞을 가리켰다.

"저 벽 속으로 뭔가 지나가고 있을 거예요. 저기를 길게 잘라 버리세요."

주유성이 가리킨 곳으로 간 검옥월이 검을 휘둘렀다. 검에 검기가 흘렀다. 그녀의 검이 지나간 벽이 잘려 나가며 기다란 선이 만들어졌.

뭔가 끊어지는 소리와 함께 작은 기계음이 들렸다. 그리고 그들이 서 있는 앞으로 화살이 요란하게 날아다녔다.

관지장이 감탄하며 말했다.

"감지 장치와 연결된 끈을 잘랐구나. 끈이 전부 잘렸으니 화살은 모두 소모됐겠군."

주유성의 전진은 거침없었다. 지난번 사황성의 함정을 통과하며 제법 많은 경험을 한 주유성이다. 그때는 맛이 간 상태였지만 지금은 늘어지게 놀면서 와서 몸 상태가 아주 생생하다.

그래서 주유성과 검옥월의 움직임은 그때보다 더 거침이 없었다. 기관으로 만들어진 함정은 오래돼서 망가진 것도 많았다. 그들은 그런 것조차 한 번 더 부숴가면서 전진했다.

이제 망우지는 더 이상 뭐라고 시비를 걸지 못했다. 주유성에게 손가락질을 하던 기관가들도 마찬가지다. 그들은 모두 입을 떡 벌리고 뒤를 따르기만 했다.

그들은 그렇게 마지막까지 뚫고 들어왔다. 최고의 기관가들이 고민하며 조금씩 뚫던 것에 비하면 너무 손쉬운 진행이었다.

그리고 그들은 마지막 방에 도착했다. 커다란 그 방은 텅 비어 있었고 큼지막한 상자 하나가 돌로 된 제단 위에 놓여 있었다.

주유성이 의외라는 듯이 말했다.

"어? 보물이 없네?"

열등감에 가득 찬 망우지가 짜증을 부리며 말했다.

"보물이 없다니. 네 눈에는 이 상자가 보이지 않느냐?"

주유성이 인상을 썼다.

"무영신투는 전국구잖아. 보물이 그런 상자 하나에 다 들어 있을 리가 없어."

그는 이미 하남신투의 보물을 챙겨본 경험이 있다.

'단지 하남에서만 활동한 도둑놈이 그렇게 많은 보물을 모

았는데, 전국구가 겨우 상자 하나? 이상해. 말도 안 돼.'

그가 고민하는 사이에 이미 망우지는 상자로 다가가서 살피기 시작했다. 그는 지금까지 주유성의 뒤만 따라온 것 외에 한 일이 별로 없다. 물론 그도 주유성이 오기 전에는 기관 몇 개를 해제했다. 하지만 그건 자신의 경쟁자인 관지장의 제자가 해체한 것에 비하면 일도 아니다.

'함정 해체만이 기관의 전부는 아니지. 이런 잠금 장치를 해체하는 것도 기관가가 할 일이니까.'

주유성은 느낌이 뭔가 껄끄러웠다. 하지만 확신은 없었다.

"거기 그만두지?"

주유성이 말리자 망우지는 더 짜증이 났다.

'홍. 이놈. 내게는 하나도 남기지 않겠다는 거로구나. 그럴 수는 없다.'

그는 상자를 덥석 잡았다.

상자의 잠금 장치는 따로 없었다. 상자는 아예 잠겨 있지 않았다. 그저 작은 걸쇠만이 걸려 있었다.

'홍. 별것 아니군. 좋은 기회다.'

그는 걸쇠를 돌리며 소리쳤다.

"상자에 설치된 기관은 내가 해체했다! 나도 신중하게 움직여서 그렇지 원래 함정 해체 정도는 금방 한다고!"

그는 당당하게 소리치며 뚜껑을 열었다.

주유성의 눈이 번쩍였다.

'이렇게 심한 함정으로 둘러싸인 곳에서 상자는 그냥 열릴 정도로 허술하게 되어 있다고?'

주유성이 앞으로 튀어나갔다. 상자를 여는 망우지의 뒷덜미를 잡아채더니 그대로 뒤로 던져 버렸다. 망우지가 깜짝 놀라 비명을 질렀다.

"으악! 이 자식이 나를 죽인다!"

그사이에 상자는 활짝 열렸다. 그리고 상자에서 검은 기체가 강하게 뿜어져 나왔다.

주유성이 몸을 뒤로 날리며 소리를 질렀다.

"독이다! 도망쳐요!"

다들 함정에 주의하며 여기까지 온 사람들이다. 그들의 대응은 빨랐다. 독이라는 말이 떨어지기가 무섭게 사람들이 우르르 뛰어나가기 시작했다.

주유성은 빠르게 물러서며 두 팔을 요란하게 휘저었다. 내공을 주입한 옷깃은 빳빳해져서 부채 대신 사용되었다. 그의 양손에서 바람이 매섭게 몰아쳤다. 독연은 강하게 뿜어지지만 주유성의 손짓이 더 빨랐다.

하지만 모두 막을 수는 없다. 독연이 바람의 틈을 헤치고 점점 밀려 나왔다. 주유성은 가장 뒤에 서서 밀려오는 독연을 향해 손바람을 날렸다. 그러면서 그도 빠른 속도로 후퇴했다.

이미 들어갈 때 만들어둔 함정은 모조리 해체한 상태다. 들어갔던 수십 명이 먼저 빠져나오고 맨 마지막에 주유성이 뛰어나왔다.

"튀어!"

그의 고함 소리에 구경하던 사람들까지 어마, 뜨거라 하면서 도망쳤다. 그리고 그 뒤를 주유성이 신나게 달려갔다.

독연은 무덤 입구에서 한참을 꾸역꾸역 흘러나왔다. 사람들은 멍하니 그것을 구경했다.

몇 명의 사람들이 주유성에게 다가왔다. 그중에는 망우지도 섞여 있었다.

사람들 중 하나가 대표로 나서서 말했다.

"주, 주 대협. 아니, 쌍절서생 대협. 목숨을 구해주셔서 감사합니다. 그리고 죄송합니다."

그들은 기관가다. 결과를 보고 나서 저것이 치명적인 독임을 충분히 추측했다. 주유성의 도움이 아니었다면 저 독연에 중독이 되어 꼼짝없이 죽을 수밖에 없었음을 잘 안다.

"뭘 그 정도 가지고 그래요. 다 살았으면 됐지."

"아닙니다. 쌍절서생의, 아니지. 삼절서생, 기관도 일절이니 능히 삼절서생이지. 삼절서생의 은혜가 아니었으면 우리는 다 죽었을 겁니다."

말을 하는 그들은 망우지를 째려보았다.

망우지는 할 말이 없다. 평소라면 그런 실수를 하지 않았겠지만 질투심이 일을 그르치게 만들었다.

망우지는 속으로 탄식했다.

'기관을 해체함에 있어 서두르는 놈은 죽고 싶어 환장한 놈이라고 하신 사부님의 말씀을 잊고 있었구나. 이제 쌍절, 아니, 삼절서생 덕분에 사부님의 말씀이 생각나다니. 삼절서생, 진정한 인물이로구나.'

그는 자신의 질투심에서 나온 실수를 후회했다. 그리고 주유성을 가르친 관지장이 부러웠다.

'복 많은 관지장.'

주유성을 보니 그 곁에서 사람들이 연신 감사 인사를 하느라 정신이 없다.

'주유성은 인물이다. 앞으로 얼마나 더 클지 모르는 사람이다. 삼절 중에 최고는 기관이 될 것이다. 틀림없다.'

그는 주유성에게 다가가 고개를 숙였다.

"삼절서생 주유성 대협, 대협의 은혜로 살아남았습니다. 제 지난 죄과를 용서해 주십시오."

주유성이 방긋 웃었다.

"죄과는 무슨. 살다 보면 그럴 수도 있는 거지요."

망우지가 그 모습을 보고 생각했다.

'삼절서생은 마음도 넓군.'

그는 이번에는 관지장에게 고개를 숙였다.

"관 대협, 그간 내 과오를 용서해 주시오."

관지장은 이미 좋아서 입이 귀밑까지 찢어져 있었다.

"으하하! 뭐 이 정도를 가지고 그러시오. 내 제자도 말했잖소. 살다 보면 그럴 수도 있는 거라고. 으하하하!"

관지장은 정말 통쾌했다. 모든 사람들이 자신의 제자를 향해서 머리를 숙이고 인정했다. 여러 해 전에 주유성을 가르친 보람을 톡톡히 느꼈다.

    *   *   *

그 시간에 마교에서 천마가 껄껄 웃었다.
"마뇌, 무림맹에서는 지금 한창 발굴 중이겠지?"
마뇌가 맞은편에서 술병을 들고 천마에게 술을 따르며 대답했다.
"그렇습니다. 처음 몇 개는 해체하려고 할지 모릅니다. 하지만 그렇게 해서는 끝이 없고 위험하니 나중에는 우리가 했던 것처럼 기관을 피해서 들어가는 방법을 쓸 겁니다."
"그래, 그리고 죽도록 고생해서 끝까지 도착하고 나면 보물은 우리가 다 챙겼으니까 남은 것은 독. 독을 피해 달아나자니 남겨둔 기관이 발목을 잡고. 크하하하! 아마 거기까지 들어간 자들은 몰살당할 거야, 몰살. 다 죽을 거라고. 으하하하!"
"그중에 중요한 인물들이 끼어 있을 것임은 불문가지. 무림맹은 크게 화를 낼 것입니다."

"그래그래, 그렇겠지. 그리고 그 짓이 사황성이 한 거라고 믿게만 하면 되는군."

"그렇습니다. 이미 사황성은 한번 크게 손해를 보았습니다. 무림맹이 기세등등해서 사황성을 쳐주면 더 좋고, 그게 아니더라도 둘 사이는 대단히 나빠질 겁니다."

"좋았어, 역시 마뇌야. 내 술 한잔 받게나."

"영광입니다, 교주님."

*   *   *

무덤에서 독연을 완전히 빼내는 데 하루가 걸렸다. 독의 특성을 조사한 후 잔류하는 성질이 없음을 먼저 확인했다. 그 후 조사대는 다시 무덤으로 들어갔다.

하루의 조사를 끝내고 나서 조사단은 이곳에는 아무런 보물이 없다는 것을 확인했다. 보물이 있었던 흔적은 조금 찾았지만 그것뿐이다. 샅샅이 뒤졌지만 더 이상은 없었다.

이것이 의미하는 바는 작지 않다. 누군가 여기에 함정을 팠다는 뜻이다. 무림맹의 사람들은 그에 대한 토의를 하고 전서구를 날리는 등 한바탕 난리를 피웠다.

그런 일에 바빠 사람들은 텅 빈 무덤에 더 이상 관심을 가지지 않았다. 기관가들이 설치된 기관에 대해 관심을 보였지만 더 이상 필요없어진 그들은 무덤에 들어올 수 없었다. 이제 무덤에 찾아오는 사람은 없었다.

오직 주유성만 예외였다. 너무 미련이 남아서였다.

주유성은 독연이 나왔던 방에 앉은 채 한숨을 푹 쉬었다.

"이거 진짜 억울하네. 여기까지 와서 이 고생을 하고 챙긴 것이 하나도 없잖아."

그는 정말 억울했다. 보물을 딱 하나만 빼돌릴 생각으로 그 먼 거리를 순순히 따라왔는데 남은 것이 없다.

"어떤 놈들일까. 감히 보물을 먼저 챙기고 함정만 남겨놔? 마교 아니면 사황성이겠지. 쪼잔한 놈들. 함정을 설치하더라도 미끼로 보물을 좀 남겨둘 수 있잖아. 에이. 치사하다, 치사해."

불평하던 주유성이 제단 위에 턱하니 드러누웠다. 실내에는 그가 가져온 관솔불이 조용히 타고 있었고 그는 일단 드러눕고 나자 일어나기가 싫어졌다.

"요새 고생 많이 했으니까 잠깐만 쉬다가 가자. 에휴."

주유성은 그렇게 눈을 감고 시간을 보냈다.

눈 감고 시간 때우는 것을 잘하는 인간이 주유성이다. 일단 자세를 잡고 나자 시간이 술술 지나갔다. 바깥의 사람들은 주유성이 뭔가 연구하는 줄 알고 방해하지 않기 위해서 부르러 오지도 않았다.

관솔불도 다 타서 꺼지고 실내는 칠흑 같은 어둠에 잠겼다. 그렇게 한참을 지나자 주유성은 배가 고파오는 것을 느꼈다.

주유성이 누운 자세로 눈을 뜨고 말했다.
"쳇! 추월이가 여기까지 들어와서 밥을 주지는 않겠지. 슬슬 일어나 볼까?"
지금 실내는 아무것도 보이지 않는 어둠뿐이었다. 빛이 완전히 차단되고 암흑만이 남았다.
그리고 그 어두운 실내에서 드러누운 주유성의 눈에 보이는 것이 있었다.
주유성은 내공을 돋워 안력을 키웠다. 천장에서 아주 흐릿하게 빛나는 빛이 보였다.
"어라?"
주유성이 천장의 문양을 자세히 살폈다. 그리고 반갑게 말했다.
"저게 뭐든 빛이 있으면 보이지 않을 정도로 흐린 거란 말이지. 아무 빛도 없어야 겨우 보이는 어두운 것. 그것도 규칙성을 가진 것."
주유성이 몸을 일으켰다.
"내가 많이 바라는 건 아니야. 그저 세공 잘된 금불상 하나만 나와라. 아니면 보석 목걸이 하나만. 내가 정말 그거로 만족하고 다른 건 다 뱉을 테니까. 이야호!"
주유성이 환성을 지르고는 문양이 가리키는 방향으로 빠르게 움직였다.
이곳의 벽 중 일부는 이미 한 꺼풀 떼어낸 상태다. 혹시 숨겨둔 것이 있을까 해서였다. 너무 많이 벗겨내면 무너질 위험이 있어서 적당히 했지만 돌 뒤에는 흙만이 존재한다는 것은 다들 확인했다.

주유성은 천장의 문양을 곰곰이 살피며 그것이 가리키는 방향으로 움직였다. 그리고 손가락을 세워 벽의 돌을 움켜잡았다. 내공의 힘이 깃든 손가락은 쇠갈고리보다 강력했다. 그는 벽을 타고 올라가 천장에 달라붙었다. 문양이 가리키는 곳을 정확히 찾은 후 그곳을 막고 있는 천장의 돌을 잡고 힘을 썼다.

"끄응!"

내공이 충만한 그가 잡아당기자 큼지막한 돌이 천장에서 딸려 나왔다. 그 뒤에는 다른 곳과 마찬가지로 흙이 잔뜩 있을 뿐이었다.

주유성은 한 손에 내공을 집중하고 그 흙을 파내기 시작했다. 단단하게 뭉쳐 있는 흙이지만 내공이 담긴 손 앞에서는 모래더미나 마찬가지였다. 보물에 눈이 멀어 옷이 흙투성이가 되는 것도 신경 쓰지 않았다. 한참을 파낸 그의 손끝에 단단한 것이 걸렸다.

"만세!"

주유성이 환성을 지르며 그것을 파냈다.

꺼내놓고 보니 그것은 그리 크지 않은 나무 상자였다. 상자의 나무는 삼백 년이 지났음에도 튼튼하게 버티고 있을 정도로 고급품이었다.

"우히히히. 상자다, 상자다. 보물상자다. 이게 진짜배기일 거야. 그러니까 이렇게 조심해서 숨겼겠지. 무게는 많이 안 나갔지만 그래도 보물이 들어 있을 거야. 이히히히."

주유성이 신이 나서 상자의 걸쇠를 만졌다. 걸쇠는 나름대로 단단히 잠겨 있었지만 주유성에게 그걸 따는 건 일도 아니다. 그리고 상자가 덜컹 열렸다.

주유성의 안색이 창백하게 굳었다.

"책?"

상자에는 책들이 차곡차곡 쌓여 있었다.

그는 책을 마구 뒤적이며 소리쳤다.

"으아! 내 보물은 어디 있어? 내 보석 목걸이, 내 황금 불상! 내 안락한 인생을 위한 돈!"

주유성은 기운이 쭉 빠진 얼굴로 상자를 들고 나왔다. 철수를 준비하던 사람들은 지하 무덤에서 걸어나오는 주유성을 의아한 얼굴로 쳐다보았다. 그리고 곧바로 안색이 변했다.

누군가가 소리를 질렀다.

"삼절서생이 보물을 찾았다!"

육백여 명의 사람들이 우르르 달려들었다. 그들은 주유성을 둥글게 감싸고 침을 꿀꺽 삼켰다.

주유성이 손을 저었다.

"보물 아녜요. 나도 황금이나 보석 같은 걸 기대했는데 그런 건 없더라고요."

사람들은 그 말을 듣고 실망했다. 그들은 이미 저 지하 무덤에서 독을 뿜는 상자를 경험했다. 가짜 보물 상자에 한번 고생한 경험이 있는 사람들이다. 보물이 아니라는 말에 상자에서 멀찍감치 물러섰다.

이제 주유성 주위로 공터가 만들어졌다. 안전거리를 확보했다고 생각한 사람들은 안도의 한숨을 쉬었다.

조금 떨어진 곳의 추월이 조심스럽게 질문했다.

"공자님, 그럼 그 상자에는 뭐가 들어 있어요?"

"여기? 별거 아냐. 그냥 책 몇 권 들어 있어."

"책이요?"

"그래, 책. 음풍조법 도해라든지."

공동파의 사람이 소리를 버럭 질렀다.

"뭐라고? 우리 공동파의 음풍조법! 그것도 도해!"

"용왕유권 상세편도 있었고."

"아미타불. 우리 소림의 용왕유권이라고 하셨소? 기본편도 아니고 상세편이?"

"아, 칠성권법 고급편도 있었네."

"무량수불. 우리 무당의 칠성권법이 거기에 있다니! 고급편이라니! 그럴 수가!"

주유성이 머리를 긁적거렸다.

"그냥 그런 책들이 수십 권 들어 있네요."

수십 권이라는 말에 사람들의 안색이 복잡하게 변했다. 어떤 사람은 경악을, 어떤 사람은 반가움을, 그리고 어떤 사람은 탐욕으로 눈을 빛냈다.

분위기가 이상하게 돌아가는 것을 눈치 챈 남궁서천이 앞으로 나서며 말했다.

"여러분, 이것은 다 주인이 있는 물건입니다. 설마 그러실 분은 없겠지만 만에 하나 타 문파의 것에 욕심을 부리는 분이 계시다면 그분은 무림공적이 되고도 남습니다."

남궁서천의 말에도 사람들은 아쉬움을 감추지 못했다. 남궁서천은 난처했다. 일이 잘못되면 피를 보게 될 것이 뻔하다.

주유성도 눈치는 있다. 그는 상자를 내려놓고 발로 턱 밟으며 말했다.

"이게 구파일방이나 다른 큰 문파의 비급이라는데 침 흘리는 사람들은 뭐예요? 하나라도 빼돌리면 본인은 물론이고 소속 문파에 일가친척까지 다 박살나지 않겠어요? 구파일방 아저씨들은 무서운 아저씨들이잖아요."

그의 말을 듣고서야 여러 사람이 정신을 차렸다.

"그, 그렇지. 여기서 저기에 손댔다가는 구파일방이 동시에 쳐들어올 거야."

그래도 미련이 남는 사람도 있다.

"하지만 저걸 가지고 도망친 사람은 심심산골에 처박혀서 무공을 익힐 수 있잖아."

귀 밝은 주유성이 그 사람을 향해 한마디 덧붙였다.

"거기 아저씨, 이게 무슨 천하제일고수로 만들어주는 비급은 아니거든요? 이거 대성을 해서 다시 세상에 나온들 어떻게 써먹을 건데요? 얼마나 시간이 지나서 나오든 무공을 쓰는 순간 구파일방의 추격대에게 걸려서 당장 목이 달아날걸요? 그 아저씨들은 무공에 대해서는 집요해요. 써먹지도 못할 무공을 뭐 하러 배워요?"

주유성의 말은 설득력이 있었다. 사람들은 이제 상황을 깨달았다.

상자의 비급을 아무도 모르게 빼돌린다면 이런 보물이 없다. 하지만 다들 빤히 보고 있는 데서 빼앗았다가는 시체도 제대로 남기기 힘들다.

사람들이 흥분을 서서히 가라앉혔다. 하지만 자기 문파의 비급이 언급됐거나, 또는 상자에 들어 있을 거라고 의심하는 사람들은 여전히 흥분한 상태였다.

문파의 비급이 유출되는 것은 극히 경계해야 하는 일이다. 오의가 빠지고 구결만 남은 비급은 그나마 타격이 적다. 하지만 주유성이 이야기한 것은 단순한 비급이 아니다. 도해나 상세편, 또는 고급편 같은 단서가 붙어 있는 것은 꼭꼭 숨겨두고 문파 내에서도 핵심 인물만 보는 진짜배기들이다.

제갈세가의 제갈화운이 조심해서 질문했다.

"다른 비급은 뭐가 있었냐? 우리 제갈세가 것도 있었냐?"

"몰라. 위에 있는 몇 개 제목만 봤어. 밑에 뭐가 깔렸는지 알게 뭐야."

사람들이 이제 주유성에게 조금씩 다가왔다. 상자의 내용물을 구경해 보고 싶은 마음에서다.

주유성이 손을 휘휘 저었다.

"다들 진정들 해요. 오이 밭에서는 신발 끈을 매지 말라고 했어요. 호기심 때문에 피 보지 말고 물러서요. 그나저나 이게 그렇게 귀한 책이라면 일단 안전한 곳에 옮겨야지요. 어디가 좋을까나? 역시 공동파가 좋을까요?"

공동파에서는 이 일을 위해서 장로급의 고수들이 몇 명 와 있다. 그중에 가장 지위가 높은 공동일검 차반호가 나섰다.

"걱정 마시오. 우리 공동파에서 책임지고 지키도록 하겠소."

다른 사람들이 아무 의심 없이 그걸 받아들일 수는 없다. 몇 명이 나서며 즉시 반대했다.

"공동에 모든 책임을 지우는 것은 예의가 아니지요."

화산의 사람이 공동을 믿지 못하겠다는 말을 완곡히 표현했다.

다른 사람들도 동의했다. 지금 이곳에서는 공동의 힘이 가장 강하지만 이건 무력의 강함으로 해결할 일이 아니다.

공동일검은 기분이 조금 나빴다. 지금의 태도는 확실히 공동을 신뢰하지 못한다는 뜻이다.

하지만 공동일검은 속이 좁은 자가 아니다. 그는 만약 이 비급들을 화산이나 무당이 지키겠다고 하면 자기가 똑같이 반응할 거란 사실을 잘 안다.

"우리 공동 혼자서 모든 것을 책임진다는 뜻은 아니오. 당연히 원하시는 무림동도들도 같이 지켜야지요. 공동은 좁지 않습니다. 다 오십시오. 그리고 비급을 잃어버린 문파에 고르게 소식을 넣어 이 사태를 같이 의논하겠습니다.

비급은 공동파의 커다란 전각으로 옮겨졌다. 도난을 방지하기 위해서 여러 문파의 사람들이 눈에 불을 켜고 지켰다. 설사 무영신투가 살아 돌아온다고 하더라도 훔쳐 낼 수 없을 만큼 철저한 경비였다.

비급의 진위 여부는 간단히 확인되었다. 사람들이 살벌하게 노려보는 가운데 음풍조법을 익힌 공동파의 장로 한 명이 비급을 들어 내용을 살폈다.

심각한 얼굴로 책의 내용을 뒤져 본 그가 말했다.

"틀림없소. 이건 우리 공동파의 음풍조법 도해가 틀림없소. 글씨 하나 틀리지 않군. 허, 이것이 어떻게 유출될 수 있단 말인가."

남궁서천이 조심스럽게 질문했다.

"그 말씀은 공동에는 음풍조법 도해가 없다는 뜻인지요?"

"그럴 리가 있나. 우리 공동에는 틀림없이 음풍조법 도해가 있소. 이건, 이건 아무래도 사본인 것 같군. 똑같이 베낀 사본."

책의 가치는 종이 값이 아니다. 책값은 거기 써진 글 값이다. 사본이라고 하더라도 그 내용이 똑같다면 같은 위력이 있다.

사람들은 조심해서 상자에서 책을 한 권씩 꺼내서 바닥에 늘어놓았다.

구파일방 중에서 일곱 곳의 비급이 나왔다. 오대세가 중에서도 세 곳의 비급이 나왔다. 그리고 유명한 다른 정파의 비급도 몇 권 나왔다. 모든 비급을 꺼내고 나자 상자의 밑바닥에 얇은 편지가 한 장 발견되었다.

사람들은 무슨 내용인가 싶어 조심스럽게 편지를 펼쳐 보았다.

도둑질을 당하고도 그 사실을 모르게 하는 것. 그것이 진정한 도둑질의 최고봉이다. 나 무영신투 도권중은 구파일방, 오대세가, 그리고 몇몇 잡파의 비급을 훔쳐 그것을 위조했다. 원본은 내가 가지고 사본을 제자리에 돌려놓았으나 아무도 그 사실을 눈치 채지 못했다. 이는 내가 무림정파를 통째로 훔칠 능력이 있음을 증명하는 것이다. 내가 바로 무림지존이니라.

주유성이 편지를 보고 평했다.
"오만방자한 도둑놈이네."
사람들은 더 심각한 문제를 생각하고 있었다. 공동일검이 믿어지지 않는다는 듯이 말했다.
"이것이 진품이고 우리가 가진 것이 가짜?"

第七章

살막은 철저하게 박살났다. 청허자와 취걸개가 이끄는 무림맹의 전투 부대가 살막의 새로운 총단을 습격했다. 살막의 살수들은 검을 들고 저항했지만 암습이 특기인 그들이 정면 대결에서 무림맹의 상대가 될 리가 없다.

공동파로부터 연락을 받은 무림 각파에서 사람들이 먼지 나게 달려왔다. 거기에는 살막을 때려잡으러 갔던 무림맹의 청허자, 적명자, 취걸개 등도 포함되어 있었다. 그동안 공동파에는 긴장감이 감돌았다.
아무리 비급이 좋아도 구파일방 중 하나인 공동파가 지키는 곳에 도둑질하러 들어오는 놈은 없다. 경계가 허술할 때라면 무영신투 정도 되는 도둑이 어떻게 할 수 있지만 지금은 완전히 비상이 걸린 상태다. 공동파는 이 비급 중 하나라도 잃어버리면 그 대가를 치를 자신이 없다.

그래서 필요한 사람들이 다 찾아오고 나자 공동파의 사람들은 내심 안도의 한숨을 쉬었다.

책임자들이 와서 자기네 비급을 찾아가자 새로운 문제가 생겼다. 비급이 포함되지 않는 문파 출신들이 문제를 제기했다. 그 대표주자가 청성의 적명자였다.

"이건 아무래도 이상하군요. 우리 청성의 비급은 없다니."

무당의 청허자는 그 생각을 이해할 수 없다.

"비급이 여기 없다면 도둑맞지 않은 것이니 더 좋지 않소?"

"흥! 정말로 도둑맞지 않았다면 그렇지요. 하지만 만약 우리 청성의 것이 빼돌려졌다면?"

"모두 눈을 부라리며 지켰다 들었소. 어떻게 빼돌릴 수 있다는 거요?"

"아무도 보지 않을 때, 단 한 명이 비급 상자를 가지고 다닌 적이 있지요."

취걸개가 끼어들었다.

"적명자 장로, 지금 유성이를 의심하는 건가?"

"의심할 만하니까. 이건 모두 절세의 비급이오. 무인으로

서 탐내지 않는다면 그게 이상한 일. 나는 그자를 믿을 수 없소. 그는 허풍대협이라고까지 불렸던 자 아니오?"

적명자는 주유성이 싫다. 주유성과 얽혀서 청성이 이익 본 일이 거의 없다.

청허자가 혀를 찼다.

"쯧쯧. 그는 이 비급들을 찾아온 사람이란 말이오. 적명자 장로, 말이 심하구려."

"사안이 중요하니 추측만으로 넘어갈 수는 없지요. 나는 그를 불러 따져 봐야겠군요."

적명자의 말에 몇 명의 각파 고위 인사들이 동의했다. 그들도 자기네 비급을 챙기지 못한 사람들이다.

청허자는 슬슬 짜증이 났다.

"허참. 아무리 비급이 중요하다고 하더라도 사람이 은혜를 알아야지."

그의 험한 말에도 적명자는 물러서지 않았다.

'그놈을 불러오기만 하면 옭아매 주지.'

"작은 은혜로 따지기에는 사안이 너무 크군요. 일단 불러서 확인합시다. 나는 믿지 못하겠으니."

주유성이 불려오자 간단한 공치사가 오고 갔다. 그리고 나서 적명자가 따지기 시작했다.

"주유성, 너는 틀림없이 네가 찾은 비급들을 전부 다 가져온 것이렷다?"

"거 그렇다니까 참 안 믿네요. 동굴 뒤져 봤잖아요."

"너는 기관에 해박한 자다. 어느 기관에 숨겨뒀을지 모른다. 그것이 아니라면 왜 우리 청성의 비급이 없단 말이냐?"

"나 원 참. 도둑질 안 당했으면 다행이지 그런 걸로 시비를 걸어야 돼요?"

"흥! 도둑질당한 것을 또 도둑질당했는지 어찌 알까."

주유성이 인상을 썼다.

"나보고 도둑놈이라는 거예요?"

하남십대상인 주진한의 아들인 주유성은 주인 있는 물건을 훔치는 짓은 절대로 하지 않는다.

"보물을 보면 욕심이 생기는 법이지."

주진한이나 당소소가 적명자의 말을 들었다면 박장대소를 하고도 남을 일이다. 적명자는 이 게으름뱅이를 잘 모른다.

"아, 이거 자존심 상하네. 내가 겨우 비급 정도에 도둑질을 할 놈으로 보여요? 나는 상인이라고요. 그리고 가전무공도 다 못 익혔는데 그런 건 빼돌려서 뭐 하게요?"

주유성은 필요할 때는 망설이지 않고 상인의 탈을 쓴다.

"흥! 그것까지 내가 알아야 하겠냐?"

"흥흥! 내가 하지 않은 짓을 증명할 필요도 못 느끼겠네요. 책 찾아줬더니 도둑놈 취급이나 하고 있어. 괜히 찾아줬네. 그냥 놔두는 건데."

주유성의 말에 이번에 책을 찾은 사람들이 나서서 둘을 말렸다.

"어허, 적명자 장로. 그가 책을 찾아줬으니 우리 문파에 큰 은혜를 입힌 것 아니겠소? 그러니 우리 화산을 봐서라도 그를 핍박하지 마시오."

"그렇소, 적명자 장로. 그는 그럴 사람이 아니오."

사람들이 나서서 주유성의 편을 들자 적명자는 발끈했다.

'어디, 이 이야기를 듣고도 이놈의 편을 들 수 있는지 두고 보자.'

"그런데 주유성, 너는 학문이 아주 높다지? 머리가 좋다며?"

"난 그냥 흔한 바보예요. 학문도 낮고 머리도 나빠요."

주유성이 이렇게 나오면 적명자가 곤란하다.

"어디서 감히 거짓을 말하느냐. 너는 머리가 좋다고 유명한 자다. 그런 네가 저 비급들을 한번씩 읽어봤다면 어떻게 될까? 너는 분명히 그 일부를 외울 수 있을 거다. 그렇지?"

적명자의 말에 사람들의 안색이 바뀌었다. 사실이라면 자신들의 비급의 중요 부분이 유출될 수 있다는 뜻이다.

청허자가 조심스럽게 질문했다.

"주 소협, 적명자 장로의 말이 사실인가?"

"쳇! 내가 그런 책을 읽어봐서 뭐 하는데요?"

적명자가 호통을 쳤다.

"이놈! 무인으로서 이런 비급의 내용을 보고 싶은 욕심이 없다면 그것이 더 말도 안 되는 소리지!"

"아, 진짜. 나 상인이라니까 자꾸 그러시네."

아직 상인의 탈을 쓴 게으름뱅이는 좀처럼 본색을 드러내지 않았다.

적명자는 이제 기세가 등등하다.

"그래도 정신을 차리지 못하고! 누가 네 말을 믿을까!"

주유성이 짜증 가득한 소리로 외쳤다.

"바보예요? 내가 내용을 읽어서 빼돌릴 거였으면 왜 그걸 꺼내와요? 잘 숨겨뒀다가 나중에 조용히 찾아와서 읽지. 아무도 관심 갖지 않을 무덤이 될 텐데!"

취걸개가 환해진 얼굴로 말했다.

"그렇지! 맞는 말이야. 유성이 이 녀석이 만약 비급의 내용을 훔쳐 낼 작정이라면 처음부터 책을 내놓지 말아야지."

적명자는 당황했다.

"차마 그대로 챙기기에는 부담스러웠을지도 모르오. 용기가 없었을지 몰라. 간이 작은 자는 큰일을 못하는 법이지."

"미치겠네. 내가 가전무공도 다 못 익혔는데 남의 비급 읽어서 뭐 할 것이며, 그걸 읽어보면 문제가 된다는 걸 뻔히 알면서도 책을 뒤적일 만큼 머리가 나쁘지도 않아요. 내가 미련해서 정말 남의 비급을 열어볼 정도라면 그런 머리로는 내용을 하나도 외우지 못했을 테니 여전히 문제가 되지 않고요.

그렇지 않아요?"

적명자는 자신이 말발에서 밀린다는 것을 느꼈다.

"궤, 궤변이다!"

"궤변은 누가 하고 있는데. 난 읽지 않았어요. 읽을 필요가 없거든요. 비급을 찾아줬더니 읽고 외운 건 아니냐고 따지다니. 개 눈에 똥만 보인다더니. 무슨 사파도 아니고 다들 왜 이래?"

주유성은 슬슬 기분이 상했다. 남의 문파 비급들을 챙겨줬더니 의심만 잔뜩 하고 있다.

적명자가 발끈했다.

"네 이놈! 감히 예가 어디라고 말을 함부로 하는 게냐!"

적명자에게서 강력한 기세가 일어 주유성을 압박했다.

그런 수법이 주유성에게 통할 리 없다. 기세를 흘려버린 주유성은 새끼손가락으로 귀를 파며 적명자를 무시했다.

주유성은 자신에게 하등 쓸모없는 비급을 넘겨주면 각 문파가 고맙다고 은자라도 좀 챙겨주지 않을까 하는 기대를 하기는 했다. 그러나 그건 작은 보상을 바란 것일 뿐 특별히 욕심을 낸 건 아니다.

그런데 지금 분위기로 봐서는 은자는 고사하고 잘못하면 욕을 바가지로 먹을 상황이다. 그래서 기분이 더 나빠졌다.

'역시 무림 일에는 손대는 게 아닌데.'

주유성의 말마따나 잃어버린 책을 찾아줬더니 오히려 그

짧은 시간에 외운 건 아니냐고 따지고 드는 것은 사파나 할 짓이다. 취걸개가 즉시 나서서 상황을 정리했다.

"자, 얼토당토않은 소리는 그만 합시다. 주 공자에게 신세 진 문파가 많은데 그를 핍박하면 좋은 결과를 보지 못하니까. 사람들이 고마우면 고마운 줄 알아야지."

"그가 비급을 읽었을 위험성은 엄연히 존재하거늘!"

"그거야 비급 받은 문파들이 알아서 할 일이지. 청성이 뭐라 할 사안은 아니니까."

취걸개의 입담은 무섭다. 그 말을 듣자 적명자는 대꾸할 말이 없었다. 확실히 청성의 비급은 없다. 그렇다면 손해 본 것도 없으니 따질 것도 없다. 적어도 청성은 여기서 권리를 주장할 수 없다.

정작 비급을 돌려받은 문파들은 주유성에게 무척 큰 고마움을 느끼고 있다. 비급을 빼돌리지 않고 대가없이 돌려준 것 때문이다. 그들이 사파도 아닌데 주유성에게 억지를 부리며 따질 리가 없다.

적명자가 속으로 이를 갈았다.

'주유성 이놈! 두고 보자! 이대로 끝내지는 않겠다!'

주유성은 이제 그대로 집으로 돌아가고 싶다. 집에 가서 다시는 서현 바깥으로 기어나오지 않고 싶다. 특히 무림맹에는 다시는 가고 싶지 않았다.

하지만 청성이 자꾸 시비를 걸었다. 그는 결국 무림맹에 가서 시비를 가리기로 했다.

무림맹에 왔다고 해서 주유성에게 불리한 일이 생길 리가 없다. 검성은 강호의 도의가 땅에 떨어졌다고 한탄을 했고 그 소리에 적명자는 얼굴을 들지 못했다.

오히려 비급을 찾은 문파의 사람들이 연일 주유성을 찾아와 고맙다고 인사를 했다. 그들은 주유성에게 도울 일이 있으면 언제든지 이야기하라고 당부까지 했다.

그런데 주유성이 먹을 것을 좋아한다는 소리를 듣고 진귀한 음식을 선물로 가져오는 사람들은 많이 있었다. 하지만 돈을 가져오는 사람은 하나도 없었다.

다들 명문정파라서 대가로 돈을 주는 것에 조금 껄끄러움을 느낀다.

더구나 주유성은 오협련 사건을 처리하고 돈을 받지 않는 훌륭한 자라는 헛소문이 퍼졌다. 심지어 무림맹주가 회의 시간에 '그런 올바른 생각을 가진 젊은이에게 대가로 돈을 준다면 그것이 오히려 모욕하는 일' 이라는 이야기를 잡담처럼 슬쩍 흘렸다. 주유성이 배부르지 못하게 방해하려는 무림맹주의 수작이다.

그런 여러 이유로 인해서 명문정파의 사람들은 비싼 요리는 가져와도 돈은 아무도 챙겨주지 않았다.

그래서 주유성은 수중에 땡전 한 푼 없었다.

"쳇! 한몫 챙겨서 평생 놀고먹으려고 했더니 말짱 도루묵이네. 이놈의 팔자는 어째 돈이 모이지가 않냐."

그가 벌었던 돈을 다 모았으면 중원의 거부가 부럽지 않은 액수다. 하지만 모두 사람들에게 풀어버린 그는 그 사실은 까먹고 당장 수중에 돈이 없음만 아쉬워했다.

"아무한테나 빌붙어서 요릿집이나 가자고 해야지."

그가 말만 하면 진수성찬을 대접할 사람은 많다. 주유성은 요새 그 맛에 빠져 있다.

     *   *   *

천마가 으르렁거렸다.

"뭐가 어쩌고 어째? 무영신투의 보물 창고에서 무공비급들이 나와?"

마뇌가 머리를 조아렸다.

"죄송합니다. 저도 방금 보고를 받았습니다."

대부분의 정보는 마뇌를 거쳐 천마에게 전해진다. 하지만 이렇게 유명한 이야기는 직접 전해지기도 한다. 그리고 마뇌는 아직 대책을 마련하지 못했다.

"마뇌, 그곳에 있는 보물은 모두 회수했다고 하지 않았나? 그러니까 안심하고 함정으로 써도 좋다며?"

"죄송합니다. 설마 그런 것이 있었을 줄은 몰랐습니다."

천마가 소리를 버럭 질렀다.

"죄송? 이게 죄송하다고 하면 다인 일인가! 마뇌, 무슨 일을 이따위로 처리해!"

"뭐라 드릴 말씀이 없습니다."

"더구나 그놈들, 아무도 안 죽었다며? 그 독 연기에 여럿 죽어줘야, 그래야 그것이 사황성의 함정이라고 생각할 거 아냐? 더구나 그게 값이 얼마짜린데!"

"그건 대업에 비하면 작은……."

"그놈들이 피해가 없는 바람에, 그리고 비급들을 찾은 덕분에 우리가 설치한 함정까지 무영신투의 짓으로 착각하고 있다고 보고받았다. 사황성의 흔적처럼 만들어놓은 것들은 아무도 주의 깊게 보지 않고 있다며?"

"그렇습니다. 죽을죄를 졌습니다."

"마뇌! 그럼 함정만 하나 날리고 귀한 독도 날리고, 비급들도 잔뜩 날리고, 그러고도 우리가 얻은 것은 아무것도 없잖아. 무림맹 좋은 일만 시켜줬군. 이 일을 어떻게 할 건가?"

마뇌는 대책을 내놔야 한다. 그는 언제나 대책을 가지고 있었다. 하지만 지금은 마땅한 대책이 생각나지 않는다. 참모들과 회의를 하지 못한 때문이다. 하지만 회의할 시간이 없다.

"죄송합니다. 시간을 잠시만 주시면 꼭 대응 방안을 준비하겠습니다."

천마가 마뇌를 물끄러미 바라보며 눈살을 찌푸렸다.

"마뇌, 옛날 같지 않아. 예전엔 언제나 대책을 곧바로 내놨잖아. 이제 마뇌도 늙은 건가?"

마뇌는 뜨끔했다.

'겨우 한 번을 가지고. 역시 교주다운 성질이군.'

하지만 그걸 내색할 만큼 미련하지는 않다.

'지금은 그저 욕을 먹고 감수할밖에. 뭔가 보상할 만한 사건을 구상해 내야 한다.'

"다음부터는 이런 일이 없도록 하겠습니다."

천마가 인상을 쓰며 투덜댔다.

"그 아까운 비급들, 정파의 진짜 비급이 그만큼 있으면 무림제패에 얼마나 큰 도움이 될 텐데. 아, 이번 일도 그 주유성이라는 놈 때문이라며?"

"예. 이번 일로 일절이 늘어 삼절서생이라 불리고 있습니다. 그자가 기관 해체에 대단한 재주를 가지고 있어 우리 일이 실패했습니다."

천마가 살기를 품었다.

"주유성. 주유성. 삼절서생 주유성. 잊지 않겠다."

두 사람의 대화를 보고 있던 마교의 장로들이 눈을 서서히 빛내고 있었다.

'마뇌가 실수했군. 오래 기다렸다.'

'교주의 머리 역할을 대신한다는 마뇌도 그 한계가 보이고 있어.'

'기회다. 교주가 마뇌의 능력을 의심한다면 그 신뢰를 무너뜨릴 말을 잔뜩 만들어서 불어넣어 주지.'

*   *   *

무림삼대 살수단체 중 하나인 살막이 사라졌다. 도망간 것이 아니라 무림맹에게 걸려서 박살이 났다. 살수 단체가 정면대결로 정식 무림 단체를 상대할 수는 없다. 더구나 상대가 무림맹이라면 말할 것도 없다. 무림맹은 고사하고 구파일방 중 하나에게만 정체를 들켜도 무림삼대 살수단체 정도는 그 즉시 박살난다.

살막에 원한을 가진 무림인은 많다. 그들은 살막이 멸문당했다는 소식을 듣고 박수를 쳤다.

"무림맹이 이번에 한 건 제대로 했어."

"그러게 말이야. 삼대살수문파 중 하나를 없애다니. 대단한 일이지."

"그런데 자네 그거 아는가? 이번 일에 삼절서생 주유성이 개입했다더군."

"삼절서생이?"

"그렇지. 살막이 삼절서생을 습격했는데 실패를 했다고 하지."

"실패했다고 해서 멸문을 당해? 삼절서생 정도의 무공을 가진 자에게 살수를 보내봐야 얼마나 보냈다고? 살수 몇 잃어도 멸문당하지는 않을 텐데?"

"그게 아니라 삼절서생이 그 습격을 거꾸로 이용해서 살막의 위치를 알아냈다는 거야. 그 방법은 나도 모르겠지만 하여간 그렇게 했다더군."

"오, 그거 대단한데? 보통은 살아남기도 급한데 그런 것까지 알아내? 역시 머리가 좋은 삼절서생이군."

"그렇지? 그 알아낸 정보가 정확했다나 봐. 무림맹이 살막을 확실히 박살 낸 것만 보면 알 수 있잖아. 살막도 조금쯤이야 살아남았겠지만 그렇다고 해도 이제는 삼류 살수 문파가 된 거지 뭐."

"하하. 무림맹 군사가 걱정되겠어. 그러다가 자기 자리를 걱정해야 하는 거 아냐?"

"어디 그뿐인가. 이미 무림맹에서 그를 상당히 우대한다는 소문이야. 무림맹주도 가볍게 대하지 않는다던데?"

"대단해. 삼절서생은 무림맹을 위해서 큰일을 할 인물인가 봐."

"어디 무림맹뿐인가? 정파무림을 위해서 아주 열심히 뛰고 있다는 소문이 파다하다네."

그 시간에 정파무림을 위해서 아주 열심히 뛰고 있다는 소문이 파다한 주유성은 무림맹주 전용 숲 한가운데의 정자를 차지한 채 뒹굴고 있었다.

*   *   *

사황성주 혈마가 심각한 얼굴로 말했다.
"살막이 당했다고?"
총관이 대답했다.
"그렇습니다. 우리가 의뢰한 주유성 암살을 실패한 것이 원인이 된 듯합니다."
"또 주유성. 이제 그 이름만 들어도 지겹군. 요새 큰 사건에는 빠지는 법이 없구나."
"공식적으로 그의 신분에 대해서 아무런 발표도 없지만, 그간의 일을 보면 역시 무림맹의 핵심 인물이라고 할 수 있습니다."
"그렇겠지. 그나저나 살막이 당한 건 충격이군. 뭐, 어차피 우리가 직접적인 영향력을 행세하는 곳이 아니라 별상관없지만. 그놈들은 돈만 주면 아무다 다 죽이니 조금 껄끄럽기는 했어."
총관이 맞장구를 쳤다.
"정사대전이 벌어지면 혈막이나 독살문에 의뢰하면 그만입니다. 손해는 없습니다."
"하여간 주유성 그 인간은 청부 살인으로 없애기는 어렵겠군. 한 번 건드렸다고 청부한 곳까지 없애는 걸 보면."

"아무래도 가풍인 것 같습니다."

"가풍?"

"조사 결과에 의하면 그의 아비인 금검이라는 자가, 젊었을 때 청부해 온 살수 문파에 역으로 의뢰를 걸어 멸문시켜 버렸다고 합니다. 그 때문에 황금을 검 대신 휘두른다는 금검이라는 무림명을 얻었습니다."

"대단한 집안이군. 역시 살수 정도로 제거하는 건 어려워. 하긴 그렇게 해서 될 놈이면 걱정할 필요도 없었지. 그런 놈은 전면전이 벌어지면 그때 우리 아이들을 보내서 직접 제거하는 것이 제일이야."

"그렇습니다. 그때까지는 두고 보시는 것이 낫습니다. 기회가 오면 확실히 쳐서 제거해야지요."

* * *

살막은 무림삼대 살수단체 중 하나다. 이제는 하나였다고 표현한다.

총단이 전멸당한 살막은 더 이상 살막이 아니다. 청부를 받아 무림을 암약하던 살수들 중 상당수는 총단이 사라지자 자신들이 살길을 찾아 도망쳤다.

살수들이 임무를 수행하지 않고 도망가면 살막의 추살대

가 따라붙는 것이 일반적이다. 하지만 총단이 날아가면서 추살대도 전멸했다. 그 사실을 깨달은 살수들은 자기 인생을 찾아 도망침에 있어서 조금도 주저하지 않았다.

모든 살막의 살수들이 도망친 것은 아니다. 명색이 무림삼대 살수단체다. 살막의 살수들 중 이십여 명이 뭉쳤다.

그들을 이끄는 것은 살막 막주의 아들이다. 그는 살막의 후계자였으며 실력이 뛰어난 살수다. 그를 따르는 살수들이 이십여 명이다. 그리고 그들이 원하는 것은 복수다.

막주의 아들 전대만은 무공이 높지만 무림명이 없다. 살수가 무림명이 붙을 정도로 정체가 드러났다는 것은 무림 최고의 자리에 올랐거나 죽을 날이 코앞에 닥쳤다는 것을 의미한다.

전대만이 부하들을 늘어놓고 조용히 말했다.

"저곳이 주가장이다. 조사한 바에 의하면 저곳의 주인은 하남십대상인 중 하나인 금검 주진한이다. 그리고 그의 아내는 사천나찰 당소소라는 여고수다."

"사천나찰이라고 하면 과거에 사천에서 무척 날리던 여자입니다. 그녀는 강합니다."

"그래 봐야 아줌마다. 아이를 낳고 집안일을 하다 보면 무공은 약해질 수밖에 없다. 더구나 등 뒤에서 찌르는 칼에 맞으면 아무리 고수라도 죽는다."

"알겠습니다."

"저 장원은 무가가 아니라 상가다. 무사들을 제법 보유하고 있다지만 그래 봐야 상가다."

"그런데 정보 수집을 담당하던 놈들이 다 죽어버려서 자세한 것을 알아내지 못했습니다. 그 사실이 부담스럽습니다."

"괜찮다. 상가에 있는 무사들의 실력은 일반 표사급 정도일 것이다. 그 무사들의 대장이 하남은검 진무경이다. 최근 들어 무림명을 겨우 얻은 자이니 그리 강하지는 않을 거다."

"그렇다면 막주님의 상대가 되지는 못합니다."

전대만은 이제 살막의 신임 막주다. 그 외에 승계권이 있는 사람들은 다 죽어버렸다.

"그러니까 저곳은 별로 강하지 않다. 고수가 세 명이지만 살수가 고수라고 해서 피한다면 우리는 무림삼대 살수단체가 될 수 없었지. 그리고 우리는 반드시 복수해야 한다. 왜 그런지 다들 알겠지?"

"저곳이 삼절서생의 집입니다."

전대만이 부하 살수들을 보며 엄숙히 말했다.

"그렇다. 우리를 친 것은 무림맹이다. 언젠가는 무림맹에게 복수하겠다. 하지만 당장은 어렵다. 우리가 당한 원인은 삼절서생의 세 치 혀 때문이다. 그러니 우리는 삼절서생의 집을 쳐서 모두 죽여 복수를 시작한다. 이것은 우리의 자부심이며 시작이다. 복수조차 하지 못하면 살막은 더 이상 살막이 아니고 아무도 우리를 무림삼대 살수단체로 보지 않는다. 하지만 이 작은 복수를 시작으로 우리는 다시 무림삼대 살수단체로 돌아간다."

"반드시 임무를 완수하겠습니다."

"좋다. 저런 곳은 보통 정문의 문지기가 경비하는 자의 전부이다. 대단한 무림 단체가 아니니 내부에 매복한 자는 없거나 있어도 한둘 정도일 것이다. 그러니 우리는 문지기를 먼저 처치하고 나머지를 차례차례 없앤다. 아침에 주가장에서 숨을 쉬는 것은 쥐새끼들밖에 없게 만들어라."

"존명."

"가라!"

막주의 명령에 따라 살수들이 몸을 어둠 속에 녹였다. 그들은 소리없이 은밀히 전진했다.

정문에는 두 명의 무사가 서서 잡담하고 있었다. 그들의 양옆에서 살수 두 명이 은밀히 다가섰다.

그들에게 삼류무사 정도는 아침 찬거리도 되지 못한다. 조용히 접근한 두 명의 살수가 동시에 주가장 무사들의 목을 향해 단검을 그었다.

"흐앗!"

"와앗!"

두 명의 무사는 기겁을 하며 몸을 뒤로 펄쩍 뛰었다. 그들은 자기들의 목을 노린 살수들의 공격을 급히 막았다.

두 무사 중 한 명은 급히 팔뚝을 들어 공격을 막았다. 그 결과 팔에 기다란 검상이 생겼다. 거기서 피가 뚝뚝 흘러내렸다. 다른 한 명은 어깨를 비틀어 공격을 막았다. 그 대가로 그의 어깨 역시 깊게 베였다.

그래도 그들은 살아남았다. 그들은 즉시 고함을 질렀다.

"적이다!"

두 명의 살수는 당황했다. 그들의 움직임은 은밀했고 공격은 치명적이었다. 실수는 없었고 이런 일을 한두 번 해본 것도 아니다. 겨우 문이나 지키는 무사에게 실패한 적은 없다. 하지만 실패했다.

주가장의 무사들은 당소소에게 무던히도 두들겨 맞으며 무공을 익혔다. 당소소의 특기가 암기를 날리는 것이다. 어디서 날아올지 모르는 암기에 고생한 그들은 살수 두 명이 접근하는 기척을 마지막 순간에 잡아낼 수 있었다. 그것이 그들을 살렸다.

살수 두 명은 즉시 후속 공격을 하려고 했다. 그러나 그것보다 주가장 무사들이 검을 빼는 것이 더 빨랐다.

무사 하나가 다시 소리를 질렀다.

"적이 습격한다니까! 다들 자빠져 자는 거얏!"

일반 살수 두 명은 무사들에게 성급하게 달려들지 못했다. 그들은 무사들이 자기들의 공격을 막아냈다는 것에 주목했다.

'만약 실력으로 막은 거라면 정면 대결은 필패다.'

그건 살막 막주도 같은 생각이다.

'두 명 다 우연일 수는 없다. 정문에 강한 놈이 배치됐다고 봐야 한다.'

"이미 들켰다. 습격한다. 담을 뛰어넘어!"

그의 명령에 이십여 명의 살수들이 일제히 담을 타고 넘었다. 정문에서 대치하던 살수 두 명도 마찬가지다.

겨우 한숨 돌린 두 명의 무사가 급히 문에서 떨어졌다.

"으아! 죽는 줄 알았다."

"조금만 기다렸다가 들어가자. 안에는 센 사람들이 많으니까 어떻게 되겠지."

살막의 나머지 살수들이 담을 타고 넘었지만 그들은 더 이상 전진할 수 없었다. 이미 곳곳에서 사람들이 우르르 튀어나오고 있었다. 복장은 다들 엉망이었지만 손에 검 한 자루는 확실히 들려 있었다.

진무경이 펄펄 날아 내려서며 소리쳤다.

"어떤 건방진 똥덩어리들이 감히 천하의 주가장에 핥아먹을 똥을 찾으러 들어왔냐!"

진무경은 밤이 외롭다. 그는 노총각이다. 인연이 닿지 않아 결혼을 하지 못했다. 긴긴 밤 잠 못 들고 외롭게 보내는 처지다. 그래서 '습격'이라는 고함 소리가 들리자 즉시 튀어나올 수 있었다.

살막 막주는 정신을 바짝 차렸다.

'고수다!'

"나이를 보아하니 네놈이 진무경이렷다? 경공 공부는 제법이구나."

막주는 패배에 대한 것은 조금도 생각하지 않았다. 그들은 무림삼대 살수문파의 생존자들이다. 상가의 호원무사들 정도는 단숨에 짓뭉개는 것이 정상이다.

막주가 진무경을 향해 몸을 날리며 소리쳤다.

"쳐라!"

막주의 검은 살수의 검이다. 단 일격에 승부를 보며 그 일격에 깃든 힘이 은밀하다.

그의 검이 뱀이 풀숲을 헤치듯 스르륵 날아갔다.

진무경이 크게 놀라며 자신의 검으로 빠르게 검격을 날렸다. 동시에 십여 개의 검의 잔상이 부챗살 펴지듯 촤라락 펴지다가 사라졌다.

그리고 그 마지막 부챗살에 막주의 검이 부딪쳐 튕겨 나갔다.

최고의 살수의 검은 두 번째 초식이 없다. 단 한 수로 상대를 죽이거나 아니면 자기가 죽는다. 막주가 사용한 것도 마찬가지다. 그는 뒤따르는 초식이 없었다. 제대로 된 것을 쓰려면 새롭게 자세를 잡고 검을 뻗어야 했다.

하지만 진무경이 쓴 분광검법은 쾌검이며 연환검이다. 진무경의 검이 자세가 안정되지 못한 막주에게 빠르게 뿌려졌다.
 막주가 즉시 몸을 뒤로 퉁겼다. 그의 앞으로 날카로운 검격이 몇 개나 스쳐 지나갔다.
 막주가 등에 식은땀을 흘렸다.
 "정말 고수로구나."
 진무경이 검을 눕히며 으르렁거렸다.
 "하남은검이라는 무림명을 투전판에서 딴 줄 알았냐?"
 둘 다 노닥거릴 시간이 없었다.
 살수의 살행은 원래 시간과의 싸움이다. 기다릴 때는 한없이 길게, 사람을 죽일 땐 눈 깜빡일 시간에 끝내는 것이 살수다. 하지만 싸움은 이미 길어지고 있다. 일이 이렇게 틀어진 것은 주가장에 대한 사전정보를 수집해 주어야 하는 자들이 모두 죽거나 도망간 때문이다.
 진무경도 여유는 없다. 주가장의 무사들이 살수들과 치열하게 싸웠다. 수적 우세를 앞세워 버티고 있지만 언제 누가 목이 달아날지 모른다.
 진무경이 막주에게 몸을 날렸다.
 '머리를 자르면 꼬리는 힘을 쓰지 못하는 법!'
 그의 칼날이 초승달처럼 가느다랗고 긴 반원을 그렸다.
 막주는 명색이 살막의 후계자다. 고수라고 함에 부족함이 없다. 일격필살의 검법이 정면 대결에서는 약점이 되지만 그는 어느새 반격의 시간을 번 후였다.

막주가 익힌 초식이 일격필살만이 있는 것은 아니다. 막주의 눈이 번쩍이며 검이 일직선으로 날았다. 그의 검이 진무경의 것과 충돌했다. 진무경의 반달이 흐트러졌다. 막주의 검이 진무경의 것을 타고 넘어 목을 노렸다. 일격필살만은 못하지만 꽤나 괜찮은 초식이었다.

"어딜!"

진무경이 분광검법의 절초를 곧바로 이어서 펼쳤다. 사방에서 날아오는 쾌검에 막주는 검을 회수하며 몸을 뒤로 뺄 수밖에 없었다.

막주가 주변을 재빨리 둘러보았다. 살막의 살수들이 주가장의 무사들에게 밀리는 감이 들었다. 그는 이를 갈았다.

"으드득! 주가장. 용담호혈이었군."

그때, 아름다운 여자 목소리가 쩌렁쩌렁 울렸다.

"오호호호! 어디서 굴러먹다 온 개뼉다귀들이 감히 우리 집에서 행패냐!"

옷매무새가 흐트러져 있고 얼굴까지 상기된 당소소가 눈살을 찌푸리며 하늘을 나는 듯한 절정의 경공으로 장내에 떨어졌다.

그녀의 목소리에 담긴 심후한 공력은 살수들에게 부담을 주었다. 가뜩이나 밀리는 편이던 살수들이 일제히 물러섰다.

양쪽의 세력이 검을 겨누며 대치했다.
막주가 앞으로 걸어나오며 말했다.
"계집은 사나이들이 싸우는 곳에서 깝치지 마라! 이건 사내대장부들의 일이다. 네 남편은 어디 갔느냐?"
막주가 사천나찰의 명성을 모를 리가 없다. 오히려 그는 강적을 나중으로 돌리고 싶었다.
'사천나찰보다는 금검이 상대하기 낫겠지. 아마 이 여자는 남편의 일에 감히 끼어들지는 못할 거야. 화를 참지 못해 혼자 덤벼든다면 제 실력을 낼 수 없을 테니 그것도 좋고.'
막주는 심하게 착각에 빠졌다. 그가 거느렸던 여자들에게 그는 왕이었다. 금검을 팔면 사천나찰이 물러설 거라고 생각했다.

사천나찰의 눈썹이 꿈틀거렸다.
"간이 배 밖으로 나온 놈이구나. 네 간을 뽑아서 갈아 마셔주마!"
당소소는 금검과 결혼한 후에도 무공을 익히는 것을 게을리 하지 않았다. 쌓아놓은 원한 중 어느 것이 나중에 위험이 되어 나타날지 몰라 그녀는 자신의 수련도 열심히 했고 무사들도 강하게 훈련시켰다. 놀고먹게 놔둔 것은 주유성뿐이다.
주진한이 열심히 무사들을 가르쳤을 리는 없다. 주가장 무사들의 강함의 팔 할은 당소소 덕분이다. 나머지 이 할은 진무경의 덕분이다. 제법 게으른 주진한은 방해나 되지 않으면 다행이다.

당소소가 막주에게 다가가며 싸늘한 목소리로 말했다.

"간을 내놔라!"

막주는 등골이 다 서늘해지는 기분이었다.

"구미호?"

당소소의 인내심이 툭 끊어졌다.

"이 새끼가!"

당소소가 막주를 덮쳤다. 막주가 내심 쾌재를 불렀다.

'흥분했군. 걸렸다.'

그는 모아둔 내공을 일시에 폭발시키며 검을 찔러 넣었다. 대단한 쾌검이고 피하기 곤란한 각도였다.

'비록 정면에서 펼치는 살수검이지만 흥분한 자에게는 뒤를 치는 것 못지않게 먹힌다.'

당소소의 눈이 더 날카로워졌다. 그녀가 가는 허리를 뒤로 젖히며 두 손을 와락 떨쳤다. 그녀의 소맷자락에서 수십 개의 암기가 튀어나왔다. 그녀의 손이 스쳐 지나가자 암기들이 앞으로 쏟아졌다.

막주의 얼굴이 창백해졌다.

'이렇게 되면 공격에 성공해도 이년에게 치명상을 입히기는 힘들다. 대신에 나는 벌집이 될 거야.'

그는 급히 자세를 낮추며 몸을 돌렸다. 그의 몸이 암기들을 피하며 부드럽게 회전했다.

막주의 뒤에 서 있던 살수 몇이 암기를 맞고 고꾸라졌다. 하지만 막주는 그것에 신경 쓸 틈이 없었다.

당소소가 소리를 질렀다.

"제법이구나! 이것도 막아봐라! 하앗!"

그녀의 손이 옷깃을 스쳤다가 떨쳐졌다. 그녀의 옷에 달려 있던 나비 모양의 장식이 날카로운 소리를 내며 날아왔다.

당문에는 나비 모양의 무서운 암기가 있다. 그걸 기억해 낸 막주가 경악성을 질렀다.

"흐억!"

그는 급히 나비를 향해 검을 휘둘렀다. 그러나 나비는 마지막에 나풀나풀 흔들리며 땅에 떨어졌다. 그건 정말로 나비 모양의 장식일 뿐이었다.

'함정?'

막주는 판단이 섬과 동시에 땅을 박차며 몸을 뒤로 날렸다. 그러나 이미 당소소가 바짝 다가온 상태였다. 목표를 잃고 있던 막주의 검을 당소소의 소맷자락이 휘감았다.

검사가 강적을 만나 검을 놓치면 죽은 목숨이나 다름없다. 그래서 막주는 검을 빼앗기지 않으려고 버둥거렸다.

당소소가 발끈했다.

"어쭈!"

그녀의 발이 막주의 단단한 하체를 걷어찼다.

"으악!"

막주가 비명을 지르면서 나뒹굴었다. 막주의 무릎이 반대로 꺾여 있었다. 검을 놓친 것은 물론이다.

당소소가 막주를 마구 걷어차며 부드럽게 말했다.

"어머나. 아무리 살수 놈들이 방어를 제대로 못한다고 해도 진짜 미련하게도 버티고 섰네. 이것들 삼류잖아?"

막주가 박살이 나는 것보다 삼류라는 말이 살수들을 자극했다. 살수들이 살기를 피웠다.

당소소가 한번 째려보더니 손을 휙 흔들었다.

"이것들이 어디서 살기를 날려! 죽을래?"

그녀의 손에서 파공성을 울리는 작은 암기 몇 개가 날아갔다. 살수들이 기겁을 하며 몸을 비틀었다. 그러나 암기들은 어느 하나 빗나가지 않고 살수들의 몸에 명중했다.

"으윽!"

훈련받은 살수들이 비명 소리를 억누르며 버텼다. 그러나 곧바로 몸을 부들부들 떨며 쓰러졌다.

다른 살수 하나가 놀라서 외쳤다.

"독! 이런 비겁한 년!"

당소소의 눈이 붉어졌다. 그녀의 몸에서 살기가 물씬물씬 솟아올랐다. 그녀는 늘어진 막주를 발로 툭 차서 진무경 쪽으로 굴렸다.

살수들은 기세등등한데 주가장의 무사들이 당소소를 보고

겁먹은 얼굴로 주춤주춤 물러섰다.
 당소소의 아름다운 목소리가 주가장을 울렸다.
 "다 죽었어!"
 당소소가 미친 듯이 날뛰기 시작했다. 그녀가 팔을 휘두를 때마다 살수들이 픽픽 쓰러졌다. 도저히 상대가 되지 않았다. 마침내 겁먹은 살수들이 슬슬 달아나기 시작했다.
 당소소가 뒤로 빠져 있던 주가장 무사들을 보며 날카롭게 소리쳤다.
 "몇 마리인지 다 세놨으니까 한 마리라도 놓치면 죽을 줄 알아!"
 주가장 무사들이 화들짝 놀라며 살수들을 추격했다. 그 뒤로 당소소가 펄펄 날아 쫓아가면서 암기를 날렸다.

 진무경이 식은땀을 닦으며 말했다.
 "휴우! 사모님을 폭발하게 만들다니. 부디 저 바보들의 희생으로 무사히 끝나기를."
 그는 자기가 잡고 있는 것이 무림삼대 살수문파 중 하나인 살막의 후계자임을 짐작도 하지 못했다.
 진무경의 곁에 주진한이 다가오며 말했다.
 "벌써 끝났네?"
 진무경이 주진한을 노려보았다.
 "이제야 나타나시다니. 싸움 끝난 후에 오시면 어떻게 합니까?"

"짜식, 이겼으면 됐지 그게 무슨 상관이냐?"

"아니, 늦게 나와놓고 옷은 또 왜 그 모양입니까? 좀 잘 챙겨 입고 나오셔야지요!"

"녀석 잔소리는. 그리고 무경아, 네가 총각이라서 잘 모르나 본데, 내 옷을 이렇게 만든 것은 소소란다. 네가 이걸 따지는 소리를 소소가 들으면 그녀가 많이 부끄러워할 거야."

진무경이 깜짝 놀라 입을 다물었다. 주진한이 느긋하게 덧붙였다.

"누굴 죽이고 싶을 만큼 부끄러워할지도 모르지."

진무경의 얼굴이 창백해졌다.

"하하, 사부님. 늦으실 수도 있지요. 여기 싸움은 이미 끝났습니다. 사모님이 직접 나서셨으니 나머지 놈들도 금방 처리가 될 겁니다. 들어가서 쉬십시오. 쓰러진 놈들은 제가 알아서 수거하겠습니다."

주진한이 진무경의 어깨를 탁탁 쳤다.

"그래. 수고 많이 해라. 에헴."

뒷짐까지 지고 느긋한 걸음으로 돌아가는 주진한을 보고 진무경은 뒷골이 당기는 것을 느꼈다.

"으윽. 이 나이에 사부를 바꿀 수도 없고."

* * *

주가장의 싸움 이야기가 무림에 퍼졌다.

"이보게, 소문 들었나? 금검 말이야. 그 집을 최근에 망한 살막의 생존자들이 습격했다는군."

"어허, 그런 큰일이! 그 죽일 놈들. 그래서 어떻게 됐나?"

"그런데 글쎄 살막이 전멸했다는군. 한 명도 도망가지 못했다고 하네."

"저런. 싸움이 아주 치열했나 보군. 그럼 주가장에서는 얼마나 죽었는데?"

"아무도 죽지 않았지. 싸움이 얼마나 일방적이었는지 금검은 검 한번 꺼내보지 않고 끝났다더군."

"역시 대단하군. 삼절서생의 집이라서 그런가?"

"하여간 금검의 집안을 습격한 살수들치고 멸문하지 않은 곳이 없다네. 금검이 젊었을 때도 살수 문파 하나가 습격했다가 멸문했다고 들었는데 이번에 또 그랬으니."

"살수 문파들이 기피하는 곳이 되겠어."

"뜨내기라면 모를까, 제대로 된 곳은 그런 손해 보는 청부를 절대로 받지 않겠지."

第八章

독원동이 무림맹주를 보고 말했다.

"그래서 우리 곡주님께서는 주유성을 이용해서 소기의 성과를 거두게 되면, 그 후에 무림맹에 대한 지지를 선언하겠다고 하셨습니다."

검성이 씩 웃었다.

"협상을 하시겠다? 북해빙궁은 결과와 상관없이 단지 빌려가는 것만으로 그런 대가를 약속했는데?"

독원동이 급히 말을 붙였다.

"대신에 성과를 보이는 즉시, 정사대전이 일어나기를 기다리지 않고 곧바로 무림맹에 대한 지지 선언을 하겠다고 하십니다."

"호오. 그렇게 되면 독곡 쪽에 너무 부담이 되지 않으려나?"

"감수하겠다고 하십니다."

검성이 잠시 계산을 했다.

'확실히 세외문파는 사황성의 영향력은 별로 받지 않겠지. 독물이 득실대는 동네라서 사황성에서도 함부로 공략하기 쉽지 않고. 그리고 독은 집단전에 효과가 좋으니 독곡의 지지를 먼저 받은 것만으로도 꽤 억지력이 생길 거야.'

"알았네. 그럼 그렇게 하지."

독원동의 얼굴이 환해졌다.

"감사합니다, 맹주님. 정말 감사합니다."

그는 가슴속에 들어 있던 만근의 쇳덩어리를 내려놓은 기분이었다. 이 일을 실패하면 독곡에서 완전히 찍히고도 남는다. 그러나 성공했으니 재기의 발판을 마련했다.

'주유성 그자가 일만 제대로 해준다면 내 위치는 반석에 올려놓는 게 될 거야.'

꿈에 부푼 독원동이 기쁜 얼굴로 맹주 집무실을 나갔다.

주변에 사람이 없는 것을 확인한 검성이 엎어져서 책상을 두드리며 환히 웃었다.

"크흐흐! 그 녀석이 이렇게 이익이 될 줄이야. 북해빙궁의 지지를 받아주고 무림맹의 이름으로 여러 정파의 비급 원본을 찾아주더니 이제는 독곡까지. 호박이 넝쿨째 굴러들어 왔구나. 크하하하!"

그리고 검성이 몸을 일으켰다.

"어디, 그럼 그 녀석을 한 번 더 부려먹어 볼까나. 이 게으름뱅이 녀석. 무림 평화가 올 때까지 부려먹어 주마. 일은 네가 다 하니 네가 바로 무림맹주다. 으하하하."

주유성은 슬슬 집에 돌아갈 짐을 챙기고 있었다.

무림맹에서 주유성에 대한 대접이 달라졌다. 주유성 덕분에 비급의 원본을 찾은 정파의 유수한 문파들은 그 고마움을 잊지 못했다. 하지만 그간의 일과 무림맹주의 수작에 의해서 주유성이 원래 부자라 돈을 받지 않는다고 소문이 돌았다. 진실이 밝혀지지 않았으니 아무도 금전적인 보상은 하지 않았다.

대신에 손님들이 끝없이 찾아왔다. 신분이 예사로운 사람은 없었다. 심지어는 거대 문파의 문주가 무림맹을 방문하는 경우에도 주유성을 찾아 차라도 한잔 나누고 갔다.

주유성처럼 젊은 무림인에게 유명한 무림명숙이 찾아와서 담소라도 즐기고 간다는 것은 큰 영광이다. 그렇게 안면을 늘려놓으면 나중에 도움도 받을 수 있고 또 사람들이 무시하지도 않는다. 보통 무림인이라면 여러모로 바라 마지않는 기회다. 그래서 많은 무림명숙들이 고마움의 표시로 주유성을 찾왔다.

　젊은 무림인들은 그런 무림명숙과의 한 번의 만남도 소중히 한다.

　주유성에게는 천만의 말씀이다.

　주유성 전속 시녀인 추월은 어깨가 으쓱해지고 콧대를 잔뜩 세웠다.

　추월의 앞에는 앵화와 사월이 뭔지 모르게 기가 죽어 서 있었다. 그녀들도 용봉각에 배치된 시녀들이다. 그리고 무림비무대회에서 주유성은 사실 허풍대협이라며 추월을 무던히도 놀리던 아가씨들이다. 그러나 이제 입장이 바뀌었다.

　추월이 쟁반을 들고 가며 말했다.

　"그래서 지금은 화산파의 장로님께서 찾아오셨거든. 아이 참. 우리 공자님이 하도 유명하시니까 나까지 너무 바빠지네. 귀찮아라."

　말은 그렇게 하면서도 그녀의 얼굴에는 뿌듯함이 넘쳐흐른다.

　앵화와 사월은 그런 그녀가 부럽다.

　'쳇. 미꾸라지인 줄 알았지. 미꾸라지가 용 될 줄 누가 알았나.'

　'잘해주는 것도 부럽고, 잘생긴 것도 부럽고, 찾아올 때마다 추월이만 부르는 것도 부럽고, 자주 찾아오는 것도 부럽

고, 다 부러워라. 아아! 내가 십번 방을 맡았어야 하는데. 예비 방이라서 피했더니. 억울해라.'

추월이 돈벼락까지 맞은 것을 알면 더 부러워하겠지만 그녀는 그걸 동네방네 떠들고 다닐 만큼 미련하지는 않다.

추월은 기가 잔뜩 살아서 탱탱한 엉덩이를 흔들며 주유성에게로 찾아갔다.

검옥월도 마냥 기분이 좋다. 그녀는 주유성이 유명해지는 것이 좋다. 유명해져서도 사람이 변하지 않고 여전히 자기와 놀아줘서 더 좋다.

'주 공자의 검술 실력이 알려지지 않는 것은 의외지만 무림인은 원래 자기 실력의 삼 할은 감추는 거니까.'

그녀는 주유성의 실력이 보통이 아님을 짐작한다. 하지만 어느 정도인지는 검 쓰는 것을 제대로 보지 못해 알지 못한다. 자신의 기준에서 나름대로 납득했다.

'검각에 있을 때에 비하면 여기가 극락이네. 하루하루가 너무 행복해라.'

검각과는 달리 무림맹에는 그녀를 뛰어넘기 위해서 질시하며 도전해 오는 사람이 없다. 설사 있더라도 상대를 안 하면 그만이다.

검각에 있는 사람들에게 산다는 것은 무공을 익혀 같은 연배의 상대를 뛰어넘어야 하는 치열한 경쟁이다. 그리고 남들보다 성취가 뛰어났던 검옥월에게 산다는 것은 동료들의 도전을 피해 더 높은 곳으로 달아나야 하는 괴로운 일의 연속이다. 그녀는 평생토록 기쁜 일이 별로 많지 않았다.

그러나 요새는 하루하루가 기쁘다. 주유성이 곁에 있어서 더 기쁘다.

'이런 게 바로 사람이 사는 거였어.'

그녀가 행복감에 젖어 주유성을 몽롱하게 쳐다보았다.

남궁서린은 기쁨과 초조함을 동시에 느끼고 있었다.

'아이씨. 주 공자님이 유명해지는 건 신나지만, 이러다가 다른 년들이 눈독을 들이면 어떡하지?'

남궁서린이 알기로도 몇 명의 여자가 주유성의 곁을 맴돈다.

'지금까지는 미모로 누르고, 가문으로 누르고, 이미 알던 안면으로 눌렀는데. 경쟁자가 많아지면 안 되는데.'

그녀는 무림명숙들이 자꾸 주유성을 찾는 것이 부담스럽다. 그러다가 혼담이라도 오갈까 겁났다.

'어떻게든 게으르다는 점을 강조해야 하는데. 그래야 빼앗기지 않는데.'

그래서 남궁서린은 여자들 사이에 주유성이 게으름뱅이라는 험담을 조용히 퍼뜨리고 다녔다. 이제 그건 알 만한 사람은 대충 아는 일이라 별로 효과는 없었다. 오히려 남궁서린이 주유성을 상당히 싫어하는 것 같다는 소문이 역으로 퍼졌다.

  그녀들과는 반대로 주유성은 환장할 지경이다.
  '아니, 무슨 손님들이 하루에 몇 번씩 찾아오나.'
  그는 정말 손님 접대가 귀찮아 죽을 지경이다.
  '안 되겠다. 집에 가야지. 기다려 봐도 돈 주는 사람은 하나도 없으니 그냥 집에나 가버리자.'
  주유성은 혹시 돈이라도 한몫 챙길까 하고 기다렸지만 이젠 그걸 포기했다.
  '여기 더 있어봐야 생길 것도 없으니 미련을 버리지 뭐.'
  무림맹은 음식도 공짜고 검옥월이나 추월, 간간이 남궁서린과 노는 것도 재미있다. 그래도 찾아오는 사람들이 만드는 귀찮음이 더 크다.
  짐을 챙긴다고는 하지만 그가 직접 하는 것은 거의 없다. 게을러서 그런 것도 잘 하지 않는다. 대신에 추월이 눈물을 글썽거리며 마른 음식들과 옷가지를 잔뜩 챙겨줬다.
  "공자님, 이제 가면 언제 오세요?"
  "안 올걸?"
  그 무정한 한마디에 추월이 훌쩍거렸다.
  "히잉! 내가 보고 싶지도 않아요?"
  주유성은 아무 생각 없이 대답했다.
  "니가 오던가."

추월이 반색을 했다.
"정말요? 그래도 돼요?"
"네 돈으로 네가 온다는데 누가 말리겠냐?"
추월의 얼굴이 확 밝아졌다.
"헤에. 알았어요."
검옥월은 입이 떨어지지 않았다. 하지만 추월이 하는 것을 보고 용기를 내 한마디 겨우 뱉었다.
"주 공자, 그럼 혹시 저도……."
"올 테면 와요. 사람들도 참. 그걸 뭐 허락받고 그래요?"

주유성이 떠나기 전날, 마지막으로 맹주 전용의 숲 속 정자에서 뒹굴었다.
"아, 여기 참 조용하고 좋았는데… 아무도 안 건드리고."
"허허허. 녀석, 그러면 계속 거기 있으면 되잖느냐?"
주유성이 몸을 일으켰다.
"싫어요. 무림맹은 귀찮게 하는 사람이 너무 많아요."
"녀석, 그걸 귀찮음이라고 말하는 건 너뿐일 거다."
"귀찮은 건 귀찮은 거예요."
"그런데 이걸 어쩌나. 귀찮은 일이 하나 더 생겼는데."
주유성이 인상을 있는 대로 썼다.
"그만큼 부려먹었으면 됐지 또 뭔데요?"
"녀석, 성질부터 내기는. 독곡에서 연락이 왔다. 네가 꼭 필요한 일이 있는데, 그것만 도와주면 우리 무림맹을 지지해 주겠다는구나."

"나 참. 독곡에서 나를 왜 필요로 한데요? 독은 지들이 더 잘 알면서? 나는 당문의 비전도 배우지 못했다고요."

"그걸 내가 알겠냐? 독이 아니라 다른 것 때문에 필요로 하는지도 모르지. 어쨌든 그들이 지지한다면 그건 사황성을 크게 압박하는 일이 되지. 마교도 압박할 수 있고."

"쳇. 겨우 독곡 하나 때문에."

"독곡은 겨우라고 말할 수 있는 곳이 아니란다. 그들의 독은 잘만 쓰면 큰 위력을 발휘해. 독곡의 독에는 당문과는 또 다른 맛이 있거든."

"그래도 독은 대비만 철저히 하면 얼마든지 상대가 가능해요. 당문이나 독곡이 무림을 지배하지 못한 거 보면 알잖아요."

"하지만 위험한 건 마찬가지야. 중요한 건 그들의 실제 전력이 아니다. 사황성이나 마교가 경거망동하지 못하도록 하는 힘이 된다는 거지. 너도 알다시피 정사대전이 벌어지면 얼마나 많은 사람이 죽을지 모르지 않느냐?"

"또, 또 그 소리. 무림맹에 인재가 그렇게 없어요? 다른 사람 보내면 되잖아요."

검성이 웃었다.

'너처럼 다재다능한 인재가 있으려고.'

"나도 다른 인재를 보내고 싶기는 하다. 하지만 독곡이 원하는 것은 너란다. 다른 사람이 아니고 콕 찍어서 너. 그러니 어쩔 수 없다."

"쳇! 지난번에 북해에 가서도 고생만 실컷 하고 한 푼도 남은 것이 없고. 쳇쳇쳇!"

북해는 주유성 덕분에 북해의 비밀을 풀고 북해의 별을 얻었다. 하지만 주유성의 수중에는 아직도 돈이 없다. 당장 집에 돌아갈 때도 푼돈 벌어서 여비로 삼아야 한다.

돈 이야기가 나오자 무림맹주가 씩 웃었다.

"독원동이 이번 일의 주체이니 그에게 뭘 좀 달라고 해보던가."

주유성의 마음이 살짝 동했다.

'가만있자, 독곡이라. 북해빙궁이 황금 이십 관을 내놓았단 말이야. 독곡은 얼마나 내놓을까? 빙궁만 한 세력이 아닐 수도 있으니 많이는 못 내놓을지도. 그래도 이름값이 있으니 황금 열 관? 아니지, 열 관도 많지. 한 관만 내놔도 평생 먹고 사는 데는 지장없지.'

잠시 생각하던 그가 고개를 저었다.

"그래도 귀찮아요. 너무 멀어요."

검성에게는 아직도 쓸 수가 남아 있다.

"그런데 네가 지난번에 살막을 없애달라고 한 것 말이다."

"네. 그건 고마워요. 잘 처리하셨다면서요?"

"그런데 살막의 살아남은 놈들이 네 집에 쳐들어갔다더구나."

주유성의 안색이 살짝 굳어졌다.

"그래서요?"

"뭐, 습격한 놈들 전원이 잡혔지."

"아니, 그건 당연한데 우리 집은 어떻게 됐냐고요."

"피해가 전혀 없었다고 하더구나. 대단하더군, 주가장."

"휴우. 다행이네요. 그런데요?"

"녀석아, 이번에는 운이 좋았다고 하지만 다음에도 그런다는 보장은 없지."

주유성의 얼굴에 경련이 일었다.

"아직도 남은 놈들이 있어요?"

복수를 마음먹은 자들은 전멸했고 남은 자들은 도망치기 바쁘다. 하지만 주유성은 그 사실을 모른다.

"그건 나도 모른다. 하지만 세상일이란 모르는 거지. 어떠냐, 내가 무림맹의 조직을 조금 움직여서 서현을 보호해 줄까?"

"협상을 거시는 거예요?"

"서운하구나. 내 성의 표시를 가지고 협상이라니."

"그럼 내가 독곡에 가지 않아도 성의 표시를 하실 거예요?"

"그럴 리가 있냐? 내 성의 표시는 네가 독곡으로 가주는 것에 대한 것인데."

"그럼 협상이네요. 쳇! 어떻게 보호해 줄 건데요?"

검성이 회심의 미소를 지었다.

"서현으로 향하는 수상한 움직임이 있으면 주가장에 즉시 통보. 서현에 첩보 담당자를 파견해서 동향을 감시하다 수상한 자들이 나타나면 주가장에 통보. 이 두 가지만 해도 어지간한 놈들은 탐지할 수 있다. 주가장의 이번 일 처리로 볼 때 그 정도만 하면 나머지는 알아서 해결하겠더군. 어떠냐?"

주유성은 독곡으로 가기 싫다. 독곡은 남만 독곡이라고 불린다. 남만은 중원의 바깥, 세외라고 부르는 곳 중 하나다. 북해만큼 멀다.

하지만 잘만 하면 생기는 것이 워낙 많다.

검성이 거기다 추가로 미끼를 던졌다.

"최고로 안락한 마차를 제공하마. 북해빙궁에서 제공했던 것 못지않을 거다."

마침내 주유성이 포기했다.

'그래. 한 번만 더 고생하자. 독곡을 쑤셔서 황금을 얻어오는 거야. 그리고 평생토록 서현 바깥으로는 나오지 말자. 아주 징하게 놀아야지.'

"알았어요."

주유성이 독원동을 보고 말했다.

"내가 필요하다고 했다며?"

"예, 형님. 형님의 도움이 꼭 필요합니다."

"형님 소리 또 하면 죽는다 그랬는데 이게 아직도 정신을 못 차렸네. 내가 왜 니 형이냐?"

"넵, 대협! 대협의 도움이 꼭 필요합니다!"

"무슨 일인데?"

독원동이 난처한 듯 머리를 긁적거렸다.

"그건 저도 잘 알지 못합니다. 우리 독곡의 중요한 문제라고만 들었습니다."

주유성의 인상이 나빠졌다.

'이놈이 협상을 할 권한은 가지고 있는 거야?'

"그럼 얼마 내놓을 거냐?"

"네?"

주유성이 탁자를 탁탁 쳤다.

"얼마 내놓을 거냐고. 감히 날 공짜로 부려먹겠다는 건 아니지?"

독원동이 당황했다.

"저, 형님은 돈 문제에 초탈하시다는 소문이······."

"이게 어디서 헛소문을 들먹여? 돈 내놔. 황금이 아니면 나는 안 움직인다."

"저, 저기, 그럼 얼마나 원하시는지 언질이라도 좀 주십시오."

주유성이 미소를 지었다.

"북해빙궁은 황금 이십 관을 내놨다."

독원동의 턱이 떡 벌어졌다.

'미친놈. 황금 이십 관이 뉘 집 개 이름인 줄 아나? 네가 그런 황금을 받아왔으면 왜 빈손으로 무림맹에 돌아왔는데? 이게 나를 봉으로 보나?'

하지만 생각 그대로를 말로 옮길 수는 없다.

"북해빙궁은 원래 부자입니다. 북해는 돈이 되는 진귀한 것들이 많이 나는 곳입니다. 하지만 우리 독곡은 가난합니다. 주변도 모두 가난하고 우리 곡도 가난해서 그런 황금은 도저히 구할 수가 없습니다."

주유성이 남만의 경제 문제까지 공부한 적은 없다. 그는 상당히 학문의 넓이가 좁은 놈이다. 독곡이 가난하다니 그런가 보다 할 뿐이다.

"그럼 얼마나 줄 건데?"

독원동이 재빨리 머리를 굴렸다.

'떠넘기자. 데려가는 게 우선이다.'

"제가 결정할 수 없는 일입니다. 하지만 독곡에 가셔서 일을 처리해 주시면 곡주님이 서운하지 않게 챙겨주실 겁니다. 곡주님이 그래도 손이 제법 크신 분입니다."

주유성이 잠시 생각했다.

"하긴. 독이나 함부로 흘려서 민폐나 끼치는 네까짓 녀석이 무슨 권한이 있겠냐?"

독원동은 욱하고 치미는 것이 느껴졌다. 하지만 그가 독을 잘못 다뤄 사람들을 중독시킨 것도 사실이고 권한이 없는 것도 사실이다. 그리고 그는 주유성이 필요하다.

'이 녀석을 이용해서 내 위치를 높이는 것이 우선이다. 참자, 참아.'

독원동이 웃어주며 말했다.

"대신에 독곡에 가시는 동안에는 최대한 편의를 제공하겠습니다."

그는 독곡의 이름으로 무림맹에서 돈이라도 좀 빌릴 궁리를 했다.

주유성이 피식 웃었다.

"그럼 대충 아무 데서나 먹고 자게 하려고 했냐? 난 최고가 아니면 안 먹어. 돈 넉넉히 준비해라."

주유성이 주가장이 아니라 독곡으로 떠난다고 하자 추월이 냉큼 달라붙었다.

"집에 가시는 게 아니라면 공자님 챙겨줄 사람이 필요하잖아요."

"괜찮겠냐? 독곡은 멀다."

"괜찮아요. 제가 이래 봬도 무림맹 소속이라고요. 기본적인 무공은 익히고 있어요."

그녀가 익힌 무공 수준은 정말 보잘것없다. 하지만 여행의 험함을 버틸 체력은 있다.

추월이 붙자 검옥월도 은근슬쩍 따라붙었다.

"저도 중원 유람이 좀 하고 싶었어요."

"독곡은 중원이 아닌데."

검옥월이 째려보는 듯한 눈매로 웃었다.

"어차피 유람인데 거기까지도 가보죠 뭐. 제가 검각에서 무공만 수련해서 놀아보지를 못했거든요."

그렇게까지 말하는데 싫다고 할 만큼 매정한 주유성이 아니다.

"어차피 내 돈도 아닌데 어때요. 그럼 같이 가요."

남궁서린은 다른 방법을 썼다. 그녀는 자기가 주유성에게 직접 부탁하면 잘 안 될 가능성이 높다고 예상했다. 그래서 그녀는 독원동을 잡았다.

독원동은 거절할 수 없었다.

"고맙습니다, 남궁 소저. 이렇게 큰돈을 빌려주시다니."

"뭘요. 주 공자님이 여행을 하시는데 돈의 부족함을 느끼시면 안 되잖아요. 다만 이자는 약속대로 꼭 챙겨주세요. 호호호."

"물론입니다. 곡에 도착하기만 하면 즉시 갚아드리겠습니다."

주유성이 북해에서 타고 온 말은 남만까지 가기 어렵다. 그의 말은 북해의 추운 지방에서 활동하던 놈이다. 너무 남쪽까지 가는 것은 말에게 못할 짓이다.

그래서 주유성은 그 말을 무림맹의 마구간에 맡겨두었다. 말이 서운한 듯 푸드덕거렸다.

그 대신에 무림맹에서 제공받은 마차를 탔다. 네 마리의 말이 끄는 마차는 꽤 안락했다.

장거리 여행을 위해서 마부를 고용하려면 돈을 많이 줘야 한다. 또한 마부 한 명이 먹고 자는 비용도 감수해야 한다.

독원동은 그런 곳에 낭비할 돈이 없었다. 이미 예상보다 인원이 늘어 여행 경비에 여유가 없다. 주유성이 고급으로만 먹겠다고 했으니 싼 음식으로 때우며 절약하는 것도 불가능하다.

그래서 독원동이 직접 마부석에 앉았다.

'내가 이걸 몰면 조금이라도 미안해하겠지. 그럼 나에 대해서 좀 좋게 보지 않을까? 혹시 독공을 다시 살려줄지도.'

주유성을 모르고 하는 소리다. 주유성은 독원동이 과거에 사람들을 중독사시킬 뻔한 일을 잊지 않고 있다.

"야! 독원동! 마차 흔들리잖아. 좀 조심해서 못 몰아?"

독원동은 자진해서 마부가 됐음에도 욕만 실컷 먹으며 마차를 몰았다.

마차는 서현을 거치지 않았다. 그것이 검성이 독원동에게 신신당부한 일이다. 그리고 그가 직접 주유성에게 내건 조건이다.

"주유성 네 녀석은 서현에 도착하면 그냥 눌러앉을 놈이야. 그러니 절대로 그쪽을 거치지 말고 곧바로 독곡으로 가."

검성의 깊은 눈은 이미 주유성에 대해서 꽤 많은 것을 파악한 상태다.

독곡에 점점 다가갈수록 기후는 더워졌다. 그리고 그만큼 주변의 수풀이 울창해졌다. 객잔에 들러도 나오는 것이 푸짐했고 사람들의 손이 컸다.

주유성이 연신 감탄을 했다.

"세상에. 요리에 이 비싼 재료들이 아낌없이 사용되는구나."

독원동이 자랑스럽게 말했다.

"우리 지방은 곡식이 잘 자라고 가축이 많습니다. 식량이 풍부하니 자연히 음식 재료로 훌륭한 것을 사용하지요."

주유성이 독원동을 힐끗 쳐다보며 말했다.

"야, 독원동. 독곡은 가난해서 돈이 없다며?"

독원동은 내심 뜨끔했다.

"식량은 많은데 곳곳에 독물이 넘쳐나서 상업이 발달하지 못했습니다. 돈을 벌 방법이 없으니 그저 자급자족으로 만족하는 정도지요."

"믿어도 되냐?"

독원동이 가슴을 탕탕 쳤다.

"이 독원동! 믿어도 좋은 놈입니다!"

"그 말을 들으니 더 안 믿겨."

옆에서 추월이 주유성의 그릇에 요리를 얹어주며 말했다.

"공자님, 딱딱한 소리 그만 하고 이것 좀 드셔보세요. 이거 정말 맛있어요."

"쩝쩝. 그러네. 살살 녹는구나. 하하하."

검옥월은 아직도 추월처럼 엉겨 붙는 일은 하지 못한다. 그저 부러워하면서 음식을 깨작거렸다.

'이것도 맛있는데. 주 공자께 드리고 싶은데.'

거칠게 먹고 자란 그녀에게는 사실 맛없는 음식이 별로 없다.

추월의 행동은 남궁세가에서 귀하게 자라고 또 부끄러움까지 많이 타는 남궁서린으로서는 상상도 할 수 없는 짓이다. 그저 탁자 밑으로 주먹을 꽉 쥘 뿐이다.

'흥! 그래도 주 공자님은 학문이 높으시니 네 그 천박함을 좋아하시지는 않을 거야. 언젠가는 제대로 배우고 자란 나를 인정해 주실 거야.'

독곡에 다가갈수록 객잔이 점점 드물어졌다. 상업이 발달하지 못했다고 하는 독원동의 말은 사실이었다. 길은 용케 나 있었지만 그 외에는 숲이 무성해 정글이나 다름없었다. 가다 보면 논도 나오고 밭도 나오며 사람들이 사는 마을도 나왔다. 하지만 객잔은 귀했다.
 그렇다고 노숙을 할 수는 없었다. 그럴 필요도 없었다. 그럴 때는 곳곳에 있는 작은 마을에 들러 약간의 대가를 치르고 숙식을 해결했다.
 추월은 무림맹에서 자랐다. 그녀는 남궁세가에서 자란 남궁서린보다도 더 깔끔한 것을 좋아한다. 마을의 열악한 환경이 양에 찰 리가 없다.
 "히잉! 공자님, 여기는 이상한 음식도 많고 이상한 벌레도 많아요."
 무림맹이라고 벌레가 없을 리는 없다. 하지만 그 크기와 양에서 차이가 난다.
 남궁서린은 명문가에서 자랐지만 무인이다. 곱게 자라서 험한 꼴을 덜 봤지만 그래도 여기저기 돌아다녀서 노숙 경험이 많다. 그녀는 이런 일에 비교적 익숙하다.
 "견딜 만하잖아. 온실 속의 화초라도 되는 양 설치지 마."
 "히잉! 남궁 아가씨, 그래도 이건 좀 그렇잖아요. 어떻게 이런 곳에서 잠을 자요."

"이게 어때서? 세상이 다 무림맹 같은 줄 아니?"

추월은 할 말이 없다. 주유성을 힐긋 봤더니 그는 음식을 먹느라 여념이 없다.

추월이 검옥월을 돌아보았다.

검옥월은 지옥 같은 수련을 거친 진짜 무인이다. 무공을 떠나서 무인이라고 할 만한 사람은 이 일행 중에 그녀가 유일하다. 지독한 환경에서 수련한 시간도 대단히 많다. 그런 그녀에게 이 정도면 쾌적한 환경에 맛있는 음식이다.

"맛있는데 왜 그러니?"

추월은 자기편이 없다는 것을 깨달았다. 굳이 신분을 따지자면 시녀인 자신이 가장 낮다. 하지만 불평을 가장 많이 하는 것은 추월 자신이다.

'편안한 여행을 기대한 건 아니지만 그래도 이건 너무해.'

주유성은 각자의 사정은 신경 쓰지 않았다. 다소 불편해도 시간이 지나면 다 적응되려니 하고 생각했다. 거적때기 하나만 있어도 편안히 하루를 즐기는 그에게 환경의 척박함은 별로 문제가 되지 않는다.

"야, 원동아. 이거 무슨 고기냐? 맛있구나."

독원동이 즉시 대답했다.

"네. 왕도마뱀 구이입니다. 맛이 아주 일품이지 않습니까?"

"그러네. 닭고기 같은 맛이 나는데 아주 제법이야."

"하하하! 형님께서 맛있다고 하시니 저도 기분이 좋습니다."

"나 니 형 아니라고 했지?"

"넵, 대인."

"그나저나 이제 독곡도 멀지 않았네?"

"강행군으로 왔으니까요. 이제 며칠만 더 가면 됩니다."

"좋아, 좋아. 얼른 처리하고 돌아가자."

주유성은 무슨 일이 맡겨지든 대충 후딱 처리할 궁리를 하고 있었다.

그는 신나게 밥을 먹고 배를 두드렸다.

지금은 강행군 중이다. 주유성은 여유를 부리고 싶지만 독원동이 서둘렀고 다른 세 아가씨들이 동의했다. 주유성이야 어차피 마차 안에서 뒹굴면 되는 일이라 크게 불만은 없었다. 이제 이 마을에서 떠날 때였다.

주유성이 마차에 발을 턱 걸치며 말했다.

"여행이란 것이 말이야, 하다 보니까 꽤 괜찮아. 이렇게 새로운 맛도 보고 좋은데."

편히 실려온 그는 즐겁다. 주유성의 얼굴만 봐도 좋은 아가씨들도 마찬가지다. 하지만 매일같이 마차를 몰아온 독원동은 다르다.

'조금만 더 가면 곡이 나오니까. 그때까지만 고생하면 되는 거니까. 참자, 독원동.'

독원동이 마음을 굳게 먹었다.

그들이 마차에 슬슬 올라탈 때 마을 한쪽에서 곡소리가 나왔다. 마차에 발을 걸쳤던 주유성이 고개를 돌렸다.

"어? 무슨 일이야?"

독원동이 말했다.

"누가 죽나 봅니다. 이런 곳에서는 항상 있는 일입니다."

"응? 사람이 죽어?"

사람이 죽는다는데 그냥 지나쳐 갈 수는 없다. 주유성이 발을 다시 내려놓고 소리나는 쪽으로 걸어갔다. 다른 사람들도 그런 그의 뒤를 졸졸 따랐다.

"비켜보세요. 제가 좀 보자고요."

주유성의 말에 독원동이 얼른 사람들에게 무슨 일인지 물었다. 그리고 주유성에게 전했다.

"대협, 이 여인의 어린 딸이 독에 중독됐다고 합니다."

"응? 독? 환자 어딨어? 그리고 독에 중독됐으면 독원동 니가 해독하면 되잖아."

"그게, 쉽지 않습니다."

주유성이 독원동을 한심한 눈초리로 쳐다보았다.

"야, 독원동. 너 실력이 그것밖에 안 되냐? 니네 동네 사람이 무슨 독공의 고수에게 중독됐을 리도 없고. 왜 해독을 못해? 여하튼 환자 어딨어?"

주유성이 파리해져서 몸을 떨고 있는 소녀를 찾아냈다. 열

여섯 살인 추월보다도 어려 보이는 소녀였다.
"독원동 너 실망인데? 정말 몰라?"
"그게 아닙니다. 해독법은 알고 있습니다."
"잘됐네. 그럼 해독해."
"하지만 해독에 사용되는 약재가 문제입니다. 그게 워낙 귀한 것이 돼놔서."
주유성이 벌떡 일어섰다.
"이자식이, 아직 덜 맞았나? 약이 귀해서 못 쓰겠다는 거냐?"
독원동이 몸을 떨며 대답했다.
"혀, 형님. 그게 아닙니다. 귀한 약재라 제가 가지고 있지를 못합니다. 그리고 이건 워낙 풍토병 비슷한 독이라서 잘 알려진 것입니다. 어느 날 갑자기 발작하지는 않습니다."
"그럼 얘는 왜 발작했는데?"
"발작하는 비율은 꽤 높습니다. 다만 그전에 전조 증상들이 잔뜩 나타나기 때문에 그것을 보고 치료하면 됩니다. 하지만 워낙 귀한 약이라 알아도 그저 지켜볼 수밖에 없습니다."
'치료된 후에 재발하면 더 심해지지만 그것까지 이야기할 필요는 없겠지.'
주유성이 인상을 썼다.
"뭐 그런 더러운 독이 다 있어?"
주유성이 소녀의 손목을 잡았다. 그리고 기를 운기했다.

독기운도 주유성에게 있어서는 하나의 기운으로 취급된다. 자신의 몸속에 들어온 것을 몰아내는 것은 일도 아니다. 남의 몸에 있는 것도 어지간한 독은 몰아낼 수 있다.

그는 소녀의 몸속으로 진기를 불어넣었다. 자신의 의지로 움직이는 진기를 돌려 소녀의 몸속에 눌어붙어 있는 독기운을 찾았다.

'이거다!'

기운을 알아낸 그는 쾌재를 불렀다. 그리고 그 독기운을 끌어당겼다.

'으아, 이거 독이 안 딸려오네?'

독기운이 그가 운기하는 대로 움직이지 않았다. 주유성은 더 강한 힘으로 진기를 흘렸다. 흐르는 물이 더러움을 씻듯이, 진기가 혈도를 타고 흐르며 독을 씻었다.

'아이고, 이거 잘 안 된다. 진기를 더 강하게 움직이면 이 아이의 혈도가 버티지 못하고 상할 텐데.'

무공을 익히지 않은 사람이라고 해서 혈도가 망가져도 되는 건 아니다. 더구나 지금처럼 온몸의 혈도에 독기운이 만재해 있을 경우 그 문제는 더 크다.

더구나 남의 몸속의 혈도다. 아무리 주유성이라고 해도 자기 몸의 것처럼 완벽하게 통제할 수는 없다. 기를 흘려 넣어도 대략적인 흐름을 조절할 뿐이다. 실수하면 혈도가 상한다.

그리고 보통 사람은 혈도 여러 개가 망가지면 죽는다.

주유성은 할 수 없이 진기를 적당한 세기로 계속 돌렸다. 기운이 소녀의 몸 전체를 타고 움직였다.

'한 번에 안 되면 계속하지 뭐.'

옆에서 구경하던 검옥월은 상황을 깨달았다.

"다들 물러서요. 주 공자의 호법은 내가 서겠습니다."

그녀가 주유성의 옆에 서서 말했다.

추월이 당황해서 말했다.

"검 아가씨, 무슨 일이 생긴 거예요?"

"주 공자는 운기를 해서 아이의 몸에 깃든 독기운을 **빼내**려고 하시는 것 같다. 그건 워낙 섬세한 작업이라 내공 수련을 하는 것만큼 위험이 커. 그러니 누군가 호법을 서야 한다. 다른 사람들이 접근하지 못하게 주변을 좀 물려주겠니?"

검옥월의 말에 추월과 남궁서린이 급히 사람들을 밀어냈다.

독원동이 놀라서 말했다.

"이건 만성독의 일종이고 아주 질기게 붙어 있는 독이오. 형님의 내공이 높은 건 알지만 이걸 제거할 정도라고 보기는 힘들단 말이오. 이건 우리 곡에서도 장로님들 정도나 할 수 있는 일이고, 그분들이라고 하더라도 한 번 하고 나면 진기가 바닥날 정도의 큰 작업인데."

검옥월이 조금 걱정스러운 표정을 지었다.

"다른 사람도 아니고 주 공자니까. 어떻게든 할 거예요."

그들의 예상과 주유성의 상태는 조금 다르다.

일단 기감이 유래가 없을 정도로 탁월한 인간이 주유성이다. 아무 자세로 아무 기운이나 받아들여 운기가 가능한 경지에 이른 이 게으름뱅이는 운기를 시작하고 끝내는 것이 자유롭다. 따라서 검옥월이 굳이 호법을 설 필요까지는 없었다.

독을 빼내기 위해서 돌리는 운기는 내공을 쌓는 것과는 다르다. 목적을 위해서 기를 돌리는 것이니 결국 장풍이나 검기를 쓰는 것처럼 소모된다.

하지만 이 게으름뱅이는 사정이 조금 다르다. 그가 소녀의 몸에 내력을 밀어 넣을 때 공력의 손해를 보는 것은 다른 사람과 같다. 하지만 그것을 다시 회수할 때는 공력을 쌓는 과정을 거쳤다. 그 과정에서 소실되는 내공이 제법 있지만 일방적으로 공력을 밀어 넣는 보통 사람의 심법 운용에 비해서 공력 소모가 비교할 수 없을 만큼 적었다.

심법을 두 단계로 운용하는 것은 평소보다 몇 배나 힘든 일이다. 천하의 주유성도 이번만큼은 내력을 운기하면서 오만 가지 잡념에 빠지는 짓을 하지 못했다.

소녀가 중독된 독은 지독했다. 독의 독성이 지독한 것이 아니라 오랜 세월 골수까지 스며든 그 독의 침투력이 지독했다.

'아이고, 슬슬 기운이 빠지네.'

주유성의 내력이 아무리 막대하다고는 하지만 벌써 반 시진이 지났다. 그동안 딸려 들어오는 독이 별로 없었다. 여러 노폐물들은 잔뜩 딸려왔지만 정작 중요한 독이 요지부동이었다.

'엇! 움직인다.'

반 시진이나 공력을 운기시키자 드디어 독이 서서히 흔들리기 시작했다.

'물렸구나. 으하하하. 이자식. 어서 머리를 내밀어라. 구워 먹어버릴 테다.'

주유성은 아이의 몸에서 독의 정화가 조금씩 끌려 나오는 것을 느꼈다. 그는 신이 나서 공력을 운기했다. 성과가 있자 이제 피곤한 줄도 몰랐다.

일단 독을 움직이게 하자 그것은 그의 내공 소모를 줄이는 데 상당한 도움을 주었다. 그는 소녀의 몸에서 조금씩 끌려 나오는 독기운을 받아들여 운기해 내공으로 전환했다. 그것 역시 실제로 공력으로 바뀌는 것은 얼마 없지만 그래도 제법 도움이 되었다. 그리고 남는 독기운은 소녀의 몸으로 보내 잡고 있는 손의 손가락 끝에 모았다.

옆에서 호법을 서는 검옥월은 걱정이 가득한 얼굴이었다. 추월이 초조해하다 못해 조심스럽게 질문했다.

"벌써 한 시진이 지났어요. 우리 공자님은 괜찮으신 거예요?"

검옥월도 안정을 잃고 있었다.

"아무리 주 공자라고 해도 한 시진이나 해독 작업을 할 만큼 공력이 절륜할 수는 없을 텐데. 하지만 중간에 강제로 깨우면 더 위험해질 수 있어."

남궁서린도 걱정이 되기는 마찬가지다.

"독원동 공자, 어떻게 방법이 없어요? 공자는 독곡 사람이잖아요."

독원동에게 방법이 있을 리가 없다.

'이놈이 지금 이렇게 약한 상태면 확 죽여 버릴까?'

그는 그동안 주유성에게 무시당하고 두들겨 맞은 것이 생각났다.

'아서라. 참자. 검옥월을 피해서 그러기도 힘들고. 설사 성공한다고 해도 형님을, 아니지, 주유성 저놈을 내가 독곡으로 못 데려가면 안 되지. 곡주님에게 맞아 죽을지도 모르니까.'

그는 깨끗하게 단념했지만 남아 있는 아쉬움이 있어서 험한 소리를 했다.

"우리 곡의 장로님들도 한 번 하고 나면 공력이 바닥나서 헉헉대시는 큰일이라니까. 이 독이 보통 독이 아니야. 만성혈천지독은 한 번 물면 놓지 않기가 자라 대가리보다도 더하다니까."

추월이 놀라서 독원동에게 물었다.

"독 공자님, 그럼 지금 우리 공자님이 위험한 거예요?"

"흥! 아마 내공이 바닥나서 쩔쩔매고 있을지도 모르지."

그 말에 추월이 발을 동동 굴렀다. 그러나 그녀가 어떻게 할 수 있는 방법은 없다.

검옥월도 고민에 빠졌다.

'주 공자가 정말로 그런 상태라면 위험하다. 어떻게 둘을 떼놓지? 잘못하면 타격을 줄 텐데. 내가 주 공자에게 내공을 전해줄까? 하지만 서로 익힌 심법이 다르니 그것도 오히려 역효과가 날 수 있고.'

세 여자가 창백한 얼굴로 고민하고 있을 때, 주유성이 소녀에게서 손을 떼며 숨을 크게 내쉬었다.

"푸하아! 끝났다."

주유성 인생에 운기를 한 시진이나 이렇게 집중적으로 한 적이 없다.

여자들이 반색을 하며 달려들었다.

"공자님!"

"주 공자!"

"주 공자님!"

주유성이 한 손을 흔들었다.

"기다려요. 독 좀 버리고."

그는 '오줌 좀 누고' 라는 말이라도 한다는 듯이 아무렇지도 않게 말했다.

"추월아, 가서 빈 술병 제일 작은 거 하나만 가져와."

주유성의 말에 추월이 냉큼 뛰어가서 그동안 여행하면서 마시고 남긴 술병을 가져왔다.

주유성은 술병 위로 소녀의 작은 손가락을 가져갔다. 그 끝에 자그마한 상처를 내자 검은 물이 뚝뚝 떨어졌다. 몸속의 탁기와 만성혈천지독이 섞인 검은 물에서는 심한 악취가 풍겼다.

검은 물이 이내 붉은 핏방울로 바뀌자 주유성은 소녀의 손끝에 금창약을 발라주었다. 그리고 술병의 마개를 단단히 막았다.

"야, 독원동. 넌 이거 처리하는 법 알지? 실수하지 말고 깨끗이 없애라."

독원동이 창백해진 얼굴로 술병을 받았다. 그리고는 주변 집들을 뒤져 불이 붙어 있는 아궁이를 찾아낸 후 그 속에 병을 던져 버리고 돌아왔다.

"저 독은 태워 버리면 됩니다. 그나저나 형님, 괜찮으십니까?"

"뭐가?"

"공력이 달리거나 하지 않아요?"

"간만에 힘을 썼더니 확실히 공력이 좀 소모되긴 했지만 이 정도야 뭐 별것 아니지."

독원동의 턱이 벌어져서 다물어질 줄 몰랐다. 그는 주유성이 공력을 회수하면서 사용했을 거라고는 짐작도 하지 못했다.

'이 형님은 도대체 공력이 얼마나 깊은 거야? 우리 곡의 장로님들보다 깊어? 전설의 만년삼왕이나 천년하수오라도 먹었대?'

"혀, 형님, 그럼 해독은 마치신 겁니까?"

"이게 또 형님이라고 하네. 완전히 해독된 건 아냐. 골수 깊은 곳에 들어 있는 독은 잘 안 되더라고. 하지만 남은 양이 적으니 당분간은 괜찮을 거야. 그런데 장기적으로는 해독제로 완전히 해독할 필요가 있어. 독이 참 지독하게도 엉겨 붙어 있더라고."

독원동은 조금이라도 납득할 수 있는 이야기를 듣자 얼굴이 환해졌다.

'그래, 완전히 해독한 건 아니구나. 그러면 그렇지. 이 형님이 그 정도로 공력이 깊을 리가 있나. 나이가 있는데. 어림도 없지. 독만 조금 뽑아낸 거구나.'

독원동은 상황이 이해가 가자 기분이 좋아졌다. 그가 아직 깨어나지 못하고 있는 소녀를 돌아보았다. 손끝에서 독을 쏟아낸 후로 소녀의 얼굴은 화색이 돌고 있었다.

'흐엇! 저건 완전히 독을 제거한 모습이잖아. 이게 어떻게 된 거야?'

독곡의 장로가 해독을 해도 골수에는 독이 남는다. 오히려 독곡의 장로가 해독했을 때는 주유성이 한 경우보다 더 많은 독이 골수에 남는다. 그러나 그 정도로는 일상생활에 별로 문제가 생기지 않기 때문에 해독을 끝냈다고 표현할 뿐이다. 그러나 그건 장로들이나 아는 일이다. 아직 실력이 부족한 독원동은 그래서 상황을 오해했다.

주유성이 혼란에 빠져서 어리버리해 있는 독원동을 불렀다.

"야, 원동아. 이 독 이거 얼마나 퍼져 있는 거냐?"

독원동이 달아나는 정신을 재빨리 움켜쥐고 주유성에게 대답했다.

"예, 형님. 얼마나 퍼지고 자시고가 없습니다. 우리 땅에 안 퍼진 곳이 없습니다."

"남만 전체?"

"우리는 우리를 남만이라고 부르지 않는뎁쇼? 우리는 그냥 우리 땅이라고 합니다. 우리 땅은 여러 부족들이 다스리기는 하지만 그래도 모두 우리 땅이지요."

"그러니까 이 독이 너네 땅 전체에 퍼졌다고? 그런 곳에 어떻게 사람이 사냐?"

"여기는 곡식도 잘 자라고 사냥감도 많은 데다가 가축은 풀어놓기만 해도 알아서 크거든요. 독만 아니면 배고플 일이 없는 곳이지요. 정작 독이 항상 발작하는 것도 아니고요."

잠룡전설 279

"해독제는 도대체 왜 귀한데?"

"해독제에는 여러 귀한 약재가 필요한데 그중에 특히 '독성의 은혜'라고 부르는 것이 꼭 들어가야 합니다. 그런데 그것의 생산량이 워낙 적어서 제대로 공급할 수 없습니다. 그거 손톱만 한 것 한 조각에 금 한 덩어리입니다."

"미치겠군. 사람 목숨 살리는 약이 금 한 덩이라고?"

"워낙 부족하니까요. 다들 시한부 인생을 사는 셈이지만 운이 좋으면 죽을 때까지 발작하지 않습니다. 물론 재수가 없으면 이 아이처럼 어릴 때라도 발작해서 죽어버리지만. 아니지, 이 아이는 형님을 만나서 해독했으니 재수가 엄청 좋은 거지요."

주유성이 의심 가득한 눈초리로 말했다.

"혹시 비싼 물건이라고 너네 독곡이 쌓아두고 있는 건 아니고?"

독원동이 손을 크게 저었다.

"무슨 천만의 말씀을. 만성혈천지독은 우리 독곡에서도 큰 걱정거리입니다. 우리 독곡이 확보하는 해독제조차 곡 내의 문도들이 복용하기에도 부족한 양인걸요. 우리가 그렇게 힘들게 구하는데 다른 곳은 말할 것도 없지요."

주유성이 보기에 독원동이 거짓말을 하는 것 같지는 않았다. 주유성이 울음소리에 고개를 돌렸다.

소녀의 엄마는 자기 딸을 부둥켜안고 펑펑 울고 있었다. 그것이 기쁨의 눈물임은 누구나 알 수 있었다.

"야, 원동아. 일단 이 마을에 발작 단계에 들어선 사람이나 찾아봐라. 니가 제일 잘 볼 거 아냐? 이 아이처럼 완전히 발작한 경우가 아니라도 다 찾아. 골수까지 침투한 독은 제거하기 힘드니까 미리 잡아야지."

第九章

북해에 빙궁이 있다면 남해에는 검문이 있다.

남해검문의 최고위층이 모여서 회의에 여념이 없었다.

장로 하나가 조심스럽게 말했다.

"그래서 이번 복구공사가 실패하면 우리 검문은 다른 땅을 알아봐야 하는 처지에 빠집니다. 따라서 이 복구공사는 정말 완벽하게 처리해야 합니다. 그리고 그 일을 위해서는 최고의 기관 전문가가 필요합니다. 당연히 진법의 대가도 있어야 합니다."

남해검문 문주가 대답했다.

"나도 알고 있다. 그런데 누가 최고일까? 그리고 최고를 이 남해까지 데려오기는 쉽지 않을 텐데……."

"부하들이 중원의 기관 전문가들을 찾아다니며 정보를 모았습니다. 최고의 전문가 몇 명을 꼽을 수 있었는데 그중에 익숙한 이름이 있었습니다."

"주유성?"

"삼절서생 주유성이라는 자의 삼절 중 일절이 기관이라고 합니다. 그리고 그 실력이 아주 탁월하다고 합니다. 최근에 무영신투라는 옛날 도둑놈이 설치한 기관들을 단숨에 깨부숨으로 명성을 얻었습니다."

"무영신투라면 나도 들어봤지. 삼백 년 전의 대도둑놈이잖은가?"

"그렇습니다. 더구나 그의 삼절 중 다른 일절은 진법이라고 하는데 이것 역시 대단한 실력이라고 합니다. 그는 구천여 명이 갇힌 거대 절진을 혼자 힘으로 해체함으로 진법의 명성을 얻었습니다."

"호오. 기관과 진법 모두가 그 정도로 능하다면 그야말로 우리가 필요로 하는 사람이군. 더 이상 생각할 필요도 없이 그를 데려와야겠다. 그런데 주유성이 누구지? 나도 이름이 익숙한데?"

"파무준, 무준이 녀석이 무림맹에 가 있잖습니까? 무준이 녀석에게 부하나 다름없게 만들어두라고 한 자가 바로 주유성입니다."

검문 문주가 무릎을 쳤다.
"옳거니! 바로 그였군. 그러고 보니 최근에도 무준이에게서 그자에 대한 보고를 받은 것 같은데?"
"얼마든지 부려먹을 수 있는 상태로 만들었다는 보고였습니다."

현실은 파무준이 주유성의 밥이나 다름없다. 오히려 걸리면 부려 먹힘을 당하니 눈에 띄지 않으려고 숨어 다니는 신세다.

하지만 파무준이 남해검문에서 받은 명령은 지엄하다. 그는 결국 주유성을 손아귀에 쥐었다고 거짓 보고를 했다.

'그 먼 남해에서 진실을 알 수는 없으니까' 라는 생각이 그의 거짓 보고의 배경이었다.

문주가 크게 기뻐하며 말했다.
"잘됐군, 정말 잘됐어! 무준이 녀석이 큰 공을 세웠군. 그럼 무준이에게 연락을 넣게나. 복구공사 시작 전까지 삼절서생 주유성을 남해로 데려오라고."

*   *   *

독곡의 장로 하나가 곡주에게 말했다.
"사형, 신의 손에 대한 소문 들으셨습니까?"
"응? 신의 손?"

"못 들으셨군요. 정보를 캐는 아이들이 제게 전해준 이야기입니다. 지금 손만 대면 만성혈천지독을 치료할 수 있는 자가 돌아다닌다는 소문이 퍼지고 있습니다."

곡주가 눈살을 찌푸렸다.

"또 어떤 사기꾼이래?"

"글쎄요. 이번에는 꽤 구체적입니다. 한 시진 정도 손을 잡고 있으면 해독된다고 하더군요."

"내공의 힘으로 하고 있다? 그렇다면 불가능한 일은 아니지. 고수가 온 걸까?"

"하지만 혼자서 하루에 열 명을 넘게 해독한 경우도 있다고 하니 황당할 따름이지요."

"혼자서 열 명? 허허, 이것 참. 사기꾼이 틀림없구나. 제까짓 게 무슨 독성이라도 된다던가? 더러운 놈."

"제가 보기에도 사기꾼이 틀림없더군요. 그래서 아이들을 몇 보냈습니다. 어떤 자인지 알아보고 혹시 마주치거든 아예 잡아오라고 했습니다."

"잘했다. 그런 건 거머리 같은 것들이다. 용서하지 마라."

주유성이 독곡까지 도착하는 데는 예정보다 며칠이 더 걸렸다. 그는 그동안 들르는 마을마다 심각한 상태의 중독자들을 찾아내서 해독했다. 그러느라 시간이 추가로 소모되어 이동 속도가 느려질 수밖에 없었다.

그리고 마침내 독곡이 보이는 곳까지 도착했다.

마차 안에서 널브러져 있던 주유성이 독원동을 불렀다.

"야, 원동아. 다 왔다면서 아직 멀었냐?"

독원동이 군기 바짝 든 목소리로 즉시 대답했다.

"옛, 형님! 우리 곡의 입구가 보이고 있습니다."

독원동은 주유성의 내공에 완전히 기가 질려 버린 상태다.

'세상에. 장로 어른들조차 한 명 해독하면 며칠을 쉬며 공력을 회복해야 하는 만성혈천지독을 시간 되는 대로 풀어버리는 분이라니. 이거 혹시 내공이 끝을 모르는 경지 아냐? 이건 절대로 사람의 내공이 아니야.'

독원동이 아는 내공을 이용한 해독법에는 회수라고 하는 개념이 없으니 그는 자신의 상식으로 주유성의 내공을 판단했다. 그러고 나자 감히 개길 생각을 할 수 없었다.

'이런 분에게 덤비다니. 내가 죽으려고 환장을 했지. 이분은 어쩌면 벌써 독성의 경지에 도달하셨는지도 모른다. 어쩌면 전설의 반로환동을 하신 분일지도. 아, 신분이 확실하니 반로환동은 아니군. 그래도 진정 대단하신 분이다. 이분 곁에 붙어 있을 수만 있으면 내 명성도 따라서 쑥쑥 오르겠지.'

독원동의 생각과 다르게 주유성의 내공에도 끝은 있다. 다만 공력을 내보내는 것과 모으는 것을 동시에 진행하는 것이 가능한 그이기에 소모량이 상대적으로 적어 가능한 일이었다.

하지만 그런 주유성도 지금은 완전히 지쳤다. 공력의 소모가 회수보다 크니 그도 줄어드는 내공을 감당할 수 없었다. 마지막에 지나쳐 온 마을에서 무리를 한 결과 이제 공력이 완전히 바닥났다.

"아이고 죽겠구나. 추월아, 나 죽는다."

추월이 마을에서 얻어온 음식을 작게 잘라 주유성의 입에 넣어주었다.

"공자님, 이것도 좀 드세요. 많이 먹어야 빨리 튼튼해지지요."

"그래그래. 많이 먹어야지. 맛은 있네."

"마을 사람들이 고맙다고 제일 좋은 음식을 내놓은 거니까요."

이번에도 돈은 받지 못했다. 그러나 마을마다 최고의 음식을 받았고 기쁨의 눈물을 보았다. 그것은 주유성에게 배가 부를 만큼 만족스러운 대가였다.

독곡의 입구에는 큰 돌이 세워져 있었다. 돌에는 몇 자의 글자가 적혀 있었다.

다 왔다는 말을 듣고 머리를 내민 주유성이 그 글을 보고 투덜댔다.

"청하지 않은 자 들어오면 죽는다고? 지랄 쌈 싸먹고 있네. 야, 원동아! 그럼 그냥 돌아갈까?"

독원동이 화들짝 놀랐다.

"아이고 형님, 가시기는 어디를 가십니까? 형님이 초청받지 않았다면 누가 초청받는다는 말입니까?"

"그래도 저거 거슬린다."

"우리 독곡에는 별의별 잡독이 많이 굴러다녀서 일반인들 중독될까 봐 걱정되는 마음에 적은 글입니다. 험하게 적지 않으면 들어오는 자들이 많아서요."

독원동의 변명에 주유성이 머리를 마차 안으로 집어넣었다.

"한번 속아준다. 가자."

갑자기 주유성이 머리를 다시 내밀었다.

"야, 원동아. 저 구덩이 저거 뭐냐?"

주유성이 가리킨 곳에는 커다란 구덩이가 파여 있었다. 구덩이 바닥에는 반짝이는 자갈 같은 것도 여러 개가 보였다.

독원동이 고개를 갸웃거렸다.

"글쎄요? 제가 무림맹에 갈 때만 해도 저런 거 본 기억이 없는데요?"

"뭔가 제대로 터진 자국 같은데. 알았다. 됐다, 가자."

독곡의 정문에는 지키는 사람이 몇 있었다. 그들은 마차가 다가오자 일단 그 앞을 막았다.

"멈춰라. 이곳은 천하제일문파 독곡이다."

마차 속에서 주유성의 투덜거림이 들렸다.

"천하제일?"

독원동이 뜨끔해서 급히 말했다.

"나다. 나 독원동이야. 귀한 손님을 모셔왔으니 문을 열어라."

무사들이 독원동을 알아보았다. 계속 마부 일을 하고 주유성의 잔심부름을 하느라 더러워진 외관이라 미처 못 알아봤을 뿐이다.

그리고 독원동의 모습을 본 그들의 반응은 그다지 탐탁지 않은 모습이었다.

"무슨 일인데 마차를 다 몰고 오시오?"

"어허! 귀한 손님을 모셔왔는데 이 무슨 망발이냐! 어서 문을 열어라!"

"들은 이야기가 없소이다."

"이것들이!"

독원동이 성을 내자 무사들이 할 수 없다는 듯이 문을 열었다.

"알았소, 알았어. 들어가시오."

마차가 통과하자 주유성이 독원동에게 말했다.

"야, 원동이 너 독곡에서 끗발 날린다더니 대우가 영 아니다?"

독원동이 불만에 찬 목소리로 말했다.

"이게 다 형님께서 제 독공을 깨뜨려 버려서 그런 겁니다. 독곡 사람이 독공을 쓰지 못하니 일반 무사까지 무시하지 않는 사람이 없습니다. 그러니 제 독공을 다시 되살려 주시면 안 되겠습니까?"

"그건 니 죄에 대한 벌이었어. 그런데 너 말투가 건방지다. 역시 그때 매가 부족했지?"

독원동이 화들짝 놀랐다.

"아닙니다. 그냥 드린 말씀입니다. 전 보통 무공으로 독공을 극복해 보겠습니다!"

독원동이 힘차게 대답했다.

독곡에도 손님들을 맞는 접객당이 있다. 독원동은 일행을 일단 그곳으로 보냈다.

그들이 자리를 잡자 접객당의 담당 시녀가 차를 들고 나타났다.

"독 공자님으로부터 여러분을 잘 대접하라는 분부가 있었습니다. 일단 차를 한잔씩 드시고 필요한 것이 있으면 말씀하십시오."

추월은 항상 남의 시중만 들었지 시중받은 경험이 거의 없다. 그녀는 자연스럽게 시녀에게서 차를 받아 사람들에게 나눠주었다. 그 모습의 능숙함에 시녀가 오히려 당황했다.

"그, 그건 제가 할 일이니 앉아계세요."

추월이 방긋 웃으며 말했다.

"괜찮아요. 그리고 우리 공자님은 독곡의 요리 맛을 기대하고 계세요. 일단 한 상 차려주실래요?"

"예? 예, 알겠습니다."

그 시간에 독원동은 독곡의 곡주를 비롯한 사람들을 만나고 있었다.

"그래, 그를 데려왔다고?"

"예, 곡주님. 겨우 꼬드겨서 데려왔습니다."

"수고했다. 네 녀석이 도움이 되는 것도 있구나. 네가 독공을 쓰지 못해도 다른 것으로 도움이 된다면 자기 밥값은 한다고 할 수 있지."

독원동이 잠시 난처한 표정을 짓더니 말했다.

"그런데 그를 데려오는 데 약간의 문제가 있었습니다. 그가 이번 일의 대가로 돈을 요구했습니다."

곡주가 눈살을 찌푸렸다.

"돈? 흐음, 생각보다 뛰어난 자는 아닌가 보구나. 할 수 없지. 어차피 그는 우리가 원하는 진짜가 아닐 테니까. 그래, 얼마나 요구하더냐? 돈을 쥐어주고 그를 회유할 수 있다면 그것이 더 좋지."

"그것이, 북해빙궁에서는 그를 데려가는 데 황금 이십 관을 지불했다고 주장했습니다."

독곡 지휘부가 뒤집어졌다.
"흐억! 황금 이십 관?"
"백오십 근이잖아!"
"이천사백 냥입니다!"
곡주가 버럭 소리를 질렀다.
"말도 안 되는 소리! 북해빙궁이 부자라는 말은 들었지만 정말로 그 정도 돈을 지불했다는 말이냐!"
호통에 놀란 독원동이 즉시 머리를 숙이며 대답했다.
"거짓말로 보입니다. 북해에서 돌아온 그는 빈손이었다고 알려져 있습니다. 더구나 여기 오는 동안 보니 그에게는 땡전 한 푼 없는 눈치였습니다."
곡주가 조금 마음이 놓인 안색으로 말했다.
"험험. 그러면 그렇지. 그럼 돈을 밝히는 데다가 거짓말까지 하는 자라는 소리군. 잘하면 푼돈으로도 처리할 수 있겠어. 별것 아닌 자였군."
다른 장로가 맞장구를 쳤다.
"그렇습니다. 그런 자일수록 휘두르기 좋지요."
"오히려 그런 자라서 당문에서도 우습게보는 것 아닐까요? 그 인간이 비중이 너무 없으면 협박할 수 없으니 우리로서는 난처합니다."
"하긴 듣고 보니 그것도 그렇군. 원동아, 네가 보기에는 어떻더냐? 그자의 실력이 어느 정도일 것 같으냐?"

독원동이 침을 꿀꺽 삼켰다. 그는 이제 자기가 본 믿어지지 않는 일을 보고해야 한다.

"형님은, 아니, 그자는 오는 길에 만성혈천지독에 중독된 사람을 공력의 힘으로 해독시켰습니다."

곡주가 깜짝 놀랐다.

"뭣이? 그자는 네 또래라고 하지 않았느냐?"

"예. 올해로 딱 스무 살입니다."

"스무 살에 그런 공력을 쌓아? 시간은 얼마나 걸렸고?"

"한 시진이었습니다."

"허어. 한 시진이라. 시간도 빠르군."

다른 장로 하나가 다른 의견을 제시했다.

"아니지요. 한 시진 동안 해독하는 독의 양이라면 한계가 있을 겁니다. 그는 분명히 완전한 해독을 하지 못했을 겁니다. 원동아, 그렇지 않느냐?"

"예. 분명히 골수에 남은 독은 다 제거하지 못했다고 했습니다."

"흥. 다 제거하지 못하기는. 골수에 있는 것은 손도 대지 못했겠지. 그럼 그건 일시적으로 증상이나 완화시킨 거다. 해독이라고 할 수는 없어."

"맞습니다. 혈도의 것만 제거했다면 공력이 나이에 비해 절륜하기는 하지만 불가능한 건 아니지요."

장로들의 의견에 독곡의 곡주가 만족한 얼굴로 말했다.

"그래도 그 나이에 그런 공력이라니. 대단하지 않은가? 그만하면 당문에서도 제법 괜찮은 인재겠지. 유사시엔 충분히 인질이 될 거야. 그리고 돈도 좋아하고 거짓말도 잘한다며? 좋다, 가자. 내가 직접 그를 만나 회유하고 싶구나."

곡주가 몸을 벌떡 일으켰다. 그리고 장로들이 우르르 따라붙었다. 독원동은 하고 싶었던 보고를 다 하지 못했지만 그의 신분은 감히 곡주가 움직이는 것을 막을 만큼은 아니다. 그는 독공을 잃어버린 후로는 발언권이 더 약해졌다.

주유성 일행은 한 상 잘 차려 먹고 바깥에 나와서 바람을 쐬었다.

주유성이 느긋하게 앉아서 말했다.

"어, 선선하다."

아직 단전은 텅 비어있다. 오는 동안 너무 무리를 한 결과다. 그는 이제 배도 부르니 어디 양지바른 곳에 제대로 누워서 공력을 회복하려고 했다.

주유성이 여자들을 거느리고 어슬렁거리는 모습이 사람들의 눈에 보였다.

그가 있는 곳은 접객당이다. 그 외에도 다른 곳에서 온 손님들이 머물고 있다. 그리고 그중에 한 명이 주유성을 불쾌한 눈초리로 쳐다보았다.

'요놈 봐라. 나이도 젊은 놈이 여자를 셋이나 거느려? 그중에 둘은 절세미인이잖아. 특히 어린 여자가 내 마음에 쏙 드는군. 저건 분명히 명품이다. 괴롭히는 맛이 있겠다.'

그가 자신의 주변에 거느리고 있는 사람들을 둘러보았다. 여자가 둘에 남자가 둘이었다. 남자들은 호위무사고 여자들은 그의 시중을 드는 몸종이다. 그는 자신에게 딸린 몸종들과 추월을 비교했다.

'비교가 안 되는군. 그야말로 공작과 닭이다.'

내심 마음을 결정한 그가 주유성에게 다가섰다. 그리고 가볍게 말했다.

"이보시오. 나는 화온서라고 하오. 특별히 초대받았지. 그런데 그대는 어디서 온 누구시오?"

그는 특별이라는 말을 강조했다.

주유성이 화온서를 힐끗 보았다.

'여기는 나를 아는 사람도 없을 텐데 귀찮게 왜 또.'

"주유성입니다."

"하하. 주 공자였군. 그래, 독곡에는 무슨 일로 오셨소? 나는 독곡에서 특별히 초대해서 왔소만."

"독원동이 초대해서 왔어요."

"독원동? 아하, 독원동. 독공을 잃었다던 그 독원동? 그럼 너는 독원동과 급이 맞는 사람이구나. 하하하. 이거 반갑구나."

주유성의 눈썹이 꿈틀거렸다.

'이거 어디서 맞먹으려고 들어?'

화온서는 자신이 용의 코털을 건드리고 있음을 몰랐다. 화온서가 이제 추월에게 말을 걸었다.

"그런데 예쁜 아가씨는 누구지?"

추월이 주유성의 뒤로 몸을 숨기며 말했다.

"공자님의 시녀예요."

그녀는 습관대로 말했다. 이곳이 무림맹이 아니니 그녀는 더 이상 시녀가 아니다. 주유성도 원래부터 추월을 시녀나 몸종이라고 생각하지는 않았다. 대신에 부려먹기 좋은 여동생 쯤으로 생각했다.

화온서는 추월의 대답을 듣고 만족했다. 그에게 시녀는 곧 몸종, 또는 노예와 비슷한 말이다.

화온서가 품에서 손가락만 한 은덩이 하나를 꺼내 주유성의 발밑에 툭 던졌다.

"그녀를 나에게 팔아라. 대가로는 그 은덩이면 충분하겠지."

주유성은 어이가 없었다.

"뭐?"

"나에게 넘기라고 했다. 팔 마음이 없다는 건방진 소리는 하지 마라. 나는 지독문의 소문주인 화온서다. 내 명성은 들어봤겠지? 우리 땅에서 감히 내 말을 거역하고 살아남을 수는 없다. 닥치고 은덩이를 주워라. 그리고 네 여자를 어서 내놓아라."

주유성이 목을 스윽 한번 돌렸다. 그리고는 화온서에게 말했다.

"이 새끼 이거 아주 지랄하고 자빠졌네."

욕을 먹은 화온서의 얼굴이 빨개졌다.

"뭐얏? 감히 힘을 잃은 독원동 따위를 믿고 네가 나에게 욕을 해?'

'독원동 따위의 사람이라면 죽여도 무마가 가능하겠군. 하나보다는 셋이 나으니 차라리 없애 버리고 다 차지하자.'

"주제를 모르는 놈. 너를 죽이고 네 여자들은 내가 갖겠다!"

화온서가 독하게 마음을 먹고 손을 휙 저었다. 그의 손끝에서 독장이 날아왔다.

검옥월은 주유성의 상태를 정확히 몰랐다. 하지만 최근에 지쳤다고 하면서도 끝없이 흘러나오는 내공을 보고 상태가 나쁘지 않다고만 생각했다. 그래서 그녀는 화온서의 공격을 막지 않았다.

'호호. 감히 독왕의 외손자에게 독을 쓰다니.'

그녀는 오히려 속으로 웃었다.

그런 생각은 남궁서린도 마찬가지였다. 그녀의 실력으로 화온서의 갑작스런 공격을 중간에 막기는 쉽지 않지만 불가능한 건 아니다. 하지만 그녀는 원래부터 안심하고 있었다.

추월의 얕은 무공으로는 원래부터 화온서의 상대가 되지 못했다.

문제라면 지금 주유성은 내공이 바닥난 상태라는 데 있다.

'이크. 우리 아가씨들이 왜 구경만 하고 있지?'

놀랄 틈이 없다. 독은 그를 향해 똑바로 날아오고 뒤에는 추월이 있다. 피할 수도 없다. 그는 급히 손을 들어 화온서의 독장을 받았다.

정면으로 쳐서 튕겨낼 공력이 없다. 튕겨내는 건 고사하고 비껴낼 내공도 없다. 화온서가 날린 독장의 독기가 그의 두 손으로 거침없이 밀려들었다. 다행히 독장이라 물리적인 타격력은 별로 없었다.

'단숨에 빨아들여야 한다.'

주유성은 이를 악물고 밀려오는 독장을 두 손으로 빨아들였다. 강력한 독기가 팔을 타고 올라와 심장을 노리고 달려들었다.

'이 새끼 이거 즉사하는 독을 썼네. 너 잠깐 뒤에 보자.'

주유성이 속으로 욕을 했지만 당장은 독과 싸우는 것이 급선무다. 그는 급히 들어온 독기운을 운기하는 형식으로 돌렸다. 저항해 줄 내공이 없으니 독이 급격히 신체를 잠식했다. 그의 얼굴이 순식간에 거무죽죽하게 죽어갔다.

느긋하게 구경하던 아가씨들의 얼굴이 사색이 됐다.

"앗! 주 공자!"

"주 공자님!"

"공자님! 으앙!"

주유성이 기운을 열심히 돌렸다. 독기운의 일부를 재빨리 흡수해 약간의 내공을 만들었다. 그리고 그것을 바탕으로 독이 심장이나 다른 장기에 침투하는 것을 급히 막았다. 그 정도 내공으로 막아낼 수 있는 시간은 찰나였다. 그러나 그만큼의 시간도 도움이 되었다. 그는 그사이에 독기운을 계속 흡수했다. 그리고 잠시 시간이 지나자 마침내 들어온 독기운을 한 구석으로 밀어내는 것에 성공했다.

주유성이 기침을 했다.

"쿨럭!"

그의 입에서 초반에 독에 당한 죽은 피가 튀어나왔다. 대신에 그의 안색은 어느새 뽀얀 원래 상태로 돌아와 있었다.

"퉤! 흐아, 죽을 뻔했네."

주유성이 고개를 저으며 말했다. 약간 안심이 된 검옥월이 즉시 그의 앞을 막았다.

"네가 감히 주 공자에게 독을 써?"

그녀의 몸에서 강한 기세가 일어났다. 그 기세에 화온서가 기겁을 했다.

'으악! 이 여자 대단한 고수다. 온몸이 다 따가울 정도의 기세다.'

화온서가 주춤주춤 물러섰다. 그래도 천성은 버리지 못해서 욕심이 와락 일었다.

음흉한 표정을 지으며 화온서가 말했다.

"두 여자는 얼굴이 끝내주는 미녀고, 한 여자는 눈매가 날카로워서 그렇지 몸매가 끝내주는군. 꿀꺽. 너를 거두면 밤낮으로 쓸 수 있는 호위무사가 되겠구나. 그자의 곁에 있지 말고 내 밑으로 오너라. 반항하려 하지 마라. 나는 지독문의 소문주다."

낯 뜨거운 소리에 검옥월이 살기를 뿌렸다.

"죽인다!"

화온서가 호위무사 둘에게 눈짓을 했다. 그들은 지독문에서 가려 뽑은 고수들이다. 그들이 검을 잡고 화온서의 옆에 섰다. 그리고 검각의 기대주 검옥월이 검을 뽑으려고 했다.

그때 독곡의 곡주가 장로들을 거느리고 나타났다.

"무슨 일인가?"

그의 목소리에는 깊은 내공의 기운이 있었다. 화온서가 깜짝 놀라 물러섰다. 그리고 급히 포권을 지었다.

"만독의 종주이신 독곡의 위대하신 곡주님께 지독문의 말학 화온서가 인사드립니다."

독원동이 상황을 훑어보다가 피를 보고 기겁을 해서 달려갔다.

"아이고, 형님. 이게 무슨 꼴이십니까? 누가 감히 형님께서 피를 토할 정도의 무공을 가졌습니까? 혹시 천마나 혈마라도 쳐들어왔습니까?"

독원동의 입장에서는 진심으로 한 말이다. 하지만 다른 사람들에게는 아부로 보일 뿐이다.

화온서가 코웃음 쳤다.

"쳇! 겨우 내 일장에 피를 토하는 놈을 보고 천마나 혈마라니. 독원동이 독공을 잃고 맛이 갔다는 소문이 진짜였군."

곡주는 상황을 훑어보고 분위기를 알 수 있었다.

'지독문의 소문주가 여자를 좋아하고 성질이 개망나니라더니 분위기를 보면 딱 알겠구나. 그나저나 피를 토한 저자가 주유성인가? 겨우 화온서의 일장을 막지 못하고 피를 토하다니. 그럼 원동이가 한 말이 거짓이란 소리잖아?'

곡주는 갈등했다. 그는 독원동의 말을 믿고 주유성을 직접 만나기 위해서 접객당에 찾아왔다. 그러나 눈에 보이는 현실은 주유성이 약골이라고 말하고 있었다.

'차라리 저 눈이 날카로운 아가씨의 실력이 월등해 보이는군. 주유성이라는 자는 서 있는 자세에서 무공을 익힌 흔적이 조금도 보이지 않아.'

주유성은 워낙 게을러서 편한 자세만 찾는다. 그래서 평소에는 자세에서 무공의 오의가 전혀 드러나지 않는다. 정말로 편한 자세로 서 있으니 독곡의 곡주라고 해도 무공을 익힌 흔적을 찾을 수가 없었다.

독원동이 화온서의 말에 소리를 버럭 질렀다.

"네 이놈! 네가 감히 형님을 쳐? 형님께서 여기 오시는 동안 만성혈천지독에 걸린 사람들을 해독하느라 공력이 탈진되시지만 않았다면 네까짓 놈은 일장에 뼈를 추출당했을 거다!"

만성혈천지독이라는 말에 화온서가 주춤거리면서 물러섰다.

"설마 그 젊은 놈에게 남의 몸에서 만성혈천지독을 해독할 만큼 심오한 내공이 있다는 말이냐?"

'만약 독원동의 말이 정말이라면 난 상대가 되지 않는다. 이거 혹시 거물을 건드린 거 아냐?'

곡주도 고개를 끄덕였다.

'그렇군. 독곡에 오기 바로 전에 그 일을 했다는 소리구나. 하긴, 원동이는 언제 그가 해독을 했는지 말하지 않았지.'

"그래. 무리하느라 수고한 사람을 공격하다니. 지독문이 잘못했군."

이 지역에서 독곡의 힘은 무섭다. 중원에는 황제라도 있지만 여기는 그런 것도 없이 여러 부족들이 지배하는 곳이다. 그런 곳에서 독곡의 존재는 함부로 손댈 수 없는 강자다.

화온서가 놀라서 생각했다.

'큰일이다. 곡주는 지금 이 일의 책임을 우리 지독문에 지울 생각이구나. 이걸 내 선에서 끝내지 못하면 돌아가서 아버님에게 맞아 죽는다.'

그는 되는대로 소리쳤다.

"믿을 수 없습니다! 그가 어느 곳에서 그런 일을 했는지 증거가 어디 있습니까? 진정 그런 강자라면 아무리 공력의 소비가 컸어도 저의 한 수 정도는 막았어야 옳습니다!"

독원동이 마주 소리를 질렀다.

"야 이 새끼야! 오는 동안 중독이 심한 사람을 만날 때마다 해독하셨는데 몸 상태가 정상이면 그게 괴물이지 사람이냐? 형님이 그동안 해독한 사람의 수는 백 명이 훨씬 넘는다! 형님은 그 사람들을 다 해독하면서 오셨단 말이다!"

화온서는 그 말을 믿을 수가 없다.

"독원동, 네가 미쳤구나! 저자가 무슨 독성이라도 된다는 말이냐? 오다가 만나는 사람들을 해독해? 그 수가 백 명을 넘어? 거짓말이다! 너는 거짓말을 하고 있다!"

화온서는 신나게 소리치고 곡주를 돌아보았다.

곡주의 얼굴은 경악으로 창백해져 있었다. 곡주만이 아니고 다른 장로들도 마찬가지였다.

곡주가 더듬거리며 말했다.

"소, 소문이 사실이었나? 헛소문이 아니었단 말인가?"

다른 장로들도 제정신이 아니었다.

"가, 가짜가 사람들을 현혹하는 거라 생각했거늘. 지, 진짜였다고?"

"지, 진짜일 리가 없습니다. 확인을 위해서 보낸 아이들이 돌아올 때까지 기다리지 않으면 안 됩니다. 하지만, 하지만 원동이 저놈이 여기서 감히 거짓말을 할 리가."

"말도, 말도 안 됩니다. 그가 바로 신의 손이라니. 신의 손이 저렇게 젊을 수는 없습니다."

화온서는 어리둥절해졌다. 그는 접객당에 머물며 놀고먹느라 새롭게 퍼지고 있는 소문까지 전해 듣지는 못했다. 주유성 일행은 독곡으로 이동하며 치료한 때문에 소문이 아직 이쪽까지 완전히 퍼지지는 못했다.

하지만 독곡은 이 근처에 소문보다 빠른 정보망을 유지하고 있었다. 남만에는 평소에도 오만 가지 무당이나 사기꾼들이 사람들을 치료한다고 소문내면서 돌아다녔다. 독곡에서는 이번에도 그런 일로 보았다. 사실 여부의 조사를 위해서 몇 명을 보냈을 뿐 믿지는 않았다. 하지만 진짜가 나타났다.

곡주가 독원동에게 달려들어 그의 멱살을 잡고 말했다.

"원동이 네 이놈. 똑똑히 말해라. 그가 신의 손이냐?"

소문보다 빨리 이동한 독원동으로서는 처음 듣는 소리다.

"신의 손이요? 그게 뭔지 제자는 모릅니다."

"그, 그렇지? 그가 신의 손일 리가 없지? 신의 손이 정말로 존재할 리가 없어."

곡주의 얼굴에는 납득할 수 있는 상황이라는 사실에 대한 안심과 함께 아쉬움이 스쳐 지나갔다.

"하지만 형님이 만성혈천지독에 중독된 사람들을 치료한

것은 사실입니다. 혹시 백 명이 안 될지는 모르지만 거의 그 비슷한 숫자는 될 겁니다. 제가 옆에서 봤으니 믿으셔도 됩니다."

곡주가 소리를 버럭 질렀다.

"그게 그가 신의 손이라는 말이잖아!"

곡주의 고함 소리에 독원동은 이제 사태를 이해했다.

"아, 그러니까 형님께 신의 손이라는 별명이 붙었다는 말씀이십니까? 그런 별명이 붙을 만도 합니다. 손으로 맥을 잡고 운기를 해서 독을 제거하셨으니까요."

곡주가 독원동을 놓고 급히 주유성의 앞으로 갔다.

"신의 손을 뵙습니다."

명성 자자한 독곡의 곡주가 하는 것치고는 그 인사가 공손하기 그지없었다.

주유성이 급히 손을 저으며 말했다.

"아이고, 곡주님씩이나 되시면서 뭐 이런 인사를 다 하세요."

"신의 손께서는 충분히 자격이 있으십니다."

'제발 진짜이기를. 정말로 그 정도 능력을 가지고 있는 자라면 내가 엎드려도 부족하지. 우리는 정말로 그런 자가 필요하단 말이다.'

곡주가 갑자기 고개를 휙 돌려 화온서를 노려보았다.

화온서는 곡주가 주유성에게 공손히 대하는 모습을 보고

놀라서 땅바닥에 주저앉은 상태였다. 심지어 그의 호위무사들도 화온서에게서 거리를 벌리고 있었다. 그들도 분위기가 어떻게 흐르는지 볼 눈치는 있었다.

곡주가 화온서를 노려보며 말했다.

"지독문주에게 조만간 독곡에서 사람이 찾아갈 거라고 해라! 네가 저지른 죄에 대해서 독곡의 이름으로 톡톡히 대가를 받으마!"

화온서의 얼굴이 사색으로 변했다. 독곡의 앞에 지독문은 해장거리도 되지 않는다.

"고, 곡주님."

"당장 우리 곡의 땅에서 꺼지지 않고 뭐 하느냐! 한 줌 혈수로 만들어서 흘려보내야 사라질 것이냐!"

화온서가 사색이 되어 뛰어 달아나기 시작했다. 그 뒤로 호위무사들과 시녀들까지 따라서 도망쳤다.

주유성이 머리를 긁적거리면서 말했다.

"자식 교육 잘못한 거야 욕먹어도 싸지만, 그렇다고 톡톡히 대가를 받다니요. 너무 무리하지 마세요."

"무슨 말씀을. 신의 손께 무례를 범했으니 저자의 죄는 크고도 큽니다."

"아니, 그게 아니라니까 그러시네."

"아차! 이거 귀하신 분을 여기 세워두다니. 영빈관으로 모시겠습니다. 그리고 우리 독곡에는 귀한 약재가 많으니 일단 몸을 회복시키는 데 주력해 주십시오."

"그런 거 비쌀 텐데."

"값이 문제겠습니까? 사과의 뜻이니 다 드셔도 좋습니다."

공짜라는 말에 주유성의 얼굴이 밝아졌다.

"그렇다면 감사히 먹겠습니다."

第十章

주유성에게는 몸에 좋다는 각종 보약들이 아낌없이 제공되었다. 그뿐만이 아니라 혈도의 손상에 좋은 독곡의 귀한 환단까지 나왔다.

주유성 덕분에 다른 아가씨들도 몸에 좋다는 것을 실컷 먹을 수 있었다.

검옥월은 원래 그런 보약에는 그다지 관심이 없었다. 보약이 공력을 올려주는 전설의 영약은 아니다. 공력이 높은 그녀가 보약을 먹어서 도움받을 건 별로 없다.

남궁서린이 바구니에 수북이 담겨 나온 약재에 대한 설명을 듣고 반갑게 말했다.

"어머! 이거 피부에 좋다는 건데. 한번 먹어보고 싶었는데 비싸서 엄두를 못 내던 거예요. 고마워요."

검옥월의 눈이 번쩍 뜨였다.

"피부에 좋아요?"

"그럼요. 아, 피부를 뽀얗게 해주는 효과도 있어요. 하얗게라고 해도 되려나?"

검옥월의 손이 어느새 바구니로 향했다.

"그럼 저도 맛만 좀 볼게요."

그녀가 약재를 한 움큼 움켜쥔 채 조그맣게 말했다.

주유성 일행은 대접을 잘 받았다. 주유성은 조금 전의 실패를 거울삼아 공력을 회복하는 데도 게을리 하지 않았다. 여전히 대충 놀고먹으면서 운기를 하지만 그의 공력은 빠른 속도로 회복되었다.

그렇게 저녁때가 되자 독곡의 곡즈가 주유성을 따로 불렀다.

"어디 그럼 협상 잘하고 올 테니 기다려요."

아가씨들이 주유성을 응원했다.

"주 공자, 믿고 있겠어요."

"주 공자님, 공자님 뒤에는 우리 남궁세가가 있어요."

"공자님, 한몫 단단히 잡으셔야 해요."

주유성은 독곡 곡주와 여러 장로들을 마주하고 자리에 앉았다. 독곡 곡주와 간단한 인사말을 한 그들은 곧바로 본론으로 들어갔다.

독곡 곡주가 웃음을 지으며 말했다.

"신의 손께서는 이번 일로 대가를 요구하신다는 말을 들었습니다. 잘못 들었을 수 있지만 혹시나 해서 확인하는 것이니 노여워하지 마시기를."

"무슨 말씀을. 잘 들으신 거네요. 아시다시피 제가 좀 비쌉니다. 하하하."

곡주는 조금 당황했다.

'신의 손은 공짜로 사람들을 해독시키면서 움직였다고 들었다. 그런데 이자는 돈을 요구하는군. 이자가 정말 신의 손이 맞는 걸까?'

그는 독원동을 힐끗 보았다. 그 마음을 눈치 챈 독원동이 급히 고개를 끄덕였다.

곡주는 잠시 생각을 정리해 보았다.

'그래, 어차피 실패하면 약속이고 뭐고 죽은 자가 되니까 돈을 줄 필요는 없지. 성공한다면 우리 독곡의 전 재산을 주어도 아까울 리는 없으니.'

"그럼 얼마나 원하시는지요?"

주유성이 신이 나서 말했다.

"북해빙궁에서는 저를 쓰는 데 황금 이십 관을 냈어요."

곡주의 얼굴이 일그러졌다. 곡주뿐만이 아니라 다른 사람들도 마찬가지였다.

'이자가 감히. 그것이 거짓임을 이미 보고받았는데도 계속 속이려고 들다니.'

"우리 독곡은 가난하여 그렇게 많은 황금은 없습니다."

주유성도 그걸 다 받을 생각은 없다.

"열 관이라도 되는데요."

"열 관도 없습니다. 북해는 광물이 많고 금광도 있어 황금을 모으기 쉽습니다. 하지만 이곳에는 그런 것을 캐고 처리하는 일을 하는 곳이 흔치 않아 황금을 모으기 어렵습니다. 더구나 우리 독곡은 지역 주민들과 어울려 살아가는 곳입니다. 우리는 지배하지 않기 때문에 그런 황금을 마련하는 것은 불가능합니다."

열 관을 모으려면 못할 것도 없다. 가진 보물을 팔면 얼마든지 마련이 가능하다. 하지만 곡주는 전해 들은 소식이 있으니 그렇게 큰돈을 내놓을 생각은 없다.

'북해빙궁에도 거의 공짜로 해준 것 같다고 했으니, 당연히 우리한테도 그래야지.'

주유성은 협상이 잘 안 되자 조금 실망했다.

"그럼 얼마나 주실 수 있는데요?"

곡주가 잠시 고민했다.

'그렇다고 너무 매정하게 대할 수는 없지. 조건을 걸자.'

"신의 손께서 요구하시는 것이니 황금 다섯 관의 조건을 받아들이겠습니다."

사실 황금 한 관만 준다고 해도 좋아했을 주유성이다.

"와하하. 고마워요. 역시 곡주님은 통이 크시네요."

"대신에 조건이 있습니다."

"에? 조건요?"

"후불입니다."

곡주의 말에 주유성이 잠시 턱을 괴고 생각했다. 하지만 어차피 답은 나와 있는 일이다.

'다섯 관이면 삼십칠 근하고도 반 근이고 육백 냥. 황금 육백 냥이면 평생 펑펑 쓰고 살아도 돈이 남을 거야. 후불이면 어때. 확실히 받기만 하면 되지.'

"저야 상관없어요. 그런데 일이 무슨 일인데요?"

주유성은 황금 이십 관짜리 북해빙궁의 일도 처리했다. 결국 자기 돈까지 북해에 다 털어주고 왔지만 그는 큰 건수에 대한 자신이 있었다.

곡주가 다른 장로들을 둘러보았다. 장로들도 동의한다는 표시로 고개를 끄덕였다. 곡주가 주유성을 보며 이야기를 시작했다.

"신의 손께서는 만성혈천지독에 대해서 잘 아시지요?"

"그럼요. 아주 지독하게 달라붙는 독이더라고요."

"만성혈천지독은 원래부터 우리 땅에 있던 독이 아닙니다.

기록에 의하면 그것은 약 오백여 년 전부터 퍼지기 시작한 독입니다."

"오백 년 전에 무슨 일이 있었어요?"

"그건 모릅니다. 다만 죽음의 계곡에서 독이 퍼져 나온다는 것만 겨우 알아냈습니다."

"죽음의 계곡? 그럼 그곳에 들어가서 원인을 알아보기 어려웠나요?"

"들어간 자 아무도 나오지 못하기에 죽음의 계곡이라고 불리고 있습니다. 그 근처만 가도 독공이 약한 사람은 버티지 못합니다."

주유성은 여기까지 오면서 만성혈천지독에 중독되어 죽어가는 사람을 잔뜩 만났다. 그들을 해독하느라 고생한 것을 생각하니 계곡에게 적의가 일어났다.

"쌍놈의 계곡이네요."

"그렇지요. 하지만 만성혈천지독의 해독제로 사용되는 '독성의 은혜' 는 그곳에서만 나옵니다."

"엥? 거기 누가 들어가서 그걸 가져오는 사람이 있어요?"

"독성의 은혜는 나뭇조각 같은 약재인데, 계곡에서 시작된 강의 하류까지 조금씩 흘러내려 오는 경우가 있습니다. 다만 그 양이 워낙 적어 제대로 공급할 수 없습니다."

"안타깝네요. 물에 실려 내려오는 거라면 불어 터져서 약효도 많이 줄었을 거예요. 누가 그 안에 들어가서 직접 가져온다면 양도 많고 약효도 좋을 텐데 아까워요."

주유성의 말에 곡주의 눈이 번쩍였다.

"그렇습니다! 누군가 그곳에 들어가서 가져온다면 수많은 사람들을 치료할 수 있습니다."

주유성의 얼굴이 서서히 질려갔다.

"설마 나보고 그걸 가져오라는 건 아니죠? 들어간 사람은 모두 죽었다면서요? 미쳤어요? 아무리 돈이 좋아도 목숨이 먼저라고요."

곡주가 기대에 찬 얼굴로 말했다.

"사실 아무도 없었던 것은 아닙니다. 삼백 년 전, 우리 독곡에서 독성이 한 분 나타나셨습니다. 그야말로 독곡 역사상 처음 있는 일이었죠."

"와아, 독성요? 대단하네요."

주유성도 독을 안다. 그래서 독성이 어느 정도 경지인지 알고 있다. 무림인에게 독왕이니 독제니 오만 가지 무림명이 붙더라도 독성은 아무에게나 붙이지 않는다. 진정으로 독의 성인이라 불릴 만한 경지에 도달해야만 독성이라고 한다. 그리고 독성은 긴 무림 역사를 통틀어 몇 번밖에 나온 적이 없다.

"그렇습니다. 독성께서는 직접 죽음의 계곡에 들어가셔서 해독제의 원료를 한 짐 지고 나오셨다고 합니다. 그 약재의 순도가 높아 널리 해독제를 공급할 수 있었습니다. 그래서 그 약재의 이름이 '독성의 은혜'라고 불리는 것입니다."

"와아, 멋진 분이네요. 그런데 그분이 그럼 독의 원인은 알아오지 못하셨나요?"

"안타깝게도, 죽음의 계곡 안의 독은 너무 지독하고 그 후에 사정이 생기셔서 독성께서도 두 번 다시 들어가실 수 없었습니다."

주유성이 박수를 쳤다.

"이야. 그런데 독성도 한 번밖에 들어가지 못하는 곳에 저를 보내려는 건 아니시죠?"

곡주가 벌떡 일어서며 말했다.

"신의 손께서는 이미 독성의 경지, 아니, 그에 근접한 경지에 도달한 것으로 알고 있습니다."

"에? 어떻게 그런 얼토당토않은 상상을 하세요?"

"그게 아니라면 만성혈천지독을 하루에 십여 명 이상씩 해독하는 것은 불가능합니다. 그건 순수한 공력의 힘으로 할 수 있는 일이 아닙니다. 우리는 이미 알고 있습니다. 신의 손께서는 독성의 경지를 보셨습니까? 적어도 그 언저리에 가셨지요?"

주유성이 머리를 벅벅 긁었다.

"이거 오해가 좀 있었던 것 같은데요. 우리 외할아버지가 독왕이시거든요?"

"그건 알고 있습니다. 신의 손을 키워내셨으니 독왕이라 불리기에 부족함이 없습니다."

"아니라니까 그러시네. 우리 아버지는 데릴사위가 아니거든요. 그게 무슨 말이냐 하면 우리 어머니는 당문 독술 중에서 숨겨둔 비전은 하나도 배우시지 못하셨다는 말이거든요. 그냥 배운 것을 기반으로 독학하신 거지요."

"오오. 어머님께서 대단하십니다. 독학으로 독성을 키워내시다니."

"미치겠네. 그러니까 내가 배운 독공은 당문의 비전이 아니라니까요. 다시 말해서 저는 독성이 아니라고요. 그냥 어디 가서 중독당해 죽지 않을 정도만 겨우 익힌 거예요."

사람들의 얼굴에 당황이 스쳐 갔다.

곡주가 급히 말했다.

"믿을 수가 없습니다. 독원동의 독을 다루는 혈맥만 골라서 파괴한 것은 독공이 아니었습니까?"

"그거야 그냥 이론으로 계산만 한 거지요. 자신은 없었지만 일단 한번 펼쳐 봤거든요. 다행히 계산이 맞아떨어져서 저놈이 살았지, 실패했으면 혈수로 녹아버렸을 거예요."

독원동이 곁에서 그 말을 듣고 몸을 부르르 떨었다.

곡주가 다시 따졌다.

"신의 손께서 최근에 백여 명이 넘는 사람들을 치료했습니다. 하루에 열 명이 넘었지요. 설사 검성이나 천마, 혈마가 온다고 하더라도 그런 엄청난 내공을 보이기는 어렵습니다. 공자의 나이를 생각한다면 불가능한 일이지요. 이건 어떻게 설명하시겠습니까?"

주유성이 다시 머리를 긁었다.

그는 자신이 특별함을 안다. 어려서 신동 소리 듣고 자라났으니 특별하지 않아도 특별하다고 생각할 판이다. 그리고 그는 정말로 특별하다.

그는 공력을 다른 사람의 몸에 내보내고, 다른 사람의 몸에 있던 것을 다시 끌어들여 운기하는 두 가지 일을 동시에 했다. 그러나 그게 보통 사람에게는 불가능한 일임도 잘 안다.

'그걸 말해봤자 믿지도 않을 테고, 믿는다고 해도 대책이 서는 것도 아니고.'

"제 내공심법이 좀 특이한 거라서요. 아무도 안 익히는 건데 마침 그게 만성혈천지독과 맞아떨어져서 제거할 수 있었던 거예요. 환자를 잡고 있는 시간은 길었지만 사실 공력 소모는 별로 없었거든요."

독곡의 곡주는 머리를 한 대 얻어맞는 것 같은 충격을 받았다.

'그렇구나. 신의 손은 만성혈천지독과 상극인 내공심법을 익히고 있었구나. 그래, 그게 차라리 더 타당한 설명이지. 저 나이에 독성의 경지 가까이 간다는 건 사실 말도 안 되는 일이니까. 그렇게 보면 지독문의 그놈에게 그렇게 쉽게 당한 것도 설명되지.'

곡주가 한숨을 푹 쉬면서 자리에 앉았다.

"휴우. 그렇군요. 공연히 들떴던 제가 다 부끄럽습니다."
주유성이 손까지 저으며 말했다.
"아뇨. 부끄러우실 것까지야 뭐."
곡주가 문득 생각났다는 듯이 고개를 급히 들며 말했다.
"그 심법, 혹시 돈으로 살 수 있습니까? 황금은 약속대로 드리겠습니다."
'만약 우리 문도들이 그것을 익힐 수 있다면 당장 우리 독곡 주위의 환자들은 처리할 수 있다. 신의 손이 저 나이에 사람들을 그렇게 치료할 만큼 성과를 냈다면 그다지 심오한 심법도 아닐 거야.'
주유성에게는 곡주가 무슨 생각으로 그런 말을 하는지 알 수 있었다. 하지만 그럴 수가 없었다.
'이거, 내공이 특별한 게 아니라 내가 특이체질이라서 그런 걸 어쩌라고. 미치겠네.'
"그게, 안 되거든요? 참 난처하네요."
곡주가 알았다는 듯이 실망한 표정을 지었다.
"그렇지요. 남의 문파의 비전심법을 돈으로 사려고 하다니. 제가 어리석었습니다. 휴우."
'차라리 이자를 인질로 삼고 당문에 협상을 걸어볼까? 그 심법을 사겠다고 하면 팔까? 아니지, 적어도 지금은 이자의 신분이 간단하지 않아.'
장로들이 작은 목소리로 쑥덕거렸다.

"해도 해도 너무하는군. 우리 땅의 사람들 목숨이 달린 일인데."

"아무리 내공심법이 중요하다지만 방계에서 익힐 정도면 그다지 대단한 것도 아니잖아."

"나쁜 놈. 신의 손이라는 것은 결국 헛소문이었어."

주유성의 귀에 그 소리가 들리지 않을 리가 없다.

'참 나. 체질 탓이라고 말해봤자 믿지도 않을 거면서. 믿는다고 해도 좌절밖에 하지 않을 거면서. 에이.'

주유성은 자신이 여기 온 목적을 버릴 수는 없었다. 돈은 그 개인의 목적이지만 다른 것은 무림 평화를 위한 것이다.

"그나저나 곡주님, 제가 와서 뭔가 일을 해주면 무림맹을 지지해 주기로 하셨잖아요. 제가 독성이라고 생각하고 그 제의를 하신 것은 아닐 테니 뭔가 다른 일이 있는 거지요?"

주유성의 말에 곡주는 난감해졌다.

'이거 참. 우리는 방계의 아이가 독원동의 독공을 깬 이야기를 듣고 당문의 실력을 너무 과대평가한 실수를 했지. 그것이 운이 좋아 된 것이라면 당문도 독성을 이룬 자를 키워내지 못했다는 뜻. 독성을 데려오지 못할 바에야 심법 하나로 문제를 일으킬 수도 없고.'

"그건 우리끼리 회의를 좀 더 해보고 결정해야 할 일이외다. 주 공자는 그동안 쉬고 계시오."

주유성은 곡주의 어투가 깔깔해졌다고 느꼈다.

'어라? 잘못하면 헛걸음되겠는데?'
"그럼 저는 이만 물러갈 테니 회의 많이 하세요."

주유성을 보내놓고 독곡 수뇌들이 인상을 썼다. 장로들이 투덜거렸다.
"크음! 어이가 없군요, 어이가 없어. 그가 독성의 경지에 발이라도 들여놓은 것으로 착각하고 기대에 들떠서 그런 난리를 쳤으니."
"그러게요. 수치스러운 일이지요."
"더구나 만성혈천지독과 상극이 되는 심법을 가지고 있으면서도 내놓지 않으려고 하다니."
장로 하나가 눈을 날카롭게 뜨고 말했다.
"사형, 차라리 그를 잡아다가 고문해서 심법을 알아낼까요?"
곡주가 고개를 저었다.
"그는 그래도 당문주의 외손자. 우리가 초대해 놓고 죽인다면 문제가 커진다. 더구나 그의 심법을 우리 아이들 중에 얼마나 배울 수가 있을까? 어차피 두 가지 완전히 다른 심법을 다 배우기가 어려울 것은 보지 않아도 뻔한 일. 몇 명의 아이에게 가르쳐 봤자 곡 내의 환자를 치료하는 것이 고작이다. 그리고 그 정도는 지금도 가능하지."
"하지만 장로들이 고생하지 않고도 해결할 수 있습니다."

"물론 시간이 지나면 더 많은 아이들이 익히게 되겠지만 너무 훗날의 일이야. 그 대가로 당문에 싸움의 빌미를 제공함은 물론이고 무림맹과도 갈등을 빚겠지. 그는 무엇보다도 무림맹에서 보낸 손님이니까. 원래대로라면 그를 인질로 협박을 해서라도 독성을 끌어내야 했지. 하지만 독성이 없다고 밝혀진 지금 겨우 그 심법 하나로 그럴 가치는 없어. 그러니 이 문제는 좀 더 논의를 해보도록 하지."

다른 장로들도 그 말을 이해했다.

"아깝군요. 돈으로 해결할 수 있으면 좋으련만. 돈 좋아한다더니 저렇게 깨끗이 포기할 줄이야. 그러고 보니 네 이놈 독원동!"

화살이 구석에서 안도의 한숨을 쉬고 있던 독원동에게 돌아갔다.

"이놈! 너는 분명히 그자가 장래의 독성이 될 정도의 경지라고 하지 않았느냐?"

독원동도 할 말이 없었다.

'그런 사정들이 있었는지 내가 어떻게 알아? 난 진짜인 줄 알았다고.'

"죄송합니다. 제자가 미진하여 그만 판단에 실수를 하고 말았습니다. 하지만 그가 삼절서생인 것은 진짜이며 그의 무공 또한 낮지 않습니다. 그러니 그의 가치가 작다고 할 수 없습니다."

"이놈, 변명하지 마라. 당문에 독성이 존재하지 않는다면 그가 아무리 잘난 자라도 우리에게는 필요없다. 우리가 삼절을 데려다가 어디에 쓴단 말이냐?"

곡주가 말렸다.

"그래도 확인은 해보자. 원동아, 그자의 말이 사실이냐? 그러니까 내공을 조금만 쓰고 독을 해독한 것이 사실이냐는 말이다."

독원동이 즉시 대답했다.

"사실 형님이, 아니, 그놈이 말하기를 골수에 박힌 독은 제대로 제거하지 못했다고 했습니다. 그것으로 보아 내공을 조금만 쓴 것이 사실로 보입니다."

주유성이 환자의 골수에서 제거하지 못한 양은, 독곡의 장로들이 했을 때 남겨두는 것보다 훨씬 적다. 그러나 비교해 보지 못했으니 장로들이나 독원동은 물론이고 주유성까지도 그 사실을 모른다.

"하긴. 그렇다고 이미 이야기했지."

"그래도 그렇지. 에이, 쓸모없는 놈."

"독공도 잃더니 오히려 방해만 되는 놈일세. 이 기회에 저 식충이를 내쫓아 버릴까?"

자신을 향해 몰려드는 비난의 화살을 맞으며 독원동은 머리를 숙이고 꿀 먹은 벙어리처럼 가만히 있었다.

'나도 그 게으름뱅이에게 속았다고.'

다른 의미에서 모두 속았다.

주유성은 만성혈천지독에 대해서 고민을 했다. 대책은 죽음의 계곡에 들어가는 것뿐이다. 하지만 아무리 자신만만한 그라 해도 독곡이 삼백 년 동안 실패했다는 곳에 들어가는 것은 너무 위험하다고 느끼고 있다. 그는 독을 다룰 줄 알기에 능력을 벗어나는 독을 접하는 것이 얼마나 위험한지도 잘 안다.

주유성은 원래부터 속 편하게 사는 인간이다. 큰일났다고 해서 제대로 된 자세를 잡거나 하지는 않는다. 그래서 그는 평소처럼 뒹굴면서 게으름을 피우는 자세로 고민했다.

더구나 곁에는 그의 손발이 되어주는 추월, 말동무가 되어주는 검옥월, 그리고 심심할 때 구박당해 주는 남궁서린이 있다.

추월은 잠깐 사이에 독곡에 있던 시녀들과도 친해졌다.

독곡의 시녀는 몸종에 가깝다. 그들은 독곡에 신분이 귀속되어 있으며 자유롭게 떠날 수도 없다. 임금도 없다. 할 일은 많다. 대신에 의식주가 해결되고 만성혈천지독의 위험에서 많이 벗어나 있다. 그래서 일부러 독곡의 시녀로 들어오는 경우도 많았다.

추월이 주유성을 위해서 군것질거리를 얻으려 시녀들을 찾아 방을 나섰다. 그리고 머지않아 후다닥 뛰어들어 왔다.

"공자님! 큰일났어요! 죽소 언니가 아파요!"

"죽소? 죽소가 누군데?"

"주방에 가면 우리한테 군것질거리 챙겨주던 언니예요. 안색이 안 좋다 싶더니 쓰러졌어요. 다른 애들에게 물어보니 만성혈천지독이 발작한 거래요."

주유성이 귀찮은 듯이 손을 저었다.

"추월아, 여기는 독곡이다. 독곡에서 만성혈천지독을 해독하지 못하면 누가 한다는 거냐? 자기들이 알아서 치료할 테니까 안심하고 있어라."

"아이참. 이해를 못하시네. 죽소 언니는 이번 발작이 두 번째래요. 그래서 고칠 수 없다는 거예요. 공자님밖에 없어요. 공자님은 밖에서 신의 손이라고 불린다면서요? 어서 가요, 어서."

추월이 주유성의 팔을 잡고 끌었다.

"두 번째? 두 번째는 달라?"

주유성의 머릿속에 경우의 수 한 가지가 떠올랐다.

"이거 어쩌면? 아이고, 일단 좀 가보자."

이젠 그가 더 서둘렀다. 마음이 급해진 주유성이 추월이 허리를 잡더니 몸을 날렸다.

"어맛!"

추월이 깜짝 놀라며 주유성의 품에 안겼다. 곁을 따르던 검옥월과 남궁서린의 눈빛이 매서워졌다.

주유성은 추월이 가리키는 방향으로 경공을 펼쳐 달려갔다. 그가 간 곳에는 젊은 여자가 쓰러져 있었다. 주유성이 급히 맥을 짚고 공력을 운기해서 상태를 살폈다.

'젠장. 걱정하던 사태다. 독기운이 골수 속에 한층 깊게 박혔구나. 내 몸도 아니고 남의 몸이라 이런 상태면 내공을 가지고는 치료 못한다. 이 독을 골수에서 빼낼 만큼 강한 내공을 들이부으면 혈도가 터져 죽고 말 거야.'

그리고 자기 머리를 탁 쳤다.

'내가 바보였다. 독을 제거해도 중독 환경은 어차피 그대로다. 다시 중독의 위험이 있는 것은 당연하지. 발작이 쉽게 일어나지 않는 일이라기에 너무 방심했어. 더구나 이 독이 재발할 때는 이렇게 골수 깊이 들어가는 것일 줄은 미처 몰랐네.'

그는 급히 사람들에게 물었다.

"치료법은? 이런 경험이 많을 거 아녜요? 치료법은 없어요?"

사람들이 고개를 저었다. 시녀들의 우두머리인 백발의 여인이 슬픈 얼굴로 말했다.

"재발하게 되면 방법이 없어요. 해독제를 쓰지 않으면 안 돼요. 하지만 해독제는 워낙 귀한 것이라 우리 같은 시녀들은 먹을 수 없어요."

주유성이 어이가 없어서 말했다.

"에? 약이라는 거는 사람 살리라고 있는 거라고요. 귀하다고 해서 누가 죽든 말든 금고 속에 넣어둔다고요?"

시녀들이 눈물을 글썽거렸다. 여인이 고개를 저었다.

"우리는 시녀이니까요. 노예보다 조금 나은 우리들에게 내공을 써서 독을 몰아내 주시는 것만 해도 고맙지요."

주유성이 죽소의 팔을 잡았다.

"일단 급한 것부터 처리하고요."

그는 공력을 운기했다. 그의 몸에서 내공이 조심스럽게 죽소의 몸으로 흘러들어 갔다.

운기하는 주유성의 얼굴에 난처함이 떠올랐다.

'쳇! 예전에 발작했을 때 그 치료를 잘못한 건가? 혈도가 정상보다 더 약하네. 어쩌면 독의 영향으로 몸이 약해져서일지도. 그나저나 이래서야 기를 강하게 몰 수 없잖아.'

하지만 포기할 수는 없었다. 골수 깊이 파고들어 간 독은 죽소의 중추신경계를 위협하고 있었다. 그는 꾸준히 기를 돌려 독을 씻어냈다.

일각을 그렇게 하고 나서야 주유성이 한숨을 몰아쉬며 눈을 떴다. 그리고 죽소의 손끝에 상처를 내서 독을 빼냈다.

추월이 반색을 했다.

"공자님, 죽소 언니는 산 거예요?"

주유성이 안타까운 표정으로 말했다.

"아직 아니다. 독이 너무 깊이 들어가서 내공의 힘으로는 다 제거할 수가 없다. 당장 응급처치만 했을 뿐이야. 해독제를 복용하지 않으면 하루도 넘기기 힘들어."

추월이 울상을 지었다.

"흐윽. 그럼 죽소 언니 죽어요?"

주유성이 추월의 머리를 쓰다듬었다.

"아니, 그럴 수는 없지. 방법이 없는 것도 아닌데 죽도록 놔둘 수는 없지."

자신의 무공으로 살릴 수 없는 사람을 눈앞에서 본 후, 주유성은 더 이상 고민하지 않기로 했다.

'에라. 설마 내가 죽겠어? 내가 이래 봬도 신동 소리 듣고 자란 놈이라고.'

독곡의 곡주는 주유성에 대한 처리 방안에 대한 회의를 잠시 그만두고 머리를 식히고 있었다. 쉽게 결론이 나지 않는 회의였다.

그리고 시원한 물을 마시며 쉬고 있는 그에게 주유성이 찾아왔다.

"그래, 주 공자가 무슨 일이신지?"

"죽소라고, 여기서 시녀로 일하는 아가씨가 한 명 있거든요? 그 아가씨가 아파요. 만성혈천지독이래요."

"허. 그런 일이 있나. 걱정 마시게. 장로들 중에 한 명이 찾아가서 해독해 줄 걸세. 아니면 주 공자가 직접 해도 되잖는가."

곡주가 주유성을 대하는 어투는 이제 거의 평어와 큰 차이가 없었다.

"그게 그렇지가 않아요. 재발한 거래요."

곡주가 멈칫했다.

"흐음. 안타깝군. 아가씨라고? 그럼 나이도 젊을 텐데 벌써 죽어야 하다니."

주유성이 인상을 썼다.

"아니죠, 죽다니요. 재발했어도 해독제를 복용하면 산다면서요? 독곡에 해독제가 있는데 왜 죽어요?"

"그렇기는 하지만 해독제는 워낙 귀해서 아무에게나 쓸 수는 없다네."

"사람에게 쓸 수 없는 약이면 그게 어떻게 약이에요? 그 아가씨가 죽는다니까요? 설마 약값이 아까워서 그래요?"

"주 공자, 공자가 오해하는군. 만성혈천지독에 대한 해독제는 돈으로 사는 물건이 아니야. 우리 독곡에도 재고가 딱 삼 회분밖에 없다네."

"세 개나 있으면 하나 줘도 되겠네요."

"아니지, 이 독은 내공이 어느 정도 높아도 재발하는 경우가 있다네. 장로급 정도가 되면 자신의 몸에서 몰아낼 수 있지만 무공이 약한 제자는 어렵지. 그런 제자가 재발하면 우리로서는 해독제를 써서 낫게 해야 해. 그리고 약의 수급은 어렵고 환자는 간혹 발생하니 삼 회분의 해독제라도 남아 있는 경우가 드물어. 어떨 때는 제자 중에 환자가 나왔는데 해독제의 재고가 전혀 없을 때도 있다네."

"그러니까 내놓으라고요. 환자가 나왔으니 써야죠."

"답답하네그려. 시녀를 위해서 쓸 수 있는 약이 아니라고 했잖은가? 그 약은 우리 독곡의 미래를 짊어질 아이들을 위해서 아껴둬야 하는 약이란 말일세. 어차피 누가 써도 쓸 약, 누군가를 살린다면 조금이라도 도움이 되는 사람을 살려야지."

주유성이 목을 한 바퀴 돌렸다.

"독곡이 사람 차별하는 꼬라지하고는."

곡주가 눈살을 찌푸렸다.

"주 공자, 말을 함부로 하는군. 아무리 그대가 우리 땅에서 명성을 얻었다고 하더라도 내 앞에서까지 그럴 수는 없지. 여기서는 내 명령으로 안 되는 일이 없다네. 사람의 목숨을 거두는 것까지 포함해서. 그걸 명심하게."

주유성이 곡주를 꼬나보았다.

'어차피 아쉬운 소리 해도 약은 내놓지 않겠지. 에이. 더러워라. 그렇다고 나 몰라라 할 수도 없고.'

주유성이 자기 뒷목을 탁탁 친 후 말했다.

"알았어요. 협상하자고요, 협상."

곡주가 반색을 했다.

"협상? 혹시 내공심법을 넘겨주겠다는 건가?"

주유성이 고개를 저었다. 그건 넘겨줘 봐야 해독과는 아무런 상관이 없는 심법이다.

"내가 죽음의 계곡에 들어갈게요. 가서 독성의 은혜인지 뭔지를 구해오겠어요."

곡주는 깜짝 놀랐다. 하지만 이내 손을 흔들었다.

"아서게. 거기는 독성의 경지에 이르지 못하면 들어가 봤자 죽어. 그러니 협상거리가 되지 못해."

주유성이 가슴을 탁탁 쳤다.

"흥! 내가 바로 구명대협에 삼절서생 주유성이에요. 삼절 중에 하나가 진법이라고요. 독을 다루는 재주도 당문에서 배웠고요. 내가 들어가면 뭔가 방법이 나올지도 몰라요."

곡주는 구미가 당겼다.

'그렇지. 이 녀석의 재주가 대단하니까 북해빙궁에서도 의뢰를 했겠지. 황금 이십 관은 거짓말이더라도 의뢰를 받았다는 사실 자체는 중요하지. 하지만 가능성이 낮은 일에 너무 많은 것을 줄 수는 없지.'

"나는 자네가 들어가도 성공하기 어렵다고 생각하네. 자네의 의기는 높이 사지만 많은 것을 줄 수는 없어."

주유성이 씩 웃었다.

"우리 아버지가 하신 말씀이 있어요. 장사는 싸게 살 기회를 놓치면 값이 오르는 거라고."

"나는 상인이 아니지. 나는 무인이야. 내가 믿지 못하는 것에 돈을 걸지는 않아."

"좋아요. 일단 내가 들어가는 조건으로 독곡이 가진 해독제 세 개를 다 줘요."

"해독제? 해독제가 필요한 이유는 죽음의 계곡에서 사용하기 위해서인가?"

"당연하잖아요. 거기서 조금 버겁다 싶으면 그 약을 먹어서라도 피해봐야죠."

"그 약만으로 살아남을 수 있다면 벌써 우리가 그렇게 하지 않았을까?"

"걱정 마요. 보조제로 사용할 거니까."

"하지만 세 개를 다? 그건 우리가 가진 전부인데 무리한 요구를 하는 것 아닌가?"

"삼절서생의 목숨 값이라면 싼 거지요. 싫어요? 싫으면 말고요. 그냥 그렇게 해독제 하나에 벌벌 떨면서 사세요."

곡주가 당황했다.

'삼절서생이라고 불리는 데다가 독에도 일가견이 있는 자를 그곳에 들여보내서 효과를 볼 가능성이 얼마일까? 확실한 건, 이 정도 수준의 사람은 쉽게 구할 수 없다는 거지. 그럼 한번 무리해 볼까? 해독제는 또 구할 수 있겠지. 이자의 목숨 값으로 해독제 세 개라면 어쩌면 싼값일 수도 있고.'

결론을 내린 그가 말했다.

"좋네. 그럼 해독제 세 개로 자네에게 의뢰를 하도록 하지. 독성의 은혜를 꼭 챙겨오도록 하게."

주유성이 오른손을 들어 검지를 흔들었다.

"싸게 살 기회는 끝났다니까요. 황금 이십 관. 내가 북해빙궁에서 받았던 황금 이십 관을 주세요. 대신에 후불로."

곡주가 인상을 썼다. 하지만 이내 얼굴을 풀었다.

'욕심 많은 놈. 어차피 네가 성공한다면 황금을 얼마를 주든 아까울 것 없으니까. 곡의 보물들을 모두 꺼내서라도 그 액수를 맞춰주마. 하지만 그건 성공했을 때의 이야기지. 실패하면 한 푼도 없다.'

"좋다. 성공한다면 황금 이십 관을 주마. 그것으로 됐나?"

"아직 끝이 아니지요. 독곡이 무림맹을 지지해 줘야지요?"

곡주가 회심의 미소를 지었다.

'그것도 다 성공을 했을 때의 이야기지.'

"걱정 마라. 내 이름으로 보장하마. 하지만 그것도 네가 성공했을 때의 이야기다."

이제 곡주의 어투는 막 나가고 있었다. 그는 주유성을 반쯤 죽은 사람 취급했다.

"그냥 지지가 아니라 적극적인 지지예요."

"그런다니까. 독곡 곡주의 말은 가볍지 않다."

주유성이 쓰러진 시녀 곁으로 돌아왔다. 그리고 그녀의 머리를 들어올리고는 작은 환약 한 알을 입에 넣었다. 가볍게 혈도를 찍자 환약이 목 너머로 꿀꺽 넘어갔다.

추월이 혹시나 해서 질문했다.

"공자님, 그게 뭐예요?"

"해독제."

추월이 환성을 지르며 주유성의 목에 매달렸다.

"와아! 공자님, 멋쟁이!"

백발의 부인이 주유성에게 다가오며 말했다.

"그 귀한 약을… 감사합니다, 감사합니다!"

다른 시녀들도 일제히 고개를 숙여 인사를 했다.

"신의 손께 감사드립니다."

주유성이 무안해서 머리를 긁적거렸다.

"별거 아녜요. 그냥 약이 좀 남아서요."

'해독제는 아직 두 개가 남았으니까.'

주유성이 소풍 가자고 하자 아가씨들은 처음에는 놀러 가는 줄 알고 즐겁게 따라왔다. 독곡의 사람들 한 무더기가 같이 움직였지만 그녀들은 그런 것에 신경 쓰지 않았다. 그녀들에게는 주유성만 있으면 충분했다.

그리고 그 세 아가씨의 얼굴이 창백하게 변했다.

추월이 떨리는 목소리로 말했다.

"고, 공자님, 그러니까 이곳이 죽음의 계곡이란 곳이고, 여기 들어간 사람은 삼백 년 전에 있었다는 독성을 빼고는 다 죽었다고요?"

"어."

"어라니요? 거기 가면 다 죽는다면서요? 독성이 아니면 다 죽는다면서요?"

"어."

"안 돼요! 가긴 어딜 가요! 못 가요!"

추월이 주유성 앞에 서서 두 팔을 활짝 벌렸다. 주유성이 그런 추월을 가볍게 스쳐 지나갔다. 그러면서 추월의 머리를 슬쩍 쓰다듬었다.

"기다리고 있어. 내가 누구야? 나 주유성이야, 주유성."

남궁서린이 주유성의 앞을 막았다.

"가, 가지 마세요."

주유성이 남궁서린을 향해 웃어주며 그 옆을 스쳐 지나갔다.

"금방 올게요."

이번엔 검옥월이 주유성의 앞을 막았다. 그녀는 검을 빼 들고 있었다.

"주 공자, 못 가요. 죽으러 가는 길에 보낼 수는 없어요."

"검 소저. 하하! 그렇게 하고 있으니 무서워요."

검옥월의 눈이 한층 더 날카로워졌다. 그녀의 검에 검기가 자르르 흘렀다.

"힘으로라도 막겠어요. 필요하다면 베어서라도 못 가게 하겠어요. 베인 상처는 치료하면 그만이지만 거기 가면 죽어요. 독곡이 바보라서 삼백 년 동안 실패했을 리는 없어요. 공자는 지금 자신이 독곡의 삼백 년 세월보다 낫다고 생각하는 거예요?"

"네."

"이잇! 네가 아니잖아욧!"

검옥월이 발끈하는 사이 주유성이 스르륵 다가섰다. 검옥월이 이를 악물고 검을 들었다. 검옥월의 검이 주유성의 다리를 노리고 직선의 빛을 그렸다. 깔끔한 한 수였다. 살짝 베어서 걷지 못하게 하려는 목적이었다.

검이 움직였을 때 주유성은 이미 검옥월의 옆으로 이동하고 있었다. 검옥월은 자신의 검이 움직이는 시점에서 이미 빗나갔다는 것을 뒤늦게 깨달았다. 그런 그녀의 옆에 주유성이 살며시 달라붙더니 귓가에 대고 작게 말했다.

"검 소저, 아무리 검 소저가 강하다고 해도 살기가 들어 있지도 않은 검으로 나를 잡을 수는 없어요."

검옥월이 몸을 팽이처럼 회전시켰다. 그러나 주유성은 이미 몇 걸음이나 더 앞으로 나아간 상태였다. 주유성이 뒤도 돌아보지 않고 손을 흔들었다.

"금방 돌아올 테니까 기다리고 있어요."

검옥월은 방금의 겨룸으로 자기 실력으로 주유성을 막을

방법이 없다는 것을 깨달았다.

'역시 신비한 주 공자. 그 실력이 어느 경지인지 모르겠어.'

그녀가 목청이 터져라 악을 썼다.

"위험하다 싶으면 즉시 돌아와야 해요! 무리하지 않기예요! 꼭 약속해요!"

주유성이 걸어가면서 뒷머리를 긁적긁적하더니 다시 손을 흔들었다. 그러나 뒤를 돌아보지는 않았다.

게으름뱅이가 남만의 지옥, 죽음의 계곡으로 들어갔다.

5권 끝

BOOK Publishing CHUNGEORAM

BLUE BOOK

무한 상상 무한 도전의 힘!
블루북

EXCITING! BLUE! 블루북(BLUE BOOK) 청어람의 또 다른 이름입니다.

BLUE는 맑게 갠 가을 하늘과 넓은 바다입니다.
그곳에는 미래에 대한 희망과
보다 넓은 미지의 세계에 대한 동경이 담겨 있습니다.

BLUE는 젊음과 패기를 의미합니다.
언제나 새로운 시작을 위한 힘이 있고
세상에 대한 도전의식이 충만합니다.

블루가 새로운 도전과 희망으로
곧! 여러분과 함께합니다.

BLUE BOOK
도서출판 청어람

유행이 아닌 자유추구 -
www.chungeoram.com   Book Publishing CHUNGEORAM

초등학생이 반드시 읽어야 할 좋은 책 49권

각 학년별로 초등학생이 반드시 읽어야할 좋은 책을 선정하여 통합논술의 기본이 되는 '올바른 독서법'을 일깨워 줍니다.

교과서와 함께하는 초등학교 통합논술

초등1학년 | 값 12,000원 / 초등2학년 | 값 9,500원 / 초등3학년 | 값 11,000원 / 초등4학년 | 값 9,500원 / 초등5학년 | 값 9,500원 / 초등6학년 | 값 11,000원

♣ 혼자 할 수 있어요.
엄마가 책 읽는 방법을 가르쳐 주어도 좋아요.
독서지도하는 선생님이 가르쳐 주어도 좋답니다.
"초등 교과서와 함께하는 통합논술 시리즈"는
아이 스스로 독서할 수 있도록 꾸며진 책이에요.
엄마와 선생님은 요령만 가르쳐 주시면 된답니다.

♣ 교과서의 중요한 내용이 총정리되어 있어요.
각 학년별로 중요한 교과 내용이 함께 수록되어 있어요.
초등학생은 교과서 내용을 충실하게 공부해야 합니다.
아울러 그와 병행한 독서가 대단히 중요하지요.
"초등 교과서와 함께하는 통합논술 시리즈"는
두가지 방법 모두 알려준답니다.

♣ 이 책은 훌륭하신 선생님들이 함께 쓰신 책이랍니다.
동화작가 선생님들이 쓰셨어요. 소설가 선생님도 쓰셨답니다.
국어 논술독서지도 선생님들도 함께 쓰셨지요.
"초등 교과서와 함께하는 통합논술 시리즈"는
엄마의 마음으로 모든 선생님들이 함께 꾸민 책이랍니다.

입소문을 통해 아는 분은 다 알고 계십니다!
올 한해 공인중개사 최고의 화제작!

1~2권 합본 | 이용훈 지음
3~4권 합본 | 이용훈 지음
5~6권 합본 | 이용훈 지음
용어해설 | 이용훈 지음

수험생 기본 필독서
만화 공인중개사

제목 : 만화공인중개사 쓰신 분에게 감사드립니다.

학원을 두 달 다녔어요. 근데 과연 그 숫자 외우기 그런 게 몇 문제나 나올까 생각을 했어요.
아니라는 생각이 드네요. 학원강의를 뒤로하고 서점을 갔어요. 내 머리에 가장 이해될 수 있는
책이 없나 하구요. 거기서 만화를 발견했어요. 무조건 세 번 봤어요. 3개월 걸렸어요. 문제집을 보라고
했는데 그건 시행을 못했어요. 근데 합격을 했네요.
어떻게 감사의 말을 해야 될지…….
도서관에서 만화책 들고 다니니까 사람들이 비웃더라구요. 만화책으로 공인중개사를 공부한다고
미친 사람처럼 보더라구요. 근데 그거 다 감수하고 했던 내가 자랑스럽습니다.
어떻게 감사의 말을 해야 할지… 정말 감사합니다.
부디 행복하세요. 제 나이 41살에 좋은 스승을 만난 것 같습니다.
엎드려 감사드립니다.

－본사 홈페이지에 독자분이 올린 메일 中에서 발췌－

BOOK Publishing CHUNGEORAM

이명박
기도하는 리더십
이명박의 삶과 신앙 이야기

젊은이들에게 성공 신화의 주역으로 주목받고 있는

이명박!
과연 그 이유를 어디서 찾을 것인가.
그것은 기도하는 삶이었다!

이명박 기도하는 리더십 | 이채윤 지음 280쪽 | 9,900원

기도하는 삶이
지금의 이명박을 만들었다!

leadership

『이명박 기도하는 리더십』은 이명박의 탄생과 신앙, 그리고 그간의 업적을 한눈에 볼 수 있는 책이다. 한편으로는 신앙 간증서라고 말할 수도 있겠지만, 이명박의 삶은 신앙과 떨어뜨려 놓고는 생각할 수 없는 관계에 있다.
이 책, 『이명박 기도하는 리더십』은 대한민국 성장의 역사, 그 주역이었던 이의 삶을 통하여 이 시대의 젊은이들에게 부족한 정신들을 일깨워 줄 수 있을 것이며, 앞으로 더욱 큰 신화를 만들고 추진해 갈 이명박의 비전을 알고자 하는 이들에게 적합한 서적일 것이다.

BOOK Publishing CHUNGEORAM